KB191057

의사란
무엇
인가

일러두기

1 이 책은 저자의 실제 진료 경험을 바탕으로 한 에세이입니다. 모든 이름은 가명이며, 실명일 경우 사전 동의를 받았습니다.
2 책에서 언급되는 시의적·사회적 이슈에 대한 견해는 저자의 개인적 의견으로, 소속 기관과 무관합니다.
3 환자 및 의료진의 개인정보 보호를 위해, 일부 내용은 수정하거나 각색했습니다.
4 에세이 형식이므로 의학용어와 질병명의 원어 표기는 최대한 자제했습니다.
5 본문에 언급되는 '빅 5 병원'은 서울대학교병원, 서울아산병원, 삼성서울병원, 서울성모병원, 세브란스병원을 말합니다. 일반적인 표현이지만 독자의 이해를 돕기 위해 여기서 추가로 설명합니다.
6 이 책에는 각주, 참고문헌, 출처 표기를 두지 않았습니다.

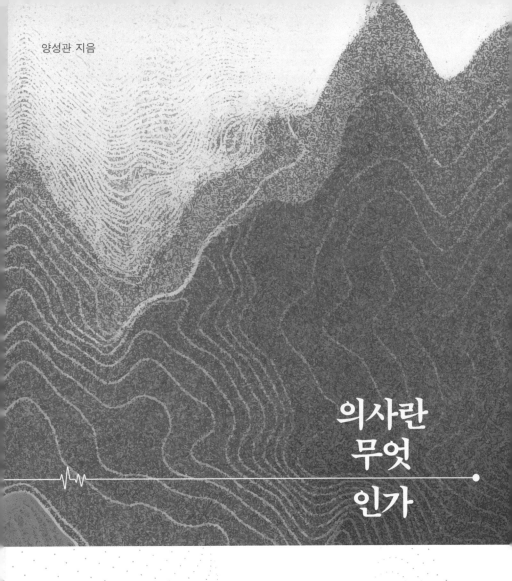

양성관 지음

의사란
무엇
인가

생계형 의사
양성관의
유쾌한 분투기

히포크
라테스

추천의 글

　　『마약 하는 마음, 마약 파는 사회』를 읽고 이 책을 쓴 의사
양성관을 꼭 만나고 싶었습니다. 어떤 자리에서 만났지만
우리는 피자만 먹다 헤어졌죠. 그를 다시『의사란 무엇인가』를 통해
제대로 만났습니다. 단순히 그의 이야기를 듣는 게 아닙니다.
독자는 하루하루 반복되는 진료 속에서도 마음을 다하여
환자의 통증에 함께 아파하고, 막막한 눈빛에 조용히 손을 내미는
의사와 대화를 나눕니다. 이 책은 병원 일기 그 이상입니다.
의사의 하루를 따라가다 보면 환자를 향한 깊은 공감과
책임감 그리고 흔들리지 않는 윤리와 마주치게 됩니다. 검증되지
않은 정보가 넘쳐나는 시대,『의사란 무엇인가』는 환자와 의사
사이의 신뢰가 얼마나 소중한지 되새기게 합니다. 진심 어린 진료와
제도에 대한 고민이 담긴 이 기록은 우리 모두가 어떤 의사를
만나야 하는지를 보여줍니다.

―이정모
전 국립과천과학관장,『찬란한 멸종』의 저자

의사는 병을 고치고 사람을 살리기 위해 다양한 장비와
기구를 사용해 아주 작은 단위의 보이지 않는 곳을 본다. 하지만
현직 의사인 저자는 이 책에서 미생물이나 바이러스가 아니라
사람을 들여다본다. 아침 7시의 분주한 떨림으로 시작하는
의사의 길은, 정오에는 태양처럼 중요한 결정을 앞둔 뜨거운 번민을
닮았고, 오후 4시의 고민과 저녁 8시의 피로를 거쳐 새벽 2시에
이르러서야 가장 인간적인 고백과 닿아 숨죽인 병실 사이를 흐른다.
이 책은 의사가 도달한 의료 환경이라는 낯선 풍경을 친절하고 재치
있게 번역하면서도 결코 현실을 미화하지 않는다. 오히려 그 안에
처절하게 스며 있는 생의 모서리들을 진정성 있게 보여준다.
흰 가운을 벗고 사람의 체온으로 다가오는 의사와 진솔한 이야기를
들려주는 환자의 상호작용을 통해 우리도 스스로 삶의 밀도를
돌아보게 된다. 의사란 무엇인가. 쉽지 않은 질문에 대한
답을 찾기 위해서 뜨겁지만 조용한 비밀일기처럼 뛰는 심장의
기록을 펼쳐볼 시간이다.

—궤도

과학 커뮤니케이터, 『과학이 필요한 시간』, 『궤도의 과학 허세』의 저자

병원을 찾는 과정은 누구에게나 부담스럽게 느껴지지만, 그속에서 진정한 위로와 공감을 만나는 순간은 더욱 소중합니다. 이책의 저자는 환자를 대하는 따뜻한 태도와 유연한 시선으로, 진료실 안팎에서 겪은 다채로운 에피소드와 의료 현장의 문제들을 편안하게 풀어냅니다. 환자가 시큰둥해도 포기하지 않고 함께 해답을 찾으려 애쓰는 모습 속에서, 의술이 지닌 진정한 의미가 자연스럽게 드러납니다. 마치 이웃집 아저씨를 만난 듯 친근한 글을 따라가다 보면, 병원과 의료제도가 직면한 사소한 문제부터 깊은 고민까지 한눈에 살펴보게 됩니다. 의료 현장에 관심이 있는 분들에게 이 책은 진료실 너머의 내밀하고 진솔한 이야기를 전해주는 든든한 안내자가 될 것입니다.

—곽경훈
분당제생병원 응급의학과 전문의, 『응급의학과 곽경훈입니다』의 저자

의사란
무엇
인가

#1 "현실과 이상 사이, 의사로 사는 삶."

나는 의사다. 의사는 주로 한 분야를
깊게 파고드는 스페셜리스트가 많다. 정형외과는 뼈와 관절을,
이비인후과는 귀·코·목을, 피부과는 피부를 진료한다. 나는
가정의학과 의사다. 특정 장기나 질환이 아니라, 모든 연령대의
다양한 건강 문제를 폭넓게 다루는 제너럴리스트다. 쉽게 말하면
아는 것도 없지만, 모르는 것도 없다.

현재 경기도의 종합병원 과장으로 5년째 봉직 중이다.
원무과에서 전화가 온다.

"선생님, 피부과 과장님 휴가인데, 대신 진료 가능하실까요?"

"네, 가능합니다."

"일곱 살 소아인데, 소아과가 없어서요."

"네, 접수해 주세요."

심지어 이렇게 오는 환자도 있다.

"아픈데 막상 병원에 가려고 하니 어디 가야 할지 몰라서 왔어요."

나는 거절하지 않는다. 일반 건강 검진은 물론 초중고

학생 검진, 소아 진료, 요양원 할머니·할아버지, 심지어 병원 직원 건강 상담까지. 뭐든지 맡는다. 코로나 당시에는 코로나 진료를 전담하기도 했다. 어느 직장에나 있는, 시키면 다 하는 전형적인 예스맨이 바로 나다. 스페셜리스트만 있는 병원에서 제너럴리스트인 나의 생존 전략이다.

　　내가 근무하고 있는 병원의 단점은 낡은 건물이고, 장점은 느슨한 매출 압박이다. 매달 열리는 과장 회의에서 **"병원이 어렵습니다. 열심히 해주시기 바랍니다"**라고 할 뿐이다. 예전 병원처럼 전년 대비, 전월 대비, 과장 간 매출 비교를 하지 않는다. 다만 **"○○에 들어가면 매출을 확인할 수 있으니, 확인해 보십시오"**라고 안내는 받는다.

　　요양원 환자도 많이 보고 있고, 말기 암 환자를 전문적으로 보는 호스피스 진료 경험도 있어, 병원에 호스피스 병동을 만들고 해보고 싶다고 제안한 적이 있다. 병원 측은 **"검토해 보겠다"**라고 했지만, 몇 달이 지났어도 아무 소식이 없다. '혹시나' 했지만 '역시나'다. 호스피스는 병원 입장에서는 적자다. 호스피스 병실은 어떤 검사를 하고 치료를 하든 입원 하루당 진료비가 고정되어 있다. 그런데 이 정해진 진료비가 일반 병실 평균보다 낮아 병원 입장에서는 손해다. 이국종 교수가 아주대병원과 갈등을 빚은 주된 이유도 중증외상센터가 적자가 나기 때문이다. 같은 이유로, '빅5' 병원 중 외상센터를 운영하는 곳은 없고, 빅5 중에서 호스피스를 운영하는 병원은 종교 재단이 운영하는 성모병원이 유일하다.

　　내가 꿈꾸는 이상적인 진료는 주치의로서 한 사람당 15분씩 진료하는 것이다. 출생부터 지금까지의 건강 이력, 현재 증상부터 미래에 조심해야 할 질병이나 고쳐야 할 습관까지. 말 그대로 '주치의'로 진료와 상담, 더 나아가 인생을 함께하는 진료다. 환자와 대화를 15분 한 뒤, 차트도 쓰고, 약 처방도 하고, 앞으로의 진료 방향도 고민하려면 시간당 3명, 하루 24명, 한 달 480명을 진료할 수 있다.

하지만 이 방식대로 병원을 운영하면, 나는 이미 망해 있을 것이다. 국가가 정한 우리나라 의원의 초진 진료비는 2025년 현재 초진 1만 8,410원, 재진 1만 3,160원이다. 동네 의원 평균 초진과 재진 비율이 평균 1:2로, 환자 1명당 평균 1만 5,785원 정도다. 한 달 매출이 700만 원 남짓이다. 병원 임대료는 못해도 300만 원, 직원 2명 인건비는 500만 원. 인테리어 대출, 전기세, 수도세, 인터넷비까지 감안하면 남는 게 없다. 뭔가 특별한 방법이 필요하다.

의대를 졸업할 때 어머니가 하신 말씀이 아직 기억난다. 의대 마지막 4년간 보증금 1,000만 원에 월세 10만 원으로, 공용 화장실이 실외에 따로 있는 원룸에서 자취를 했다. 어머니께서는 자취방 보증금을 빼서 나에게 주시며 **"이 돈으로 차도 사고, 집도 사고, 결혼도 해라. 우리 사이 돈 거래는 이것으로 끝이다"**라고 하셨다. 흙수저인 나에게 의사는 가장 중요한 생계 수단이다. 의사로 돈을 벌어 아이 둘을 키워야 하는 나로서, 내 꿈을 실현할 방법은 두 가지다.

첫 번째는 의사 말고 다른 방법으로 돈을 버는 것이다. 나는 '의작가', 즉 의사 겸 작가라는 타이틀로 17년째 책을 쓰고 있다.

이번이 벌써 아홉 번째 책인데, 책을 써서 번 돈보다 책을 사느라 쓴 돈이 더 많다. 어머니께서도 처음 몇 권까지는 "방귀도 자주 뀌다 보면 똥이 나온다"라며 응원해 주셨지만, 어느 순간부터 책이 나와도 더 이상 아무 말씀을 안 하신다. 아내는 책으로 성공하는 것보다 의사로 성공하는 게 더 쉽다며 정신 차리라고 한다.

책이라는 부업은 적자라, 재테크도 해봤다. 그러나 손대는 것마다 돈을 버는 게 아니라 돈을 잃었다. 부업도 재테크도 손대는 족족 실패다.

결국 본업으로 돌아와야 한다. 환자 수가 한정된 이상, 환자 1명당 매출을 높여야 한다. 영양제를 팔든, 수액을 권하든 뭔가를 해야 한다. 개원은 진료보다 사업이고, 병원장은 의사보다 사업가다. 그런데 나는 생긴 것 빼고는 소심하다. 환자에게 뭔가를 '파는' 일이 영 어색하다. 그래서 나는 개원을 망설이고 두려워하면서, 동시에 불확실한 상황 속에서도 과감히 개원하는 다른 의사들을 부러워하고 대단하다고 느낀다. 매년 근로계약서를 쓰면서 나이는 점점 들어가는데, 내년에 나가라고 하면 어떡하나 걱정하며 종합병원에서 근무하고 있다.

이상적인 꿈이 있다면, 현실적인 목표도 있다. 의사를 그만두는 날까지 의료소송에 휘말리지 않는 것이다. 수액을 맞고 팔에 멍이 들었다며 따지는 환자에게 진료비를 환불해 주고, 환자 약을 가루로 처방했다가 약값만 12만 원 물어준 적도 있다. 그 외에도 거의 매년 크고 작은 민원이 들어온다. 다니던 병원이 갑작스레 폐업하는 바람에 밀린 월급을 받지 못해 노무사와 함께 노동청에 간 적은 있지만, 운 좋게도 의료소송으로 법원까지 가본 적은 아직 없다.

나는 책을 좋아한다. 그리고 사람을 사랑한다. 책을 좋아하는 사람에게 의사는 좋은 직업이다. 진료실에서 만나는 한 사람, 한 사람이 하나의 책이다. 글자 대신 몸과 마음에 오롯이 새겨진 고통과 상처의 이야기들. 그걸 온전히 혼자, 조용히 몰래 읽는 느낌이 든다. 마음 한편으로는 미안하면서도 동시에 설렌다.

동시에 책을 좋아하는 사람에게 의사는 슬픈 직업이다. 한 사람이 평생 정성 들여 쌓아온 몸의 기록을 의사가 끝까지 읽지 못하는 경우가 많기 때문이다. 중간을 뛰어넘어 결말만 보거나, 다 읽기도 전에 덮어버리기도 한다. 책을 힘겹게 쓴 환자도 속이 상하고, 책을 읽는 의사도 속상하다.

이 책은 한 의사의 이야기다. 병원에 출근하면서 매출과 내년 계약을 걱정하는 직장인이자, 두 아이의 아빠이며, 사회의 구성원인 한 사람의 삶이다. 인간은 발로 땅을 딛고, 머리 위로 하늘을 두고 살아간다. 이 책을 통해 한 인간의 머릿속부터 마음, 그리고 진료실 안팎의 풍경을 함께 들여다보고 공감할 수 있는 시간이 되길 바란다.

요리사는 자신이 만든 음식을 맛있게 먹는 손님을, 의사는 자신의 치료로 몸이 나은 환자를, 작가는 자신이 쓴 책을 즐겁게 읽는 독자를 만날 때 가장 행복하다. 진료실에서는 좋은 의사가, 진료실 밖에서는 좋은 작가가 되기를 꿈꾼다.

　　　　　　　　잠잘 때는 물론이고, 화장실에 갈 때도, 샤워를 할 때조차 전화를 받아야 한다. 환자가 있으면, 외래와 병동 간호사부터 응급실, 다른 진료과 선생님들까지 언제든 시도 때도 없이 전화를 걸어온다.

　　　　　의사는 모든 환자를 살릴 수는 없지만, 자신을 찾는 전화는 모두 받아야 한다. 무균 장갑을 끼고 시술이나 수술 중이라면, 누군가 대신 바지 주머니에 손을 넣어 전화기를 꺼내주고 통화를 연결해 준다. 그래서 나는 지금도 내 전화를 대신 받아주던 간호사 선생님들의 얼굴을 기억한다. 김수진, 유이경, 이지혜 선생님. 덕분에 나는 100% 환자를 살리지는 못했지만, 100% 전화는 받을 수 있었다. 그나마 나는 수술하는 과가 아니라서, 내 손으로 내 전화를 받을 일이 많았다.

　　　　　언제 어디에 있든, 의사는 응답해야 한다. 집에서도, 길 위에서도, 밤중에도 핸드폰은 항상 곁에 있어야 한다.

　　　　"선생님, 401호 이수헌 환자가 갑자기 열이 나는데요, 어떻게 할까요?"

　　　　　하루에 100통 넘는 전화를 받고, 한 친구는 핸드폰이 과열로 불이 나기도 했다. 전화가 오지 않으면 마음이 놓이는 게 아니라, 핸드폰이 꺼진 건 아닐까 불안해하며 수시로 확인한다. 심지어 울리지 않는데도 환청으로 벨소리가 들리기도 한다.

　　　　　대학병원 의사의 하루는 7시에 시작된다. 아침 7시는 전날 하루의 끝이자, 오늘 하루의 시작이다. 이 모든 건 교수님의 외래 진료가 9시에 시작되기 때문이다. 교수님은 전공의와 8시에 회진을 돌며 입원 환자를 본다. 교수님과의 8시 본 회진에 앞서, 주치의인 전공의는 프리 회진을 돌아야 한다. 밤사이 환자 상태를 파악하려면 늦어도 7시에는 병원에 도착해야 한다. 전날 당직이었으면 번거롭게 출근할 필요가 없다. 집에 가지 않았으니까.

전날 오프로 집에 갔다면, 몸은 가볍지만 마음은 불편하다. 밤사이 내 환자가 어떻게 되었는지 모르기 때문이다. 반대로 전날 당직으로 병원에 있었다면, 연속 36시간 근무로 몸은 피곤하지만 마음은 편하다. 환자의 밤을 내가 함께했기 때문이다.

7시에 컴퓨터 앞에 앉는다. 각종 혈액 검사, 심전도, 호흡수-맥박수-체온-혈압 네 가지 바이탈사인, 엑스레이 등을 확인하고, 직접 병실을 돌며 환자 상태를 확인하는 프리 회진을 돈다. 그리고 교수님이 8시에 도착하면 본 회진에 들어간다. 이를 위해 환자들 역시 이른 새벽 혈액 채취와 각종 검사를 위해 잠에서 덜 깬 채 몸을 맡겼을 것이다.

의사의 하루는 그렇게 시작되고, 환자의 하루 역시 그렇게 깨어난다. 대학병원을 떠난 지금도 마찬가지다. 전화는 병원에서만 오지 않는다. 친지, 가족, 지인에게서 시도 때도 없이 연락이 온다.

"아들아, 내가 걸을 때마다 발뒤꿈치가 아픈데 우째야 되노?"

"친구야, 아이가 열이 나서 응급실 왔는데, 패혈증 의심되어서 척추 천자를 하자는데 어떻게 해야 되지?"

나는 환자뿐만 아니라, 가족, 친구, 지인의 주치의기도 하다.

이 책은 20년간 만난 20만 명의 환자와 사람을 마주한
의사이자 동시에 사람으로서의 고백이다. 교과서에 적혀 있지도,
차트에 남아 있지 않은 환자의 표정과 의사의 생각, 그리고 진료실
안과 밖의 감정과 갈등이 담겨 있다.

하루의 시작인 아침 7시에는 의사로서의 시작부터 환자
앞에서는 당당해야 하는 의사의 떨림을 담았다. 진료실에서 환자를
만나기 전의 준비부터 환자가 진료실 문을 열고 들어와 앉은
후, 진료실 밖을 나가기 전까지 의사의 머릿속을 담았다. 환자의
첫인상부터 질문과 진찰을 통해 진단에 이르는 여정을 함께한다.

분주한 진료실 안팎의 낮 12시에서는 의사의 번민을 담았다.
수액과 영양제를 팔려면 양심을 같이 팔아야 한다. 매출은 오르지만
마음이 불편하다.

"이 환자에게 이 검사를 해야 할까?"

검사를 하면 의사는 안전하지만 환자는 불편하다.
그렇다고 검사를 하지 않으면 의사와 환자는 위험해진다. 이러한
불확실성 속에서 의사는 자신의 진단이나 치료가 틀리지 않을까
전전긍긍한다.

오후 4시. 친절과 실력 사이에서, 공감과 경계 사이에서
의사의 고민이 시작된다. 그리고 점점 깨닫는다. 의사가 다루는 것은
병이 아니라 '사람'이며, 질병을 고치는 건 의학적 '기술'이지만,
사람을 움직이는 건 결국 '마음'이라는 것을. 의학을 넘어, 인술의

본질에 다가가려 한다.

환자도 사람이고, 의사도 사람이다. 밤이 오는 저녁 8시, 응급실과 외상센터, 그리고 이국종 교수 등을 통해 우리는 사회 속에서 의사의 모습을 들여다본다. 수많은 사회적 갈등 속에서, 의사의 현실을 바라보려 한다.

모두가 잠든 새벽 2시, 의사는 잠들지 못한다. 생과 사의 경계에서, 그는 임종을 지켜보고, 심폐소생술을 시행하며, 연명치료의 끝을 바라본다. 아무리 애써도 피할 수 없는 죽음 앞에서, 의사의 진심을 전한다.

의사의 하루는 떨림으로 시작해, 고민과 번민을 지나, 현실 앞에 멈춰 선다. 그리고 깊은 밤이 찾아오면 홀로 밤새우는 새벽 의사의 진심이 드러난다. 의사는 오늘도 환자 앞에서, 질병 앞에서, 잠 앞에서 지치고 흔들리지만, 그래도 꿋꿋이 다시 일어설 것이다.

이 이야기는 샤워할 때조차 핸드폰을 놓지 못하는 한 의사의 이야기이자 그저 한 사람의 이야기다. 나의 떨림과 고민과 번민과 현실, 그리고 진심이다. 이는 다른 의사도 다르지 않다.

이 책을 덮을 즈음엔, 나의 떨림과 번민이 당신의 떨림이 되고, 우리의 사회가 함께 나눌 고민이 되어 있기를 바란다.

2025년 4월, 생계형 인간 양성관 올림

CONTENTS

PART 4   저녁 8시: 현실
병원 밖, 삶의 자리

PART 5   새벽 2시: 진심
생과 사의 경계

떨림

처음은 설레는 동시에 떨린다. 처음 만나는 환자, 처음 맞는 죽음.

이제는 어느 정도 익숙해졌지만, 긴장은 여전히 남아 있다.

매일 아침 병원에는 새로운 환자와 오래된 환자, 낯선 증상과 익숙한 증상이

찾아온다. 정상과 비정상이 섞이고, 의사는 그 사이에서 수많은 선택을 해야 한다.

지켜볼 것인가, 개입할 것인가. 검사를 할 것인가, 말 것인가. 치료를 할 것인가,

기다릴 것인가.

환자의 첫인상, 질문, 진찰을 통해 진단과 치료라는 긴 여정을 시작한다.

처음의 설렘은 희미해졌지만, 매번의 떨림은 처음과 같다.

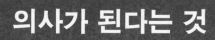

의사가 된다는 것

1

의사의
머릿속

점방이다. 맞다. 골목길마다 물건을 파는 작은 가게. 의사들은 길에
흔히 있는 소아과, 이비인후과, 내과 등을 '점방'이라고 부른다.
과(科)에 상관없이 '감잡과'라 통일해서 부르기도 하는데, 이는
감기와 잡다한 증상을 본다는 의미다. 감잡과 특성상 대부분의
환자는 기침이나 열을 호소하며 진료실을 찾는다.

"기침을 해요" "목이 아파요." "감기 몸살이에요." "콧물이 나요."

동네 감잡과 의사라면, 1년에도 수천 명, 하루에도 수십 명의
호흡기 증상을 본다.

의학 교과서에는 폐렴 치료에 대해서는 몇 장에 걸쳐 자세히
설명하지만, 감기에 대해서는 간단하게 몇 줄로 적혀 있다. '대부분
바이러스 감염이며, 항생제는 필요 없고, 증상에 맞춰 약을 쓴다.'
그래서 의사들 사이엔 이런 농담이 있다.

"감기는 약을 먹으면 일주일, 안 먹으면 7일 만에 낫는다."

음악 오디션 프로그램 심사위원은 가수 지망생의 첫 음절을 듣자마자 합격, 탈락 여부를 어느 정도 예측한다. 의사는 그보다 더 나아간다. 환자가 진료실 문을 열고 들어와서 어디가 아프다고 말하기도 전에, 이미 절반가량의 평가가 끝난다.

지금은 점방 원장이라 불리는 동네 의사지만, 적어도 전문의라면, 예전에는 대학병원 등에서 중환자를 돌보며 산전수전을 다 겪은 베테랑들이다. '클래스는 영원하다'는 말은 스포츠에만 해당되지 않는다. 같은 기침을 해도, 비쩍 마른 나이 든 남자 환자라면 수십 년간의 흡연력과 함께 만성 폐쇄성 폐질환을 의심한다. 걸어오는 것조차 힘들어한다면 폐 문제가 아니라 심장 문제일 가능성도 확인해야 한다. 아이나 어른이 쌕쌕거린다면 천식이나 급성 기관지염, 몸을 벌벌 떨면서 온다면 기침보다는 고열이 주증상일 수 있다. 중고등학생이 시선을 피하거나 머리를 긁적이면, 꾀병도 감안해야 한다.

환자가 호출을 받고 문을 열고 들어와 의자에 앉기까지, 대략 다섯 걸음. 그 5초 동안 의사의 머릿속은 자동으로 환자를 평가한다. 동시에 과거 차트를 본다. 초진인지 재진인지, 예전에 어떤 진단을 받았는지 등을 확인한다. 점방의 감잡과 의사들은 하루에 많게는 100명 넘는 환자를 보기에, 몇 년만 지나면 진료 대신 관상을 봐도 될 경지에 오른다. 척 보면 딱 안다.

사람들은 자신이 의사를 평가한다고 생각하지만, 의사 역시 환자를 평가한다. 네이버 등에 병원 리뷰와 평점이 있듯,

병원 차트의 비고란에 ***** 혹은 $$$$$ 등으로 표시가 있다. 병원 리뷰에서 별은 많으면 많을수록 좋지만, 병원 차트에서 별이 많으면 많을수록 좋지 않다. 별이 붙은 환자는 중환자보다 어렵다는 속칭 '진상' 환자다.

"어디가 불편해서 오셨어요?"

의사는 같은 질문을 하지만, 각기 다른 환자는 서로 다른 대답을 한다. **"목감기에 걸렸어요" "편도가 부었어요" "감기 몸살이에요" "코로나에 걸린 것 같아요"**처럼 스스로 진단을 내려 말하는 이도 있고, **"며칠째 기침 때문에 죽겠어요"**라며 호소하는 분도 있다. **"옆 병원에서 두 번이나 약을 먹었는데 효과가 없어서 여기로 왔어요"**라고 말하는 경우도 종종 있다.

의사의 질문은 이어진다. 처음 온 환자라면 **"평소에 앓고 있는 질환이나 먹고 있던 약이 있나요?"**처럼 기본 병력부터 확인한다. 이어 **"얼마나 되었나요?"**라고 묻는데, 일주일 이내면 크게 걱정할 필요가 없지만 2주 이상 지속되면 단순 감기가 아닐 가능성이 높다. 가래에서 피가 섞여 나오면 폐암, 기관지 확장증, 결핵 등을 감별해야 하므로 정밀검사가 필요할 수 있다. '얼마나'와 함께 '언제'도 중요한데, 먹고 누울 때 심해지면 역류성 식도염을 의심한다. 콧물이 나거나 코가 막히는 시점에 기침이 겹치면, 후비루 증후군으로 콧물이 목 뒤로 넘어가 생기는 기침일 수 있다.

질문 다음은 진찰이다. 콧물이 나거나 코가 막히면 코도 확인하고, 아이의 경우 콧물이 귀로 역류해 중이염이 흔하기에

귀도 본다. 이후에는 입을 살펴 편도에 하얀 삼출물 같은 염증이
있는지, 목 주변 림프절이 커져 있는지 살핀다. 목뿐 아니라 쇄골
주위 등 여러 림프절이 커져 있으면 결핵이나 림프종 같은 암일
가능성도 있다. 눈으로 본 뒤에는 청진기로 환자의 가슴 소리를
듣는다. 공기가 들어왔다 나가는 소리 외에 액체가 그르렁 끓는
소리(수포음)가 들리면 폐렴이나 폐에 물이 고여 있는 상태(폐부종)를
의심한다. 관악기처럼 높은 소리(협착음)가 나면 기도나 후두
부분의 폐쇄를 고려해야 한다. 쌕쌕거리는 소리(천명음)는 천식이나
기관지염에서 흔히 들린다.

　　　이 과정을 통해 기침이라는 증상을 폐암, COPD, 천식,
결핵, 급성 편도염, 후비루 증후군, 역류성 식도염, 폐렴 등과
비교·감별한 뒤, 대체로 '단순 감기'로 진단을 내린다. 그래도
찝찝하면 엑스레이를 찍거나, 열이 있고 코로나와 독감이 유행이면
코로나·독감 검사를 권한다.

　　　진단 다음은 처방이다. 증상에 맞춰 약을 처방한다.
천식이나 급성 기관지염이면 기관지 확장제를, 콧물이 심하면
항히스타민제를, 열이 나면 타이레놀 같은 해열·진통소염제를
사용한다. 특히 소아에서 쓰는 기관지 확장제는 손 떨림 같은
부작용이 나타날 수 있어, 보호자가 당황하지 않도록 미리 설명을
해줘야 한다.

　　　이런 진찰 과정은 수천 번, 수만 번 반복되어 의사의
머릿속에서 자동 프로그램처럼 돌아간다. 기침 외에도 복통, 두통,

발열 등의 증상에 대해서도 비슷한 과정을 거친다. 하지만 매번 환자에게 이 과정을 전부 설명하긴 불가능하다. 설령 가능하더라도 굳이 '폐암'이나 '결핵' 등을 언급해 환자를 불안하게 만들 필요는 없다. 의사의 3분 진료에는 10년 이상의 내공이 담겨 있다.

심지어 의사는 거짓말도 한다.

세 살 된 서희가 이틀째 열이 나서 병원에 왔다. 머리를 양쪽으로 묶은, 일명 '삐삐머리'가 귀엽다. 고열 때문에 한 번 해열제를 먹고 왔기에, 지금은 열이 어느 정도 떨어져 비교적 컨디션이 좋아 보인다. 다른 병원에서 코로나와 독감 검사를 모두 받았는데 음성이었다고 한다. 머리부터 발끝까지 진찰했지만 특별한 이상은 없었다.

체온이 높은 경우, 외부에서 열이 가해지는 걸 제외하면 각종 단순 감기, 독감, 코로나, 장염, 홍역, 수두, 돌발진, 요로 감염, 뇌수막염, 자가면역 질환, 암 등 무수히 많은 가능성을 생각해야 한다. 입원해 3주간 병원에서 온갖 검사를 다 해도 원인을 찾지 못할 때는 '불명열(Fever of Unknown Origin, FUO)'이라고 부르기도 한다. 발열은 병원을 찾는 가장 흔한 이유 중 하나이지만, 의사가 원인을 진단하기 가장 어려운 증상 중 하나이기도 하다.

"지금으로서는 열나는 원인이 확실하지 않습니다. 다만 아이 컨디션이 괜찮으니 좀 지켜보시죠. 그래도 계속 열이 나면, 코로나와 독감 검사를 했더라도 발열 초기에 하면 음성이 나올 수 있으니, 열이 심할 때 다시 한번 해보는 것도 방법입니다. 대부분 바이러스 감염으로 저절로

나아지지만, 나중에 발진이나 설사, 기침, 콧물이 생길 수도 있습니다. 5일 넘게 지속되면 가와사키병도 고려해야 하고, 드물지만 뇌수막염이나 선천성 면역 질환, 암 등일 수도 있습니다."

이 모든 가능성을 설명하면, 상당수 부모가 불안해한다. 그래서 차라리 **"목이 좀 부었네요. 2~3일 정도 열이 날 수 있는데, 몸에 발진이 생기거나 설사를 하거나, 아이가 처지면 다시 오세요. 곧 좋아질 겁니다"**라고 말한다. 물론 아이 목이 실제로 많이 부었다면, 침조차 삼키지 못할 정도로 심하게 아파하거나 먹지를 못한다.

성인을 위한 거짓말도 있다. **"목이 부었습니다"**가 **"감기 몸살입니다"**가 된다. 열에는 **"목이 부었다"**가, 두통·복통에는 **"신경성"** 혹은 **"스트레스성"**이다.

동네 점방, 감잡과라 불리는 곳에서 하루에 수십에서 수백 명의 환자를 상대하며 쌓인 내공은, 단순한 의학 지식을 훨씬 넘는다. 표정과 목소리, 몸짓 하나까지 놓치지 않고 살피며, 의사의 머릿속은 잠시도 쉴 틈이 없다. 문을 열고 들어오는 순간부터 나가는 순간까지 수천 가지 생각과 판단이 스쳐 지나가지만, 그 복잡한 과정을 환자에게 일일이 설명하지 않는다. 괜한 걱정을 주기보다 안심시키는 것, 그게 진짜 숙련된 의사의 역할 중 하나다.

의사는 병만 찾아내는 게 아니다. 때로는 형사처럼 거짓말을 가려내고, 때로는 환자를 위해 거짓말을 하기도 한다.

세 평 남짓한 진료실. 오늘도 그 불은 꺼지지 않는다. 의사의 머릿속도 마찬가지다.

2

의사라는
확률가

폐암은 숫자로 찾아온다. 국가에서는 54세 이상, 하루 한 갑 이상, 30년 이상 담배를 피운 사람에게 폐암 검진을 시행한다. 우리 병원에서는 해마다 약 1,000명이 폐암 검진을 받는데, 그 모든 결과를 내가 담당한다. 일반적으로 고위험군에서 폐암이 발견될 확률은 약 0.6% 정도인데, 나는 1년에 대략 6명가량의 폐암 환자를 진단하게 된다. 그런데 이번 일주일 동안만 해도 폐암이 의심되는 환자가 세 명이나 나왔다.

60대 남성 이정훈 씨의 폐에는 4센티미터 크기의 혹이 있었고, CT 판독 결과가 4B로 나왔다. 이는 폐암 가능성이 15% 이상으로 높게 의심된다는 의미였다. 여기까지는 영상의학과에서 내린 소견이고, 이제부터 환자에게 검사 결과부터 무엇을, 어떻게, 왜 해야하는지를 설명하는 건 내 몫이다.

"폐암일 가능성이 있지만, 감염이나 농양일 가능성도 있습니다.

둘 다일 수도 있고요. 정밀 검사가 필요하니 호흡기 내과 진료를 받아야 합니다. 지금으로서는 정확한 판단이 어렵습니다. 추가 검사를 통해 모든 것이 결정되니, 미리 걱정하거나 수술이나 항암치료에 대해 고민하지 마십시오."

그리고 나는 나만의 방법을 암 의심 환자에게 사용한다.

"핸드폰을 좀 빌려주십시오."

"핸드폰이요? 제 거요?"

"네. 제가 사진을 찍어드릴 테니, 지인 중에 의사가 있다면 보여주세요. 누구라도 정밀 검사를 하라고 할 겁니다."

'암'이라는 단어를 들은 환자는 대개 주변 지인 중에 의사가 있으면 바로 자문하려 한다. 물론 병원에서 CT 영상을 담은 CD를 복사해 주지만, 다른 의사가 이를 살피려면 시간이 걸리고 번거롭다. 그래서 나는 폐에 이상 소견이 있으면 판독문뿐 아니라 중요한 몇 장의 영상 이미지를 직접 환자 핸드폰으로 찍어준다.

암 가능성을 들은 환자들은 대부분 공황 상태에 빠져, 의사가 설명한 내용의 10%도 기억하지 못한다. 이럴 때 의사는 단순하고 분명하게 말해야 한다.

"호흡기 내과에서 암인지 염증인지 결정할 겁니다. 거기에 따라 치료 방법이 완전히 달라지니까요. 그러니 먼저 호흡기 내과 진료부터 받으십시오. 그리고 암이든 아니든 담배는 끊으셔야 합니다. 기억해야 할 두 가지, 첫째 호흡기 내과, 둘째 금연입니다."

불확실한 세상에서 사람들은 ○ 아니면 × 같은 100%

확실한 답을 원하지만, 신이 아닌 인간인 의사는 그 어떤 것도 100%
확신할 수 없다. 검사를 권하고, 약을 처방하고, 수술을 제안하는 건
그것이 절대적으로 '안전'해서가 아니다. 모든 검사와 약, 수술에는
부작용과 단점이 있고, 어떤 사람에게는 그 부작용이 효과보다
클 수도 있다. 그럼에도 전체적으로 부작용보다 효과가, 단점보다
장점이 크다고 판단하기에 의사는 그 길을 권한다.

실제로 폐암이 의심된 환자들 중 일부는 정말 폐암이었고,
일부는 폐렴·폐농양·결핵 등 감염성 질환으로 나오기도 했다.
어떻게 보면 오진이었다.

영상의학과 선생님과 내가 아무리 고민해도 틀릴 때가
있다는 뜻이다. 의사도 완벽하지 않다.

내 역할은 여기까지다. 앞으로 호흡기 내과와 병리과
선생님들은 이정훈 씨 폐에 있는 4센티미터 결절이 암인지 염증인지
고민할 것이고, 만약 암이라면 흉부외과 선생님은 수술로, 내과
선생님은 항암제로, 방사선 종양학과 선생님은 방사선으로
이정훈 씨의 생존율을 높이기 위해 최선을 다할 것이다.

이정훈 씨 본인도 금연을 통해, 혹시나 암이라 하더라도 생존
확률을 높여야 한다. 의사와 환자가 함께 노력해야 한다.

결국 우리는 모두 불확실한 세상에서 좋은 확률은 높이고,
나쁜 확률은 낮추기 위해 노력한다. 의사는 확신가가 아니라
확률가다.

3

불편한
진실

그녀의 품에는 럭비공 대신 두꺼운 노란 서류가 들어 있었다.
점심시간이 30분 남았을 무렵, '오늘 점심 메뉴가 뭐였더라?' 하고
생각하던 내 앞에, 50대 중반으로 보이는 아주머니가 서류를 꼭 쥔
채 돌진하듯 들어왔다. 그 뒤로는 20대 초반쯤 되어 보이는 남자가
따라 들어왔다.

'흠…' 노란 서류가 괜히 마음에 걸렸다. 독감 접종이나
간단한 상담이라면 저 정도의 서류는 필요 없을 텐데. 너무 두껍다.
심상치 않다.

"검진 결과 설명을 들으러 왔어요."

깊게 눌러 쓴 검은 모자와 하얀 마스크 사이로 보이는, 붉게
충혈된 그녀의 두 눈에는 불안과 분노가 엉켜 있었다. 불길한 예감이
스쳤다. '암이라도 나온 걸까.'

"그래요? 한번 볼까요?"

그녀가 꺼낸 건강검진 결과지는 2017년자, 즉 5년도 훌쩍 넘은 자료였다. 게다가 접수된 환자는 분명 여자였는데, 결과지는 남자 이름이었다. 고개를 갸우뚱하던 내게 아주머니가 말했다.

"남편 거예요."

"네? 그럼 남편분은 어디 계시고요?"

"… 돌아가셨어요. 신장 수술을 받다가….."

그녀 뒤에 서 있던 스무 살 남짓한 아들이, 손에 쥐고 있던 휴대폰을 살며시 앞으로 내밀었다. 내 말을 녹음하려는 기색이었다.

원래 내 이상적인 꿈은 한 환자에게 15분씩, 하루 20~30명만 예약 진료하는 것이다. 그러나 현실적인 꿈은 의사 생활을 마치는 순간까지 법적 소송에 휘말리지 않는 것이다. 오늘 그 꿈이 깨질 수도 있겠다는 예감에 어깨가 움츠러들었다.

"일단 다 주세요. 제가 볼게요."

한 장, 두 장… 끝도 없이 서류가 쏟아졌다. 우리 병원에서 딱 한 번, 2017년에 받은 검진 자료 외에도 다른 병원에서 2018, 2019, 2020, 2021년에 한 검진 결과까지. 대충 봐도 100장은 넘어 보였다. 서류를 다 검토하려면 몇 시간은 필요했기에 우선 신장과 관련된 수치만 재빨리 훑어봤다. 하지만 신장 수치는 전부 정상이었다. 거기다 신장 초음파나 CT 같은 영상 자료는 하나도 없었다.

"보호자분, 신장 수치는 다 괜찮아요. 사실 신장암과 같은 구조적 문제는 초음파나 CT 같은 영상을 봐야 알 수 있고, 혈액 수치는 암 말기가 되어야 이상하게 나옵니다. 혈액 검사만으로 신장이 괜찮았다고 할 수는 없습니다."

그러자 아주머니가 갑갑한듯, 소리 높여 말했다.

"선생님, 심장요. 심장."

'…'

**"사실 남편이 심근경색으로 시술받다가 중환자실에서
돌아가셨거든요. 최근 직장에서 스트레스를 많이 받아왔는데, 산재 신청이
거절당했어요. 그래서 남편이 평소 얼마나 건강했는지, 그걸 증명하려고
왔어요. 선생님께서 건강했단 소견서를 좀 써주시면 좋겠는데요."**

나는 잠시 말문이 막혔다. 남편분이 세상을 떠난 건 안타까운
일이지만, 내가 이 병원에서 근무한 지는 한 달밖에 안 됐다.
게다가 우리 병원에 남아 있는 기록도 5년 전 단 한 번의 건강검진
결과뿐이었다.

'다른 병원들은 다 거절당했겠지. 그래서 여기까지 온
거겠지.'

속으로 그렇게 짐작했지만, 바로 **"안 됩니다"**라고 잘라
말하기가 쉽지 않았다.

"볼펜으로 몇 군데 체크 좀 할게요. 괜찮으시죠?"

"… 네."

나는 마음을 다잡고 차근차근 검토했다. 우선 혈압은 고혈압
기준 가까이까지 올랐고, LDL 콜레스테롤은 이미 160을 넘더니
마지막에는 190까지 올랐다. 매년 검사 결과지마다 '고지혈증 의심,
의사 진료 필요'나 '금연 권고' 같은 문구가 적혀 있었지만, 실제로

약 처방은 전혀 받지 않은 듯했다.

"평소 드시는 약은 없었나요?"

"없었어요. 몸은 늘 튼튼했거든요. 최근에 스트레스가 심하더니 갑자기 심근경색이 온 거예요."

나는 조심스레 설명했다.

"여기 보시면, 매년 고지혈증 진단이 나왔고 치료 권고가 있었는데도, 진료를 안 받으셨잖아요."

"네…"

"고지혈증이 있다고 다 심근경색이 생기는 건 아니지만, 확실히 위험은 올라갑니다."

이번에는 휴대폰으로 '10년 심혈관계 발생률 예측 공식'을 검색해 보여주었다. 그 수치대로라면, 남편분이 향후 10년 내 심장 질환이 발생할 확률이 20%쯤 됐다.

"이게 현재 가장 널리 쓰이는 예측 공식이에요. 남편분은 10년 안에 심혈관 질환이 발생할 가능성이 20% 정도였습니다."

아주머니는 말을 잃었고, 아들이 대신 물었다.

"꼭 고지혈증 때문이라고 할 수 없잖아요? 다른 원인도 있을 거고."

"그렇죠. 나이, 유전, 고혈압, 당뇨, 술, 담배, 운동, 스트레스… 다 복합적이에요. 하지만 의사로서 다룰 수 있는 건 결국 고혈압, 당뇨, 고지혈증이에요. 제가 써드릴 수 있는 건 '고지혈증이 있었고, 약 복용은 없었으며, 심혈관 질환 발생 확률 20% 정도였다'는 정도입니다."

그러자 아내분이 절규하듯 말했다.

"선생님, 남편은 정말 건강했단 말이에요. 이건 전부 스트레스 탓이에요."

"그 부분은 법원에서 판단할 문제입니다."

'남편은 건강했다.' → 아프지 않았던 것과 '건강함'은 다르다. 심근경색은 본래 갑자기 생긴다. 거기다 남편분은 담배도 피웠고, 고지혈증이 있었는데 약을 전혀 드시지 않았다. → '고지혈증 있다고 무조건 그런 병에 걸리는 건 아니지 않냐.' → 맞다. 하지만 위험도는 올라간다. → '스트레스 때문이었다.' → 그럴 수도 있으나, 법원에서 판단할 일이다. → '남편은 건강했다…' 서로 다른 말이 각자 나란히 자신의 길로만 달려 만날 수 없었다. 나와 아내분의 대화는 N과 S극처럼 서로를 밀어낼 뿐이었다. 어느새 30분이 훌쩍 지나 있었다. 대기실 쪽에서는 기다리는 환자들의 불편한 기색이 새어 나왔고, 간호사의 다급한 목소리가 들렸다.

"안에서 상담이 길어지고 있어요. 조금만 더 기다려 주세요."

그 소리에 아내분도 잠시 멈칫했다. 아까까지 붉게 상기되어 있던 얼굴은 창백해졌고, 희미하게 떨리는 게 보였다.

"산재 판정 문제는 변호사와 상의하시는 편이 좋겠습니다."

마지막으로 조심스럽게 말을 건네자, 그녀는 아무 말 없이 고개만 끄덕일 뿐이었다. 그리고 자리에서 천천히 일어났다. 들어올 때의 거친 발걸음과 달리, 나갈 때는 마치 짐을 한가득 짊어진 듯 무겁게 발을 질질 끌었다.

남편을 잃은 아내, 아버지를 잃은 아들. 그 상실감과

억울함을 떠올리면 나 또한 마음이 아렸다. 하지만 진실은 때론 너무나 불편하고, 때로는 가혹하기까지 하다. 그 불편함을 인정하는 것, 그리고 그 안에서 살아가는 것. 우리는 매일 그렇게 진실과 마주하며 살아간다.

4

의사의
소개팅

화려하기보다 단정하고, 무엇보다 깨끗하게 입는다. 깔끔한 남색
면바지에 편한 구두를 골랐다. 172센티미터의 키에 깔창이나 키높이
구두를 생각 안 한 건 아니지만, 어차피 앉아 있으면 잘 티도 안
나고, 걸을 때 남의 신을 신은 것처럼 어색하고 불편했다. 셔츠는
흰색이 기본이지만, 더운 날에는 시원한 느낌을 주려고 블루 계열을,
겨울에는 과감하게 연한 핑크를 입기도 한다. 셔츠를 매번 다려 입을
시간과 여유가 없어, 애초에 주름이 잘 생기지 않는 링클프리 제품을
고른다. 넥타이를 맬까도 고민했지만, 얼굴이 크고 목이 두꺼운 나는
넥타이를 매면 목이 갑갑해 몇 번 하다 포기했다.

　　향수를 가끔 뿌리지만, 이는 상대를 위해서라기보다 내 기분
전환을 위해서다. 포근한 플라워 계열보다는 상쾌한 아쿠아 계열을
선호한다. 터널에서 교통사고가 났을 때와 심한 폭설이 내렸을 때 딱
두 번을 제외하고, 10년간 약속 시간에 늦은 적이 없다. 늘 10분에서

20분 정도 일찍 도착해 미리 준비를 한다. 헐레벌떡 뛰어오며 땀
냄새를 풍기는 건 예의에 어긋날 뿐 아니라, 추태라고 생각한다.

　　나는 준비가 되었다. 마지막으로 자리에 앉아 옷매무새를
다시 한번 가다듬고, 물을 조금 마셔 목을 축인다. 가장 중요한
첫마디에서 목이 갈라지면 점수가 깎일 테니까.

　　당신은 10만 명 중 나를 선택했다. 어떤 지인이 **"내가
아는 사람 중에서 정말 괜찮다"**고 추천했을 수도 있고, 단순히 집이
가까워서일 수도 있다. 인터넷에서 내 평가를 보고 찾아왔을 수도
있다. 나를 만나기 전까지 당신은 나 말고도 다른 사람을 고를 수
있는 '갑'의 위치지만, 나를 만난 순간부터는 당신이 '을'이 된다.
내가 마음에 안 들면, 또 다른 사람을 찾느라 돈과 시간은 물론
귀중한 에너지도 써야 한다. 먼저 말을 거는 쪽은 항상 나다.

　　"어디가 불편해서 오셨어요?"

　　당신은 환자고, 나는 의사다. 내 첫인상이 긴장한 당신
마음에 들었을지는 모르겠다. 혹시 나도 모르게 목소리가 컸다면,
바로 전 환자가 귀가 잘 들리지 않는 할아버지였기 때문이니
이해해 주기를 바란다. 기다리는 동안 당신을 응대한 직원 태도부터
조명이나 벽지 색깔, 대기실 의자가 편했는지도 궁금하다. 너무 오래
기다렸다면 내가 인기가 많아서라고, 대기 없이 바로 들어왔다면
내가 인기가 없어서라기보다 기다리지 않아서 운이 좋았다고 생각해
주면 좋겠다.

　　좁은 진료실로 당신이 들어오면 가장 먼저 체취가 훅 하고

전해진다. 너무 진한 향수나 화장품 냄새는 머리를 어질어질하게 만든다. 너무 아프거나 다쳐서 급히 온 게 아니라면, 심한 땀 냄새나 발 냄새는 나지 않았으면 좋겠다. 불쾌해서 그런 건 아니다. 의사라면 이미 최고의 향기부터 최악의 악취까지 다 맡아보았기에 냄새는 대수롭지 않다. 다만 다음 환자가 들어와 코를 찡그리며 날 의심스러운 눈초리로 처다보면 **"제가 아니라, 앞 환자분 냄새입니다"**라고 해명하기가 영 구차해진다.

"열이 나요."

"며칠이나 되었어요?"

"쫌(꽤, 제법, 에법) 됐어요."

'좀'이나 '꽤'라는 말이 나오면, 내가 잠깐 인상을 썼을지도 모르겠다. 젊은이의 시간은 빠르고, 어르신의 시간은 느리다. 20대가 말하는 '쫌'은 3~5일이지만, 70대가 말하는 '꽤'는 보름이거나 한 달이기도 하다. 하루나 이틀 열이 났다면 의사는 보통 감기 등을 생각하지만, 일주일 이상이면 폐렴, 요로 감염, 암 등도 의심한다. 그래서 **"정확하게 언제부터 열이 났나요?"**라고 다시 물을 수밖에 없다. 그러니 3일 전, 7일 전처럼 가능하면 구체적으로 말해주면 좋다.

"혹시 앓고 있는 질환이나, 먹고 있는 약, 수술·입원 경력이 있나요?"라고 물었을 때, **"심장이 안 좋아서 심장약을 먹고 있어요"**라고 하면 속으로 살짝 한숨이 나온다. 심장 질환만 해도 책 한 권, 심장약은 수백 종에 달한다. 혈압을 낮추는 약(항고혈압제), 피를 맑게 하는 혈전용해제, 부정맥을 조절하는 약 등 다양하다.

게다가 심장이라는 단어는 발음상 신장과 비슷해 종종
혼동된다.

"신장이요? 심장이요?"

나는 또다시 물어야 한다.

**"혈압약으로 노바스크 5밀리그램과, 고지혈증으로 리피토
10밀리그램 복용 중이에요."**

이렇게 말하면, 나는 컴퓨터 모니터를 바라보던 시선을 다시
당신에게로 돌린다.

'오, 이 환자는 제대로 알고 있구나.'

마찬가지로 **"간이 안 좋아요"** 보다는 **"정상 간 수치가
40이라는데, 제 수치는 60이래요"** 라고 말해주면 좋다. 의학은 과학이고,
과학은 수학을 바탕으로 하며, 수학은 숫자다. 불확실한 세상에서
확실한 숫자는 소중하다. **"꽤"** 보다는 **"두 달 전"** **"며칠 전부터"** 보다는
"어제부터" **"신장이 안 좋아요"** 보다는 **"신장 기능(eGFR)이 50"** 라는 식의
표현이 안개를 걷어 내는 데 훨씬 도움이 된다.

워낙 세상이 바쁘고 복잡하니, 그 어려운 것을 어떻게
다 기억하느냐고 묻는다면, 굳이 외울 필요 없다. 인간은 도구의
동물이다. 머릿속 기억보다는 휴대폰 속 사진이나 메모가 훨씬
정확하고 오래간다.

당신은 1년에 손에 꼽을 정도로 의사를 만나고, 어쩌면
내가 올해 당신이 만나는 첫 의사일 수도 있다. 그러나 나에게는
오늘 진료하는 수십 명 중 한 사람이다. 당신은 의사에게 '유일한

환자'이고 싶겠지만, 의사인 나에게는 '수많은 환자' 가운데 한 명이다.

환자인 당신은 하고픈 말이 많을지 모르겠다. 나 역시 차 한잔하며 이런저런 이야기를 주고받고 싶다. 당신의 아픔은 물론 인생까지 알아가면 좋겠지만, 현실은 그렇지 못하다. 의사인 나도 15분 진료를 꿈꾸지만, 우리에게 주어진 시간은 고작 3분이다. 언제나 그렇듯 이상과 현실은 서로 멀고, 진료실에서도 마찬가지다.

당신이 돈이 많든 적든, 지위가 높든 낮든, 질병과 고통은 차별하지 않는다. 의사의 진료 또한 마찬가지다. 당신이 대통령이라 한들, 병원 벽 액자 뒤 이중 잠금장치가 된 금고를 열어 특별한 주사나 약을 꺼내 쓸 일은 없다. 그러니 "내가 왕년에…" "내가 누군데…" 하는 식으로 우리에게 주어진 소중한 3분을 허비하지 말았으면 한다.

"몇 군데 병원을 돌아다녔는데, 전혀 낫지 않았어요. 거기다 옆 병원 의사는 왜 그렇게 불친절한지… 제가 나오면서 다시는 안 간다고 다짐했어요."

이렇게 다른 의사나 병원을 험담하는 분도 때때로 있다. 그런 말을 들으면, '그래, 내가 잘 봐줘야겠다'보다는 '여러 의사에게 만족 못 했는데, 과연 나에게 만족할 수 있을까'라는 생각이 먼저 든다. 그러니 헤어진 애인, 아니 의사가 못마땅했다고 해도 일단 당신 마음속에 묻어두길 바란다. 사랑하는 이의 아픈 과거를 전부 알면, 그 사람을 온전히 사랑하기 힘들다. 차라리 상대의 과거는 모르는 게 나을 때가 있다.

우리는 살면서 무수히 많은 사람을 만난다. 대부분은 시간이 지나면 이름도, 얼굴도 잊는다. 하지만 때로는 누군가의 기억에 오래 남고 싶기도 하다. 나도 마찬가지다. 좋은 의사, 다정한 의사, 따뜻한 의사로 기억되고 싶다. 그렇지만 안타깝게도, 사람은 좋은 기억보다 나쁜 기억을 더 오래 간직한다. 의사도 마찬가지다. 추억은 애써 떠올려야 하지만, 상처는 잊으려 해도 불쑥 떠오른다.

"당신이 의사냐?"라며 손가락질하던 보호자, 응급실에서 만취 상태로 내 멱살을 잡았던 이영수씨, 치료비가 없다며 **"선생님도 저처럼 대머리니까 공짜로 해달라"**라고 했던 60대 김화중씨도 생각난다. 머리카락이 없는 것도 서러운데, 그것이 진료비 할인 이유가 될 수도 있음을 그때 처음 깨달았다.

상처를 주던 이들이 스쳐 가면, 상태가 위중했던 환자분들이 떠오른다. 말기 폐암으로 숨을 헐떡이던 정순분 할머니, 술로 인해 심장이 망가진 김경숙씨, 얼굴에 암이 퍼져 차마 눈 뜨고 보기 힘들었던 이재준씨. 분노와 슬픔을 넘긴 뒤에야, 간신히 따뜻한 미소를 떠올리게 된다. 손수 편지를 보내며 **"선생님 덕분이에요"**라고 고마움을 표했던 김명준씨가 그 주인공이다.

그래서 의사인 내가 당신을 선명히 기억한다는 건, 당신에게 좋은 일이 아닐 수 있다. 당신이 병원에 몇 번 왔어도 내가 얼굴을 잘 기억하지 못하고, 차트를 보고서야 **"아!"** 하며 떠올린다면 당신은 서운할지 모르지만, 그것이 우리가 함께한 '소개팅'의 가장 좋은 모습이다. 진료가 끝나고 몇 달 후 당신이 이렇게 말해준다면, 그걸로 충분하다.

"그 대머리 의사… 잘 기억은 안 나는데, 괜찮은 사람이었던 것 같아."

짧은 만남이었지만, 잘 스쳐 지나가는 것. 이것이 서로에게 최선의 만남이다.

5

의사는
의사다

젊은 남자는 무언가를 숨기려는 듯 불안해 보였다. 진료실에 들어와
나와 눈을 맞추지 못하고, 주위를 두리번거리며 눈치를 살폈다.

20대 초반, 키 170센티미터쯤. 안경 없이 마른 체형,
위축된 어깨와 조심스러운 걸음. 정장 대신 편한 옷차림을 보니
직장인이라기보다 대학생에 가까웠다.

그의 손에는 하얀 A4 용지 한 장이 들려 있었는데,
건강검진표는 보통 하늘색이므로 아마 채용 검진 서류인 듯했다.

"채용 검진하러 오셨네요. 이쪽으로 앉으시고, 종이 주세요."

"아, 네."

나는 최대한 상냥하게 말을 건네며 손을 내밀었지만,
움츠린 그의 어깨는 좀처럼 펴지지 않았다. 내게는 스쳐 지나가는
평범한 환자 중 한 명이지만, 그에게는 1년에 한두 번 만날까
말까 한 '의사'이기에 긴장하는 것이라 여겼다. 다들 병원에 오면

무서우니까.

그에게서 채용 검진 서류를 건네받았다. 적힌 키와 몸무게는 나와 비슷했고, 시력은 1.2/1.0으로 나보다 더 좋았다. 나이는 내 절반이었다.

"평소에 앓고 있는 질환이나 먹는 약, 과거에 수술이나 입원을 하신 적 있으세요?"

"아니요."

"지금 어딘가 불편하신 데는 없고요?"

"네."

나는 빈칸을 전부 '정상'으로 채운 뒤, 마지막에 내 이름과 사인, 그리고 의사 면허번호를 적었다. 이제 가슴 사진, 혈액·소변 검사만 끝나면 된다.

채용 검진은 환자와 의사가 같은 곳을 바라본다. 평가받는 사람도, 평가하는 나도 '정상'과 '합격'만을 바란다. 만약 모든 검사가 정상이면, 나는 '합격' 서류를 건네주고, 그와 나는 '혹시나' 했던 불안을 떨쳐내며 **"역시"** 하고 웃는다. 하지만 만약 비정상 결과가 나오면, 그와 나는 서로 다른 곳을 보기 시작한다. 그는 당장의 불합격을 걱정하고, 나는 합격시켰을 때 나중에 돌아올지도 모르는 '법적 책임'을 걱정한다. 결국 환자는 문제를 숨기려 하고, 의사는 그 문제를 찾아야 한다.

"자, 채용 검사는 여기까지입니다. 혹시 사는 동안 어디가 아프거나 궁금한 점 있으세요?"

나는 만년필을 내려놓고, 두 손바닥을 펼쳐 보이며 물었다.
병원과 진료실, 그리고 대머리 의사가 아직도 어색한 듯 그는 작은
목소리로 말을 꺼냈다.

"선생님, 사실은…"

'사실은'이라는 말 뒤에는 두려운 진실이 숨겨져 있다. 이미
한 번 거짓말을 했다는 뜻일 수도 있고, 앞으로 진실만을 말하리라는
보장도 없다. 의사로서 지금까지 **"사실은"** 뒤에 이어진 말들은 대개
이랬다.

"보험 들어둔 게 있어서…"

"넘어져서 다친 게 아니라, 사실 남편에게 맞았는데…"

**"제가 교대 근무가 아니라, 어떤 남자에게 심한 욕설을 들은 뒤부터
잠을 못 자서…"**

"전에 다른 병원에서 정밀 검사를 받아야 한다고 했는데…"

특히 마지막처럼 '다른 병원에서 정밀 검사를 받으라 했다'는
사실을 숨기는 환자는, 의사는 물론 자신도 위험해질 수 있다.
이는 경찰이 '여성이 지르는 비명'을 듣고 긴급 출동하는 경우와,
정규 순찰로 대응하는 경우의 차이와 같다. 알려주기만 했다면
달라졌을지도 모를, 그 찰나의 경고음을 놓쳐버리게 된다.

거기다 환자가 한 번 거짓말을 했다는 것은, 내가 단순한
진료에 더해 환자의 말이 진실인지 거짓인지를 따져야 함을
의미한다. 하얀 진료실이 검은 취조실로 바뀌는 기분이었다.

"제가 어렸을 때, 눈에 문제가 있어서 수술을 했거든요."

"무슨 수술이었나요?"

나는 다시 만년필을 들었다.

"선천성이라고 했는데, 정확하게는 모르겠어요. 그런데 제가 의경에 지원하려고 이번에 검진을 받는 거예요. 거기서 신체검사를 해 오라길래요."

의외로 단순한 내용이었다. 일단 지금 시력에 문제가 없으니 괜찮겠다 싶었다. 나는 안심하고 만년필을 내려놓았다. 그러나 그의 이야기는 거기서 끝나지 않았다.

"그런데… 혹시 눈 때문에 군대를 면제받을 수도 있지 않을까 해서요."

'사실은' 다음에는 '그런데'가 이어지는, 일종의 시간차 공격 같은 느낌이었다.

그는 눈 때문에 의경에 불합격될 것을 걱정하면서도, 동시에 눈 덕분에 군 면제를 받을 수 있을지 기대하고 있었다. '진료실에 들어올 때부터 주춤거리던 이유가 바로 이것이었구나.' 남자에게 군대는 대학과 함께 인생의 가장 복잡한 미션이다. 어떻게든 대학은 가고 싶고, 군대는 가고 싶지 않다. 뒤늦게 진실을 털어놓은 이유가 양심에서 비롯된 게 아니라 욕망에서 비롯된 것임을 알자, 묘한 배신감이 들었다.

'제가 잘 모르니 안과 가보세요'라고 단호히 말해야 했을지도 모른다. 그러나 같은 대한민국 남자로서 그의 처지가 안쓰러웠다. 나는 18개월 군 복무 대신, 공중보건의로 36개월을 지리산 아래 산청에서 보냈다. 육지에 뜬 섬 같은 권태에 미쳐 전화번호부를 읽고, 교회와 절의 수를 세어가며 외로이 지낸 시간이었다. 그 시절을 떠올리니, 그 마음을 이해할 수 있었다.

나는 다시 만년필을 들고 하얀 종이를 꺼냈다.

"어디서 수술받으셨는지 아세요?"

"서울대학교 병원에서요. 근데 수술하신 교수님은 이미 은퇴하셨대요."

그는 신생아 때 자신을 수술한 교수의 은퇴까지 확인해 둘 만큼 치밀했다. 그러면서도 내 첫 질문, '과거 수술이나 입원 경험이 있냐'는 말에는 **"없다"**라고 거짓말했다. 화가 나기도 했지만, 이왕 돕기로 했으니 끝까지 돕기로 했다.

나는 종이에 적었다.

'서울대학교 병원, 안과, 병명 확인.'

"교수님이 바뀌어도 기록은 남아 있으니까 걱정 말고, 직접 진료를 잡으세요. 병명과 수술 내용이 뭐였는지 알아야 병무청에서도 심사를 하거든요. 거기서 병무용 진단서도 발급 가능하고, 다른 병원 갈 필요도 없어요. 가서 처음부터 군 면제 사유를 알고 싶다고 솔직히 말하세요."

"네, 병무청 지정 병원도 알아봤는데, 어디를 가야 할지 몰라서…"

'길거리에 병원·의원 간판이 널렸는데, 물어볼 데가 없긴 뭐가 없나…' 속으론 안타깝다가도, 그래도 안내는 해주어야 했다.

나는 종이에 다시 적었다.

'진단명, 수술, 병무용 진단서.'

"아직 병역 검사는 안 받으셨죠?"

"네."

20년 전, 창원 병무청에서 신체검사를 받던 때가 떠올랐다.

"병무청 가면 의사가 몇 명 앉아 있고, '이상 없죠?' '네' 하면
끝나버려요. 미리 소견서나 기록을 준비해 가지 않으면 아무도 챙겨주지
않아요. 그냥 현역으로 군대 가는거죠."

주저하던 그가 이제 조금 더 적극적으로 고개를 끄덕였다.

"게다가 지금 시력은 정상이라서 의경 가는 건 문제없을 거예요.
굳이 얘기 안 하면 모르니까요. 반대로 군대 면제가 될 가능성은 낮지만,
1%라도 가능성이 있다면 한 번쯤 확인해 보는 게 나쁘지 않잖아요. 며칠
고생해서 1년 6개월을 절약할 수도 있는 거니까."

그는 이제 어느 정도 마음의 짐을 내려놓은 듯했다. 자세가
전과 달리 한결 편해 보인다.

"그리고 예약할 때 되도록 젊은 남자 선생님 찾으세요. 군대
싫어하는 의사 많으니, 더 잘 이해해 줄 거예요."

"아, 네."

나는 종이에 '젊은 남자 의사'라고 덧붙이며 마무리했다.

"이해되셨죠? 이런 건 본인이 발로 뛰면서 알아봐야 해요. 아무도
대신 챙겨주지 않아요."

처음에는 고개를 못 들던 그가 이제 연신 허리를 굽혀 인사를
했다. 나는 '정상'이라고 찍힌 채용 신체 검사서를 건넸다.

"선생님, 그 써주신 메모도 좀…"

"아, 이거요? 네, 가져가세요."

서울대학교 병원, 안과, 희귀병, 진단명, 수술, 병무용 진단서, 젊은 남자 의사… 무질서하게 적힌 종이지만, 그에게는 도움이 될지도 몰랐다.

"정말 감사합니다. 선생님, 감사합니다."

그는 몇 번이나 고개를 숙였다. 처음 진료실 문을 열 때 잔뜩 웅크렸던 어깨가 이제는 곧게 펴져 있었다.

의사는 선과 악을 따지거나 판결하지 않는다. 심지어 환자가 의사를 속이려 해도, 의사는 그런 환자마저 돕기 위해 노력한다. 그것이 의사의 일이다.

덧붙이는 이야기

얼마 전, 내 모교인 부산대학교 병원 응급실에서 방화 사건이 있었다. 술에 취한 60대 남자 보호자가, 역시 술에 취한 아내를 데리고 와서는 의료진에게 폭언과 폭력을 휘둘렀다. 심지어 아내조차 링거줄을 스스로 뽑고 진료를 거부하며 난동을 부렸다. 그런데도 모자랐는지, 그 남자는 병원에 휘발유를 뿌리고 불을 질렀다.

그로 인해 응급실 직원 29명과 환자 18명이 대피했으며, 무려 10시간 동안 응급실 진료가 중단되었다. 응급실 특성상 거동이 불편한 환자나 중환자가 많으므로 자칫 대형 참사로 번질 뻔했다. 다행히 병원 직원들이 소화전으로 재빨리 진압해 5분 만에 불은 꺼졌고, 방화를 저지른 A씨 혼자 왼쪽 어깨와 다리 등에 2~3도

화상을 입었을 뿐 다른 인명 피해는 없었다. 그리고 A 씨는 자신이 불을 지른 바로 그 병원의 중환자실에서 치료받고, 살아 나갔다.

의사는 폭언과 폭력을 넘어, 불까지 질러 자신을 해치려 한 사람마저 살리기 위해 최선을 다한다.

의사는, 의사다.

6

아이돌
의사

박숙자 할머니는 아프다고 고래고래 소리를 질렀다. 그럴 만도 했다.
젊었을 때부터 먹고살기 위해 안 해본 일이 없는 인생이었다.

"내가 안 아프려고 수술했지, 아프려고 한 거 아니잖아?"

"아이고, 아파 죽겠네."

"수술 잘못된 거 아냐?"

"나 죽는다."

오랜 고생은 몸에 남았다. 허리도 좋지 않았고, 손가락
마디는 나보다 굵었다. 무엇보다 양쪽 무릎의 연골이 다 닳아
없었다. 전형적인 퇴행성 관절염이었다. 우리가 치킨을 먹다 보면
뼈 끝에 하얀 물렁뼈가 보이는데, 그게 뼈와 뼈가 부딪힐 때 충격을
줄여주는 연골이다. 나이가 들고 관절을 많이 쓰다 보면 연골이 닳아
없어지고, 움직일 때마다 뼈가 직접 부딪히며 통증이 생긴다. 아무리
연골 주사를 맞아도 잠깐뿐이었다.

무릎이 아프니 몸을 움직이기 힘들고, 그러다 살이 찌면 무릎 통증은 더 악화되는 악순환이 반복됐다. 송곳으로 무릎을 쑤시는 듯한 고통이 지속됐고, 진통제를 먹어도 잘 듣지 않았다. 결국 선택지는 죽을 때까지 참고 살거나, 인공관절 수술을 받는 것뿐이었다.

75세의 박숙자 할머니는 더 이상 이 지긋지긋한 통증을 견디지 못해 인공관절 수술을 받았다. 그러나 수술한 지 3일째가 되었는데, 통증은 나아지기는커녕 오히려 더 심해졌다. 그러니 병실이 떠나가도록 소리칠 만도 했다.

정형외과에 파견 나와 박숙자 할머니의 주치의가 된 나는 당황스러웠다. 인공관절 수술 후 얼마 지나지 않은 시점이 무엇보다 중요한데, 수술 직후에는 무릎이 뻑뻑한 게 당연하다. 이때 부지런히 관절을 움직여야 굳지 않는다.

"처음엔 아프고 힘드시겠지만, 부지런히 운동하셔야 해요. 처음에 잘 움직이지 않으면 수술한 관절이 그대로 굳어버릴 수도 있거든요. 자, 저랑 같이 조금만 해볼까요?"

"도저히 아파서 못 하겠다. 이렇게 아픈 줄 알았으면 수술 안 했지."

박숙자 할머니는 아예 앉은 채로 등을 돌려 내 얼굴을 보지 않았다. 난감했다. 곧 있을 교수님 회진 때도 분위기가 좋지 않을 것 같았다. 교수님은 교수님대로 **"환자를 어떻게 돌봤길래 저렇게 의사를 원망하느냐, 수술 후엔 원래 아플 테니 의사가 잘 달래서 움직이게 해야지. 무릎 굳으면 다 네 책임"**이라며 나를 책망할지도 몰랐다.

"조금만 참고 운동하셔야 해요. 조금만…"

"아파 죽겠는데 무슨 운동이야? 아이고, 치워버려!"

나는 작아지는 목소리로 설명하고 설득해 보았지만,
할머니는 내 얼굴조차 보지 않았다. 어쩔 수 없이 다음 환자를 보러
병실을 나서려는데, 등 뒤로 박숙자 할머니의 고함 소리가 끊임없이
이어졌다. 주변 다른 어르신들도 웅성거리기 시작했다.

"저 양반도 아픈가 보네."

"수술이 잘못된 거 아냐?"

"원래 의사는 다 괜찮대. 원래 그렇대. "

할머니 한 분의 불만이 마치 산불처럼 순식간에 병실 전체로
확산됐다. 나는 속수무책이었다.

얼마 뒤, 교수님의 회진 시간이 되었다. 올해 50대인 정진우
교수님은 '전통적인 미남'으로 통했다. 떡 벌어진 어깨에 눈과 눈썹,
턱 라인까지 선이 굵었다. 진한 눈썹과 하얀 셔츠가 잘 어우러져,
시원시원한 외모만큼 성격도 호탕했다. 누구와도 스스럼없이
대화하고, 아침 일찍 출근해 병원 카페에서 앞치마를 두르고
직원들에게 커피를 직접 내려주곤 했다. 그래서 인기가 많았고 병원
원장 자리까지 오를 수 있었다.

**"75세 박숙자님, TKR(무릎 인공관절 치환술) 받고 수술 후
3일째입니다. 현재 관절 운동 범위(ROM)는 환자 비협조로 70도 정도에
그칩니다."**

박숙자 할머니는 여전히 벽을 보고 등을 돌린 채 앉아 화가

낮음을 온몸으로 표현하고 있었다. 교수님은 등 돌린 할머니와 난처한 내 표정을 번갈아 보며, 짙은 눈썹을 잠시 찌푸렸다. '왜 이렇게 됐지?'라며 묻는 듯했다.

"어머니, 많이 아프세요?"

"몰라."

여전히 등을 돌린 채 토라진 목소리로 대답했다. 그러자 교수님은 한 치 망설임도 없이 침대 가장자리에 앉아 할머니의 등을 살짝 껴안았다.

"허허, 어머니. 저 믿으시죠? 곧 괜찮아질 거예요."

그 순간, 마법처럼 할머니는 등을 돌렸다. 눈가에는 미소가 번졌다. 내가 아무리 말로 해도 쳐다보지도 않던 분이, 교수님이 한 번 안아주자마자 어린 소녀처럼 애교를 부렸다. 내가 전에 본 표정이 맞나 싶을 정도였다. 그 뒤로는 일사천리였다. 내가 시도할 때는 전혀 움직이지 않던 무릎을, 교수님이 하자 열심히 굽혔다 폈다. 아픈 걸 억지로 참으면서 눈물을 흘리면서도 웃고 있었다.

그날, 나는 뼈저리게 깨달았다. 의사가 다루는 게 단지 병이 아니라 '사람'이라는 것을. 사람을 설득하는 건, 막힌 혈관을 뚫거나 암을 도려내는 수술보다 훨씬 어려운 일이었다. 질환을 고치는 건 의학적 '기술'이지만, 사람을 움직이는 건 '마음'이었다.

심근경색으로 죽다 살아난 사람이 담배를 끊지 않을 때나, 당뇨 환자가 약 복용을 거부할 때, 나는 종종 정진우 교수님과 박숙자 할머니를 떠올린다.

때로는 설명보다 공감이, 말보다 미소가, 지식보다 손길이, 더 큰 약이 될 수 있다는 것을.

7

천재 의사의
사명감

주먹을 쥐어보자. 그 주먹은 아이 전체 가슴만 하다. 엄지손가락 두 개를 맞대보자. 돌이 다 안 된 아이의 심장 크기다. 호두만 한 심장이 어른 주먹만 한 가슴 속에서 쉬지 않고 뛴다. 작지만 있을 건 다 있다.

상·하대정맥 → 우심방 → (삼첨판) → 우심실 → (폐동맥판) → 폐동맥 → 우폐동맥·좌폐동맥 → 폐 → 우폐정맥·좌폐정맥 → 좌심방 → (승모판) → 좌심실 → (대동맥판) → 대동맥.

피는 가슴 속에서 12개의 '통로(혈관과 방실과 심실)'와 4개의 '문(판막)'을 지나며 이산화탄소를 내려놓고 산소를 받아 온몸으로 간다. 이 12개 통로 중 하나만, 혹은 4개 판막 중 하나만 어긋나도 문제가 생긴다. 각 혈관과 통로는 빨대 정도 굵기에 불과하고, 판막은 종잇장처럼 얇다.

의사에게 가장 중요한 덕목은 따뜻한 인간미나 천부적

재능이 아니라 성실성이다. 창의성이 있으면 좋지만, 없어도 크게 문제되지 않는다. 의사는 교과서를 토대로 최신 논문으로 지식을 업데이트하면서, 선배 의사와 대가들이 닦아놓은 탄탄하되 끝이 보이지 않는 길을 따라가기에도 벅차다. 성실함에 운이 더해져 그 길 끝에 도달할 수 있다면, 다음 세대를 위해 벽돌 한두 개를 놓는 정도가 의사로서는 최고의 영광이다.

그러나 의사 중에서도 창의성이 반드시 필요한 분야가 있다. 바로 소아흉부외과다. 흉부외과는 크게 1) 심장외과, 2) 식도·폐 수술(비심장), 3) 소아흉부외과로 나뉜다. 과거에는 산전 검사 기술이 지금처럼 정교하지 않아, 심각한 선천성 기형을 가진 아이가 많았지만, 요즘은 태아 시절부터 기형을 어느 정도 감별해 내므로 심각한 심장 기형 환아는 줄었다. 그렇다고 기형아 출산이 사라진 것은 아니다.

여기서 가장 어려운 환자는 '소아 환자'다. 의사에게 자기 증상을 제대로 말하지 못한다. 수술하기에도 가장 까다로운 환자 역시 '소아 환자'다. 워낙 몸집이 작아서다. 중환자 관리가 가장 힘든 것도 마찬가지로 소아 환자다. 피 검사부터 수액 라인 잡는 것조차 쉽지 않다.

그러나 이것으로 끝이 아니다. 앞서 말했듯이 심장 구조는 무척 복잡하다. 그 복잡한 구조 안에서 다양한 선천성 기형이 나타날 수 있다. 예를 들어 단순히 심장 벽에 구멍이 난 것(결손)만 해도, 심방끼리 구멍이 뚫리면 심방중격결손, 심실끼리 구멍이 뚫리면 심실중격결손이다. 멀쩡해야 할 혈관이나 판막이 좁아지거나 막혔을 수도 있다. 심지어 엉뚱한 곳으로 연결되어 있을 수도 있다. 통로 12개와 문 4개 가운데 어떤 조합이라도 기형이 생길 수 있으니, 이론상 수천 가지의 기형이 존재한다. 실제로 극소수지만 그런 복합 기형이 나타나기도 한다. 상상력과 창의성이 필요한 이유다. 이렇듯 소아흉부외과, 특히 선천성 심장 기형 파트는 '천재'가 필요한 분야다.

소아 심장 수술은 대부분 나이가 어린 시기에 이뤄지며, 모든 아이가 수술 후엔 반드시 중환자실로 간다. 따라서 소아흉부외과 의사는 중환자를 맡아야 하기에 성실해야 하고, 작고 연약한 심장을 수술해야 하므로 손기술이 뛰어나야 하며, 말 못 하는 아이와 함께해야 하므로 마음이 따뜻해야 한다. 거기에 기형이 워낙 다양하니 상상력과 창의성까지 요구된다. 게다가 **"내가 아니면 안 된다"**라는 사명감까지 갖춰야 한다. 이것이 바로 소아흉부외과 의사에게 필수적으로 요구되는 요소다.

그런데 어느 한 사건으로 이 **"모든 것을 갖춰야 하는"** 소아흉부외과 의사가 큰 위험에 처했다.

정훈이는 태어날 때부터 선천성 복합 심장 기형, 즉 팔로사징(Tetralogy of Fallot)을 안고 있었다. 대부분의 의사(소아과·흉부외과 제외)는 네 가지 선천성 기형이 동시에 생기는 병이라는 것 정도만 기억한다. 그마저도 '팔로사징'에 숫자 '사(四)'가 들어가서 기억하는 정도다.

정훈이는 생후 얼마 되지 않아 팔로사징을 교정하는 1차
수술을 받았지만, 심장 기능이 자꾸 나빠졌다. 팔로사징 말고도 다른
혈관 기형이 함께 있었기 때문이다. 예컨대 좌심방으로 들어와야
할 폐정맥이 하대정맥으로 이어지는 시미타 증후군(Scimitar
Syndrome)이었다. 마치 서울에서 대구를 거쳐 부산으로 가야 하는
고속도로가 대구에서 다시 대전으로 돌아가는 식으로 잘못 연결되어
있었다. 이렇게 잘못 연결된 혈관이 휘어진 터키 칼(Scimitar)처럼
생겨 이름 붙여진 병이다. 가야 할 부산(좌심방)으로 피가 제대로
흐르지 못하고 대구(우심실)와 대전(우심방)을 맴도니 아이 심장이
정상일 리 없었다. 결국 정훈이는 시미타 증후군을 교정하는 2차
수술을 받았다. 대구에서 대전으로 잘못 연결된 길을, 대구에서
부산으로 새로 연결하는 수술이었다.

심장 수술을 하려면 심장을 멈춘 뒤 인공심폐기를 연결해
산소와 영양분을 공급한다. 어른 심장은 크기라도 하지만 아이
심장은 작다. 게다가 이미 한 차례 큰 수술을 받았던 터라 심장
주위 조직엔 흉터가 생겨 유착이 심했다. 불행히도 수술이
끝나고 인공심폐기를 제거하던 과정에서 대동맥에 연결된
관(캐뉼라)이 빠지며 혈압이 떨어졌다. **"의료진은 캐뉼라 탈락을
인지한 직후 다시 대동맥 캐뉼라를 삽관해 체외순환기를 가동하고, 혈압
유지를 위해 약물을 투여하는 등 즉각적인 조치를 취했다."** 그러나
약 5분간 아이 뇌에 혈액 공급이 되지 않았고, 결국 영구적인
인지장애·언어장애·미세운동장애 등 발달장애 후유증이 남았다.

부모는 병원과 의사에게 15억 원의 손해배상 소송을 걸었다. 법원은 **"아이의 선천성 심장 기형, 당시 나이가 만 1세였고 대동맥 직경이 좁아 의료진이 매우 협소한 시야에서 수술할 수밖에 없었던 사정 등을 종합적으로 고려하여 손해배상을 60%로 제한한다"**라며, 재단법인 B 측에 8억 9,900만 원가량을 배상하라고 판결했다.

의사들끼리 매우 희귀한 사례를 공유하는 케이스 리포트라는 것이 있다. 시미타 증후군은 한국에서 극히 드문 질환이라, 간혹 한두 건씩 케이스 리포트로 보고되는 정도다. 국내 소아흉부외과 의사는 15~20명 남짓이며, 그중 시미타 증후군 수술을 실제로 해본 사람이 과연 몇이나 될까? 5명? 3명? 한평생 수술 건수를 합쳐도 겨우 몇 건일 것이다. 전 세계에서도 사례는 극히 드물다.

전 세계에서 시미타 증후군에 관해서는 미국 컬럼비아 대학이 1994년부터 2015년까지 21년간 단일 기관 최다 케이스인 47명을 보고했다. 연평균 2건에 불과하다. 그중 중대한 선천성 심기형을 동반한 소아는 20명. 정훈이처럼 팔로사징과 함께 시미타 증후군을 가진 사례는 22년간 단 2명이 전부였다. 그렇게 복잡하고 희귀한 병이다 보니, 첫 입원 때 이미 11명 가운데 3명이 병원에서 사망했고, 2명은 추적이 불가능해졌다. 살아남은 6명 중 1명은 심장 외 다른 문제로 사망했고, 결국 5명이 남았는데 이 가운데 1명이 다시 심장 문제로 세상을 떠났다. 즉 총 9명 가운데 4명이 살아남았고, 이들마저 평생 심부전 증상을 안고 살아야 했다.

비슷하게 미국 보스턴 대학의 한 연구팀은 새 수술법을

개발해 7년간 시미타 증후군 수술 22건을 발표했는데, 결국 연간 3건 안팎 수준이다. 수술은 같은 질환을 수십~수백 건 정도 지속적으로 해봐야 '손에 익는다'. 게다가 시미타 증후군에 다른 복합 기형(팔로사징 등)이 더해지면 100% 완벽하게 수술이 성공해도 9명 중 4명이 사망, 살아남은 아이들도 심부전에서 벗어나지 못하는 병이다. 어릴 때부터 심부전이 있으면 자라면서 점차 심장은 더 나빠진다. 아이의 미래와 수명을 누구도 장담할 수 없는 상황이다. 게다가 이미 한 번 대수술을 받은 심장엔 흉터와 유착이 많으니, 두 번째 수술은 훨씬 더 위험하다.

수술 집도의인 소아흉부외과 의사는 이 모든 사실을 몰랐을 리 없다. 한평생 몇 번 보기 어려울 만큼 복잡하고 낯선 수술이기에 의사로서의 '도전 정신'이나 '자부심'도 있었을 것이다. 하지만 결정적 이유는 **"내가 아니면 안 된다"**라는 사명감이었을 가능성이 크다. 한국에서 시미타 증후군을 수술할 수 있는 사람이 손에 꼽힐 정도니까.

그럼에도 결과가 좋지 않아, 8년간의 긴 재판 끝에 최종적으로 의사와 병원은 15억 중 60%인 약 9억 원을 배상하게 되었다(대법원2023다236429). 성실하면서도 손재주가 좋고, 따뜻한 마음에 뛰어난 상상력까지, 그리고 **"내가 아니면 안 된다"**라는 사명감조차 필요한 소아흉부외과 의사가, 이처럼 드물고 어려운 수술을 집도했다가 예후가 나쁘면 최대 15억까지 배상해야 하는 판결이 내려진 것이다.

이런 판결 아래 다시 이런 환자가 온다면, 누가 수술을 하려고 할까?

　　세상은 결과로 말하지만, 의학은 그 과정의 불확실성과 싸우는 일이다.

　　그 싸움에서 용기를 낸 의사가, 결국 법정에서는 책임만을 짊어진다. 나는 되묻고 싶다. 잘못한 사람은 누구인가? 그리고 이제 누가 다시 아이의 작은 가슴을 열고, 호두만 한 심장을 마주하려 할까?

8

흉부외과에
남지 못한 마음

의사라면 누구나 한번은 운명과 같은 사랑에 빠진다. 아기가 엄마 품에 안기는 찰나, 엄마 얼굴에 환한 미소가 번지는 광경을 본 한 여자 동기는 그 순간 평생 산부인과를 하기로 마음먹었다. 뇌출혈로 의식을 잃고 생사를 오가던 환자가 수술 뒤 멀쩡히 걸어 나오며 **"고맙다"**라고 말하는 것을 들은 남자 동기는 신경외과 전공을 결심했다. 생사를 헤매던 신생아가 건강해져서 백신 접종을 받으러 외래에 왔을 때를 잊지 못한다는 한 소아과 의사의 말에 감동한 친구는 아이를 볼 때마다 절로 미소가 지어져서 소아과를 택했다.

　　소아과는 특별하다. 아이가 작기 때문이다. 그것도 때로는 매우 작다. 어른에게는 아무렇지 않은 혈액 검사와 영상 검사가 아이에게는 거대한 난관이 된다. 엑스레이 한 장 찍으려 해도 어른 2~3명이 달라붙어야 하고, 수액 주사를 놓으려 해도 실만 한 혈관에 바늘을 넣어야 하니 쉽지 않다. 어려움은 검사에서 그치지 않는다.

어른은 **"언제부터 어디가 어떻게 왜 아프다"**라고 말해주지만, 아이는 울음 한 가지 표현밖에 없다. 배가 고파도 울고, 배가 아파도 운다. 잠이 와도 울고, 잠이 안 와도 울고, 열이 나도 울고, 손가락이 베여도 운다. 울음 한 가지 표현에 모든 것이 담겨 있어, 그 뜻을 해석하는 것은 마치 암호를 푸는 것과 같다. **"아이는 작은 어른이 아니다"**라는 소아과의 명언은, 실제로는 **"아이는 어른보다 훨씬 어렵다"**라는 말이기도 하다.

거기에 출생률마저 급감하고, 아이는 여전히 사랑스럽지만 부모들은 점점 더 예민해졌다. 조금만 마음에 들지 않아도 보건소에 민원을 넣거나, 맘카페에 악플을 달며, 결과가 나쁘면 소송을 제기한다. 소아과 의사들은 **"더 이상 못 하겠다"**라는 말이 나올 정도로 미래가 암담한 상황이었다. 하지만 남들이 뭐라고 하든, 의대생 때부터 소아과에 푹 빠진 이가 있었다. 의대 6년 과정을 마치고 의사시험에 합격해 인턴이 된 뒤로도, 그는 소아과를 할 거라는 말이 기정사실처럼 여겨졌다.

그런데 그런 그에게 아무도 예상치 못한 새로운 사랑이 찾아왔다. 인턴 시절, 각 과를 돌던 중 4주 동안 흉부외과를 배정받았다. 집도의도, 퍼스트 어시스트도 아닌 세컨드 어시스트로 들어간 수술방에서 멈췄던 환자의 심장이 다시 뜀박질하는 순간, 마치 자기 심장인 것처럼 쿵쾅대는 느낌을 받은 것이다. 환자의 심장이 의사인 자신의 심장을 흔들어 놓았다. 그날 이후, 그는 진지하게 흉부외과를 생각하기 시작했다.

그는 머리가 뛰어난 편은 아니었으나 성실하고 평판이 좋았다. 잘생긴 건 아니지만 언제나 환한 표정을 잃지 않아서 '천사'라는 별명까지 붙었다. 웬만한 과에서 그를 원했기에, 고되기만 하고 인기 없는 기피과인 흉부외과로서는 그가 지원해 준다면 감사하다고 절을 해야 할 정도였다. 그러므로 그에게도 큰 고민이었다. 의사에게는 전공을 선택하는 순간이 인생에서 가장 깊은 고민의 순간이다. 어떤 과를 전공하느냐에 따라 길게는 30년 넘는 의사 인생이 결정되니까.

임상을 할지, 비임상(진단검사의학과, 영상의학과 등)으로 갈지 → 환자를 직접 보겠다고 결정했다.

사람의 목숨을 살리는 바이탈과(소아과, 산부인과, 응급의학과, 외과, 흉부외과 등)로 갈지, 비교적 덜 긴급한 비바이탈(안과, 피부과, 성형외과 등)로 갈지 → 바이탈과를 하기로 했다.

수술을 안 하는 내과 계열로 갈지, 수술을 하는 외과 계열로 갈지 → 수술을 안 하는 내과 계열인 소아과를 염두에 두었지만, 수술하는 흉부외과에 마음을 뺏겼다.

소아과와 흉부외과는 너무 다르다. 소아과는 꼼꼼함을 넘어 섬세함이 필요하고, 흉부외과는 수술대 위에서 때로는 과감해야 한다. 그는 아이도 보고 싶고, 심장도 보고 싶었다. 결국 소아과를 포기하고, 대신 흉부외과로 가서 **"소아와 심장 둘 다"**를 보겠다고 마음먹었다.

흉부외과는 횡격막을 기준으로 위쪽(폐·심장·식도)을 다룬다.

레지던트 4년 과정을 마친 뒤 세부 전공으로 1) 폐·식도, 2) 심장, 3) (선천성) 소아심장 파트를 택하게 된다. 즉 흉부외과 전문의가 된 다음 2년 동안 소아심장 파트 펠로우 과정을 거치면, 아이와 심장을 동시에 볼 수 있다. 주변에선 모두 **"흉부외과는 너무 힘들다"**라며 만류했다.

실제로 흉부외과는 아주 힘들다. 폐나 심장, 대동맥이 잘못되면 금세 생명이 위험하다. 중환자와 응급이 많고, 환자가 많이 죽으면 소송도 잦아진다. 게다가 대학병원급 이상에서만 일할 수 있으니, 개원이나 다른 병원에서 페이닥터로 근무하기 어렵다. 그만큼 일자리가 없다. 한국의 낮은 수가 체계 아래서 중환자에게 시간을 쏟을수록 병원은 손해 보기가 일쑤다. 병원 입장에선 흉부외과를 간신히 유지만 하는 경우가 많으니, 흉부외과 의사는 박봉에 엄청난 로딩(응급실·수술실·중환자실·외래 모두 커버)까지 버텨야 한다. 그러다 정년보장이 되는 교수가 되지 않으면 미래가 불투명하다. 일은 고되고 위험한데, 처우는 박하고 고용마저 불안정하다.

여기에 (선천성) 소아심장 파트는 더 특수하다. 우선 환자 수가 훨씬 적다. 출생률 급감으로 소아 자체가 감소한 데다, 산전 초음파로 출산 전 심장 기형을 찾아내 낙태도 많이 한다. 거기다 선천성 심장기형 환아가 태어나면 처음부터 대부분 '중증 소아중환자'로 분류되어, 일반 중환자보다 더 까다롭다. '심장+소아+신생아'라는 삼중고를 떠안은 의료진은 극도의

난이도를 마주해야 한다. 어른 손가락 굵기의 혈관을 연결하는 것도 어려운데, 아이는 '빨대'만큼 가는 혈관을 잇는 식이다.

그러니 **"흉부외과도 아니지만, 소아심장 파트는 더더욱"**이라며 모두들 그를 말렸다. 하지만 별명이 '천사'였던 그는 레지던트 4년 과정을 마치고, 소아심장 파트로 펠로우를 밟으며 대학병원 생활을 버텼다. 신생아중환자실과 수술실 사이를 오가야 하는 살인적인 일정이었지만, 그에게는 더할 나위 없는 행복이었다. 흔히 말하는 '바이탈뽕', 즉 사람을 살리는 행복에 중독되었기 때문이다. 결혼해 아이까지 낳았으나, 정작 집엔 자주 들어가지 못해 자기 아이는 잘 보지 못했다. 그래도 선천성 심장기형 아이들을 자기 자식처럼 여겼다.

하지만 시간이 흐르자, 현실의 벽을 마주했다. 동기들은 교수가 되거나 개원해 돈을 벌고 있는데, 그는 대학병원에서 몸과 마음을 갈아 넣었다. 그러나 정작 병원 내 정식 교수직 자리는 없었다. 소아심장 파트는 워낙 수익이 안 나서, 대학병원에서도 최소 인원으로만 유지했기 때문이다. 누군가 갑자기 퇴사하거나 사고를 당하지 않는 이상, 신규 채용은 거의 없다. 병원 측은 **"조금만 더 기다리면 자리가 날 것"**이라고 말하지만, 1년이 가고 2년이 가고, 3년이 지나도 별 소식이 없었다. 나이가 어느덧 마흔 가까워지자, 지쳐버린 그는 결국 **"아이와 심장"** 두 가지를 다 포기하게 되었다.

그는 이제 하지정맥류 수술을 한다. 본인이 그토록 사랑했던 소아와 흉부외과 둘 다를 하지 못한 채, 다른 업무로 생계를 이어간다. 이런 이야기는 특별하지 않다. 많은 흉부외과 전문의가 응급실 당직, 피부미용, 통증의학 등을 전전한다. 당연히 이런 선배를 본 후배 의사들은 흉부외과 지원을 더 꺼린다. 그중 소아심장 파트는 말할 것도 없다. 횡격막 아래쪽 장기를 담당하는 일반외과도 상황은 비슷하다. 소아외과에 지원자가 사라진 지도 오래다. 소아외과학회 회원이 70명 남짓인데, 절반 이상은 정년퇴임 시점을 훌쩍 넘었다고 한다.

　의사가 부족한 게 아니라, 천사 같은 의사를 지옥 같은 구조가 받아주지 않았을 뿐이다. 결국 의사가 사라지고, 뒤이어 환자마저 사라질 날이 올지 모른다.

9

돕고 싶어도
두려운 마음

"사진 찍어드릴까요?"

여행지의 명소 앞에서 어정쩡하게 서 있는 사람들을 본다. 혼자 온 여행자이거나, 가족이나 단체가 함께 찍고 싶은데 찍어줄 사람이 없는 경우다. 그런 모습을 보면 나는 습관처럼 다가가 먼저 말을 건넨다.

그리고 휴대폰이나 카메라를 받으면, 한두 장이 아니라 무릎까지 굽히며 최소 다섯 장 이상 찍어준다. 사진을 받아 든 사람들은 기분 좋은 미소로 고마움을 표한다.

길을 잃은 외국인을 보면, 어설픈 영어지만 "Can I help you?"라며 먼저 말 건네는 것도 습관이다. 스무 살 이후로 여행에 빠져 전국을 누비며 살았다. 필명은 '길 위에 쓰러져 죽으리라'였고, 첫 책도 전국 자전거 여행기였다. 여행 중에 많은 이들의 도움을 받았고, 모두 귀한 추억이 되었다. 받은 만큼 돌려준다고, 나 역시 길

위에서 다른 사람들을 돕는다.

어느 날 가족과 호텔에 머무르며 놀이기구를 타러 간 큰아이와 아내를 기다리는 중, 나는 두 살배기 둘째 아들과 유아 놀이터에 있었다. 그러다 한 아이가 갑자기 울음을 터뜨렸고, 그의 엄마로 보이는 분이 다급하게 전화를 걸었다.

"여보, 빨리 와봐. 아이 팔이 빠진 것 같아."

나는 가정의학과 의사지만 응급실 근무를 오래 했고, 정형외과 파견도 있어 '팔이 빠진 정도'는 손쉽게 교정할 수 있다. 간단히 도수 정복을 하고, 사탕을 손에 쥐어주며 잘 들어갔는지 확인하면 된다. 그런데도 나는 선뜻 나서지 못했다.

첫째 이유는 내 아이 때문이었다. 두 살배기 아이는 그야말로 한순간도 눈을 떼기 어려울 정도로 움직였다. 내가 잠시 한눈을 파는 사이 다칠 수도 있는 나이다.

하지만 진짜 이유는 따로 있었다. 바로, '혹시나' 하는 두려움이었다.

머릿속을 스친 건 '한의원 봉침 사건'이었다. 한 의사가, 한의원에서 봉침 시술을 받다 아나필락시스 쇼크로 쓰러진 환자를 돕다가 환자가 사망하자, 가족과 변호사가 **"당신도 책임 있다"**라며 9억 원대 소송을 걸었던 그 악명 높은 사건 말이다. 그 의사는 환자가 아닌 사람을 순수한 선의로 도와주었지만, 5년이 넘도록 소송에 시달린 끝에 간신히 무죄를 받았다.

그 일 이후로 '비행기에서 **"혹시 의사 탑승객 계신가요?"**라고 할 때 나서야 하나 말아야 하나'가 의사들 사이에서 화제가 되었고, 결론은 하나였다.

"절대 나서지 마라."

"그래도 나서지 않으면 여론의 뭇매를 맞지 않을까?"라는 의견도 있었지만, 다른 이들은 **"처음부터 비행기 탑승 시 직업란에 의사라고 쓰지 말자" "가족에게도 말 못 하게 하자" "혹시라도 상황이 생기면, 내가 술을 마셔서 거부할 정당한 사유를 만들자"**라고까지 했다. 끝내 정말 도우려면 반드시 **"결과가 나빠도 소송하지 않겠다는 서면 동의나 녹취를 받아놓고"** 움직이라는 결론에 이르렀다.

결국, 나는 그 유아 놀이터에서 모른 척했다. 다른 아이를 돕는 동안 내 아이가 혹시라도 다칠 수 있고, 무엇보다 팔을 정복해 주다가 상태가 더 나빠지기라도 하면, 선의는 책임이 되고, 도움은 고통이 된다.

선의를 베풀다가 죄인이 될 수 있는 세상이 되었다. 악의적인 고소와 소송이 선한 사람들의 손을 꽁꽁 묶어버린 것이다. 이제는 돕고 싶어도 두려워 모두들 한발 물러난다. 그렇게 착한 사마리아인은 점점 사라져 간다.

10

나는
무당이었다

"선생님, 유익한 글 잘 읽고 있습니다. 뇌출혈 환자는 고통이 없겠죠?
바쁘실 텐데, 시간 되실 때 있다 없다로만 알려주세요."

미영 씨는 SNS로 메세지를 보내왔지만, 나는 그녀를 만난
적도 본 적도 없었다. 짧은 답만 부탁한다며 죄송해했지만, 차마
나는 그럴 수 없었다.

뇌출혈. 말 그대로 뇌에 피가 고이는 질환이다. 외부 충격
탓이면 '외상성 뇌출혈', 특별한 외상 없이 생기면 '비외상성
뇌출혈'이다. 외상성 뇌출혈이라고 하면, 머리가 깨져 피가 흐르는
장면을 상상하기 쉽지만, 겉으론 멀쩡해 보여도 안쪽에 출혈이
생기는 경우가 흔하다. 출혈의 위치와 원인에 따라 여러 종류가
있지만, 심한 뇌출혈이 발생하면 외상이든 아니든, 수술했든
아니든 중환자실로 옮겨진다. 거기서 환자는 코와 입, 온몸에 온갖
관을 연결한 채 생명을 이어간다. 사람을 살리기 위한 조치지만,

중환자실에 익숙한 의료진조차 그 모습을 볼 때면 마음이
무거워진다. 가족이라면 오죽할까. 처음 보는 환자의 모습을 앞에
두고 말을 잃거나 눈물을 쏟아 내며 쓰러지는 사람도 있었다. 그나마
환자가 호전되어 눈을 뜨고 일어설 수 있으면 다행이지만, 뇌손상
후유증으로 언어나 몸을 제대로 쓰지 못한다면 지켜보는 가족에게는
커다란 고통이다. 게다가 최악의 경우, 중환자실에서 눈을 감는
모습이 마지막 기억이 된다면, 그 아픔은 평생 지워지지 않는다.

　　미영 씨도 바로 그런 상처를 지닌 것 같았다. 아마 가족 중
누군가가 지금 중환자실에서 뇌출혈을 앓고 있거나, 이미 그 병으로
세상을 떠났을 것이다. 그 모습을 떠올리며 고통스러워할 것 같았다.

　　뇌출혈로 의식이 없는 환자는, 온몸을 부르르 떨 정도의
경련을 해도 통증을 느끼지 못한다. 강한 자극에 몸이 움찔할 수는
있지만, 그것은 몸이 반사적으로 보이는 반응일 뿐이다. 그러므로
"뇌출혈 환자는 고통이 없겠죠?"라는 미영 씨의 물음에 대한 순수한
의학적 대답은 **"없다"**다. 하지만 나는 미영 씨가 원하는 대로 짧게
대답할 수 없었다. 그녀의 질문 속에는 단순한 의학적인 호기심이
아니라, 무거운 아픔이 담겨 있었기 때문이다.

　　나는 환자의 육체적 고통보다, 남은 가족의 마음의 상처가 더
걱정됐다. 자연스럽게 대화를 이어갔다.

　　그녀가 사연을 들려주셨다. 어머니가 뇌출혈로 돌아가시기
직전, 이틀간 중환자실에 계셨다고. 예상했던 대로였다. 병상에 누운
어머니의 마지막 모습이 눈앞을 떠나지 않는 것이다. 나는 **"의식이**

없는 환자는 통증을 못 느낀다"라는 의학적 사실에, "옆에서 보시는 건 **힘드셨겠지만…**"이라는 말을 덧붙였다. 그러자 미영 씨는, 본인이 의학 지식이 없어 늘 그게 아픔이었다며 이제야 응어리가 풀린다며 고마워했다.

"**어머니는 고통 없이 편안하셨을 겁니다. 그러니 병원에서 마지막으로 보셨던 모습은 이제 놓아드리세요. 생전에 아름다웠던 기억을 간직하시는 게, 아마 하늘에 계신 어머님께서도 바라시는 걸 거예요.**"

세간에서는 무당을 죽은 이의 한을 달래주는 사람이라 부른다. 하지만 의사인 나는, 오히려 살아남은 이들의 고통을 덜어주는 사람이 되었다.

미영 씨의 어머니가 더 나은 곳에서 평온하시길, 그리고 미영 씨 역시 더 이상 아파하지 않길.

이 자리를 빌려 다시 한번 기도한다.

11

수술은 참
쉬워 보였다

갑상선 수술이 이어졌다. 집도의인 교수님, 퍼스트 어시스트인
레지던트 3년 차, 그리고 세컨드 어시스트인 인턴인 나까지 세
사람이 수술을 진행했다. 나는 '곰손'이었다. 중학교 시절, 실기
과목에서 번번이 '미'가 나왔던 미술 시간에 내 손재주의 한계를
절감했던 터라, 의대생 때부터 메스를 멀리했다. 그런데 1년간 여러
과를 도는 인턴 스케줄 중 첫 근무지가 운 나쁘게도 이비인후과
수술방이었다.

　수술실 특유의 서늘한 공기, 그리고 밝은 수술 부위를
제외하면 어둑한 조명, 살이 타는 회색 냄새 등 모든 것이 내키지
않았다. 하지만 인간은 적응의 동물인지라 일주일쯤 지나니, 첫날
잔뜩 얼었던 때와 달리 수술 과정이 조금씩 눈에 들어오기 시작했다.
우선 목을 가로로 절개한 뒤, 양쪽 끝에 갈고리가 달린 견인기를
넣어 수술 시야를 최대한 확보한다. 수술 중 인턴인 내가 맡은 일은

그 견인기를 잡는 것이었다.

암을 포함한 갑상선을 제거하기 위해, 갑상선을 주변 조직과 꼼꼼히 분리·박리한다. 여러 혈관과 신경이 손상되지 않도록 세심하게 확인하며, 메스나 전기소작기(Bovie)로 몇 밀리미터씩 절개한다. 출혈이 생기면 전기소작기로 지져서 지혈한다. 수술은 10초 만에 승부가 갈리는 100미터 달리기가 아니라, 2시간 넘게 걸리는 마라톤 같았다. 영화에서 흔히 보는 얼굴에 피가 튀는 장면은 실수로 동맥을 잘랐을 때나 가능한데, 그건 마치 마라톤에서 선수가 발을 헛디뎌 넘어지는 재앙 같은 일이었다. 응급수술이 아니라면 정규 수술 중에는 그런 일이 거의 일어나지 않는다. 경기가 아니라, 수술은 아주 천천히 진행되었다.

당시 갑상선 분야 명의로 전국에 소문난 교수님 덕에 수술 건수가 매우 많았다. 하루에 3건에서 많게는 5건까지 진행됐고, 3주쯤 지나니 갑상선암 수술만 100건은 본 듯했다. 하루 종일 수술방에서 갑상선 수술만 어시스트하다 보니, 내가 갑상선 수술을 집도하는 꿈을 꾸기도 했다.

교수님께서 **"양 선생, 매일 보니까 할 만하지? 수술 혼자 할 수 있겠지?"**라고 묻길래, **"아, 아닙니다"**라고는 했지만, 마음 한구석에는 '이 정도면 나도 할 수 있지 않을까?' 하는 생각이 스쳤다.

이후 가정의학과 레지던트가 되어 2개월간 외과 파견을 갔다. 이번엔 세컨드 어시스트가 아니라 퍼스트 어시스트로 충수돌기염 절제술과 담낭 절제술에 들어갔다. 거의 모든 수술이 복강경으로 진행되어, 배에 작대기처럼 생긴 내시경과 손 역할을 하는 '니들 홀더(needle holder)' 그리고 가위 모양의 바이폴라 등 3개 기구를 이용해 '보고, 잡고, 자르는' 작업을 했다. 내 역할은 빛이 나오는 내시경 카메라로 부지런히 수술 부위를 비춰주는 일종의 조명 및 시야 담당이었다. 처음에는 젓가락보다 긴 내시경을 들고 있는 손이 덜덜 떨려서 교수님께 크게 혼나기도 했지만, 얼마 지나지 않아 꽤 잘한다는 칭찬을 들으며 보조 역할을 해냈다.

빨대 굵기의 충수돌기가 새끼손가락보다 굵어지면 충수돌기염이다. 충수돌기는 소장과 대장이 만나는 곳에 붙어 있는데, 염증이 생기면 부어오른 충수돌기를 '싹둑' 자르고, 절개 부위를 지혈 혹은 꿰매면 수술은 끝난다. 파견 2개월이 다 되어갈 무렵, 교수님께서는 직접 집게와 가위를 내 손에 쥐여주며 충수돌기를 잘라볼 기회를 주셨다.

"너도 한 번 해봐야지?"

그렇게 나는 1초 만에 충수돌기를 잘랐다. 퍼스트 어시스트 역할을 맡아 교수님을 옆에서 지켜보며 느낀 건 '나도 할 수 있겠는데!'라는 생각이었다. 의사의 수련 방식은 이런 도제식 교육이다. 두 번째나 세 번째 보조의에서 시작해, 첫 번째 보조의가 되고, 마침내 처음으로 집도의를 맡는다. 퍼스트 어시스트 역할을 맡았던 외과 의사가 처음 집도하게 되면, 그를 가르치던 스승이 퍼스트 어시스트로 옆에 서서 실수를 막아준다. 외과 의사가 첫 수술을 집도하는 날을 '집도식'이라 부르며, 일종의 생일 파티처럼 축하해 준다. 어떻게 보면 진정한 의미의 외과 의사로 태어나는 '생일'이기 때문이다.

"충수돌기염 수술 간단하지? 혼자 할 수 있겠지?"

나는 아무 대답도 하지 않았다. 손도 크고, 얼굴도 큰 외과 교수님이 말을 이었다.

"충수돌기염이야 별거 없어. 방금 전처럼 손가락만 한 충수돌기 싹둑 자르고 나오면 그만이지. 그런데 말이야, 가끔은 CT에서 단순 충수돌기염 같아 보여 수술에 들어갔는데, 막상 배를 열어보면 충수돌기가 터져서 복막 전체에 염증이 퍼져 있거나, 대장이 이미 괴사된 경우도 있어. 그땐 라이트 헤미콜렉토미(right hemicolectomy, 우측 반 대장 절제술)**를 해야 하거든. 너도 알다시피 대장절제술은 단순 충수돌기 절제랑 차원이 완전히 다르지. 그러니까 충수돌기절제술을 제대로 하려면, 그저 충수돌기만 자르는 게 아니라, 혹시 모를 돌발 상황에 대비해 대장절제술까지 할 수 있어야 한다는 거야."**

이건 외과만 그런 게 아니었다. 기침을 해서 병원을 찾는 환자 100명 중 80~90명은 사실 항생제조차 필요 없이 시간이 약인 단순 감기다. 의사가 약을 처방하든 안 하든 저절로 좋아진다. 하지만 그 안에 폐렴이나 기흉이 숨어 있거나, 드물게 백혈병이나 가와사키 같은 중한 질환을 가진 사람이 섞여 있을 수 있다. 이들을 놓치지 않는 것이 의사의 역할이다. 얼핏 보면 감기 몸살로 쉽게 보이지만, 그 뒤엔 위험한 상황이 숨어 있을 수 있다는 의미다. 나 역시 외과 교수님 말씀을 듣기 전까지만 해도 충수돌기염이 쉽게 보였기에 '나도 할 수 있겠다'고 생각했다.

　　그리고 알게 됐다. 무언가가 쉬워 보인다면, 그건 내가 그 일을 정말 잘 알아서가 아니라, 아직 깊이 들여다보지 않아서일지도 모른다는 것. 어쩌면 세상 모든 일은 그렇다. 정말 쉬운 일은 어쩌면, 쉬워 보인다는 착각에서 비롯된 것일지도 모른다.

　　그 후로 복강경을 잡을 일은 없었다. 대신 큰 교훈을 얻었다. 의사로서 단순 감기나 장염처럼 보이는 환자를 진단할 때도, 혹시 놓치거나 빠뜨린 게 없는지, 다른 병일 가능성이 없는지 더 꼼꼼히 살펴보게 되었다.

12

의사는 헛구역질을
하지 않는다

경찰이 내 앞에서 헛구역질을 했다. 나는 의외였다.

환자는 50대 경찰 아저씨가 아니라, 죽기 위해 칼로 손목을 그은 20대 중반의 은주 씨였기 때문이다.

그녀는 레이스가 달린 투명한 슬립만 입고 있어서, 붉은 천 아래로 하얀 속살이 그대로 비쳤다. 신고를 받고 출동한 경찰과 119 대원은 침대에 누워 있는 그녀의 팔다리를 붙잡고 있었다. 가느다란 하얀 팔목에는 붕대가 감겨 있었고, 차마 막을 수 없었던 입에서는 욕설이 터져 나왔다. **"나 대신 3,000만 원을 갚아주지 않을 거면, 죽게 놔둬"**라며 고래고래 소리를 질렀다. 그녀가 분노와 절망이 뒤섞인 채, 몸부림치는 모습은 덫에 걸린 야생동물 같았다. 단지, 그 발톱과 이빨이 향하는 대상이 '타인'이 아니라 '자신'이라는 점만 달랐다. 독기를 품은 그녀의 말만으로도 119나 경찰의 자세한 설명 없이 상황이 충분히 짐작됐다. 흐트러진 머리, 격한 몸짓, 거친 말투에도 불구하고 은주씨의 젊음과 외모는 처참한 현실과는 달리 눈부셨다.

나는 응급실 담당이었지만, 딱히 할 일은 없었다. 출혈은 어느 정도 있었지만, 저렇게 난동을 피우는 걸 보면 의식은 멀쩡했다. 왼쪽 팔목은 환자가 조금 진정되면 정형외과에서 인대 손상 여부를 확인할 것이고, 자살 시도 문제는 정신과에서 추가 진료를 보면 그만이었다. 내 고민은 신경안정제를 써야 할지 말지 정도였다.

그때 50대 경찰이 다가와 들릴 듯 말 듯한 낮은 목소리로, 잠시 따로 할 이야기가 있다며 조용한 곳이 있느냐고 물었다. 환자와 관련된 이야기인가 싶어, 나는 응급실 옆 당직실로 그를 안내했다. 경찰 제복이 아니었다면 거리에서 스쳐도 기억 못 할 만큼 평범한 인상의 아저씨는 주위를 살피고 아무도 없는 걸 확인한 뒤 조심스레 입을 열었다.

"선생님, 사실 오늘 제가 출동해서, 현장에 붉은 피가 가득 괴어 있는 걸 보고 머리가 새하얘지고 어지럽고 막 속이 울렁거려 헛구역질을 하고 쓰러질 뻔했습니다. 제가 어디가 아픈 게 아닐까요?"

누구나 한 번쯤은 헛구역질을 한다. 견디기 힘든 악취를 맡으면, 본능적으로 헛구역질을 하게 된다. 구역질은 독 자체가 아니라, 몸이 '독'이라고 인식한 자극에 대해 나쁜 걸 제거하려는 보호 작용이다. 임산부가 임신 초기에 입덧하는 것도, 태아의 장기가 형성되는 기간에 혹시 음식 속 해로운 물질이 들어와 기형을 일으키는 걸 막기 위한 보호 기전으로 해석된다. 체중 증가를 두려워하는 거식증 환자나 신경성 식욕부진 환자가 음식을 먹고 토하는 이유 역시, 음식(살이 찔 수 있는)을 독으로 여기는 몸의 반응이다. 스트레스가 심할 때나 격렬한 운동 중에도 헛구역질이 나오는데 이 또한 우리 몸이 그 상황을 '위험'으로 인식하기 때문이다.

환자, 아니 경찰 아저씨의 속 메스꺼움 얘기를 들으니 문득 고등학교 시절 '유진이'가 떠올랐다. 검은색 사각 안경테에 축 처진 눈매가 어딘가 쓸쓸해 보여 내가 지켜주고 싶었던, 그래서 혼자 좋아하던 아이였다. 어느 가을날, 그녀의 집 앞 골목길을 함께 걷다가 유진이가 물었다.

"성관아, 난 피가 정말 끔찍하게 싫은데, 너는 무섭지 않아?"

사실 나는 피가 무서웠다. 하지만 의사가 되는 꿈이 더 간절했고, 좋아하는 여자 앞에서는 당당해 보이고 싶었다.

"별로."

"그래, 그럼 넌 잘할 수 있을 거야. 넌 좋은 사람이니까, 의사가 돼서 나 나중에 아프면 꼭 치료해 줘."

고교 시절 짝사랑은 이루지 못했지만, 꿈은 이루어 나는 의대에 진학했다. 그렇다고 곧바로 피를 마주한 건 아니었다. 의대에 진학한 지 3년 만에 태어나 처음으로 시체(카데바, cadaver)를 직접 보는 해부학실습이 시작되었다.

산 사람은 죽은 사람을 두려워한다. 만약 당신이 처음으로 시체를 본다면, 무심결에 입을 막거나 눈을 감을 수도 있고, 심한 경우엔 자리에 주저앉을 수도 있다. 해부학 실습 중에서도 가장 힘든 건 바로 냄새였다. 포르말린, 시체, 그리고 실습실 특유의 냉기가 뒤섞인 냄새는, 태어나 처음 느끼는 것이자 20년이 지난 지금도, 아마 죽는 순간까지도 잊을 수 없을 만큼 강렬했다. 그럼에도 100명이 넘는 학생 중에 뒤로 물러서거나 헛구역질을 하는 사람은 없었다. 혼자가 아니어서 그랬을지도 모른다. 교수님과 동료가 함께 있었고, 해부용 시신(카데바)당 5명에서 많게는 10명이 배정됐다. 덕분에 공포심이 10분의 1로 줄었던 것 같다. 해부학 실습 중에 기겁해 쓰러지는 학생은 아무도 없었다. 그건 '예비 의사 자격 상실'을 의미했으니까. 모두 겁을 먹었어도 물러서지 않았다. 의사가 되고자 한다면, 본능을 이겨내야 했다.

인간의 적응력은 때론 시체보다 더 무섭다. 처음엔 아무도 시체에 손도 못 댔지만, 유급을 당해 작년에 이미 실습해 본 복학생이 억지로 메스를 잡고 시작하자, 어느새 다른 학생들도 구조물 하나 더 보겠다며 배 안에 머리까지 깊숙이 들이밀고 있었다.

시간이 흐르자 시체 해부도 일상적인 실습 시간으로 변했다. 월·수·금 오후마다 해부학 실습실에 들어가 최소 3시간, 일주일이면 9시간, 한 달이면 36시간, 한 학기면 100시간을 훌쩍 넘게 시체와 보냈다. 그러면서 각 장기에 대한 지식은 물론, 아무도 따로 가르쳐 주지 않았지만, 죽음에 대한 공포도 어느 정도 극복하게 되었다.

그리고 대학병원 중환자실과 응급실에서 매일같이 누군가가 세상을 떠나는 것을 보았다. 어제까지 환자가 누워 있던 중환자실

침대 위에는 어느 날 보니 하얀 시트만 깔려 있었다. 환자가 일반 병실로 옮겨 갔거나, 아니면 장례식장으로 갔기 때문이다. 해부학 실습실에서 오래된 죽음을 접했다면, 대학병원에서는 '신선한 죽음'을 마주했다.

나는 귀신은 믿지 않는다. 해가 지면 어둠이 지듯, 말기 암환자에게 죽음은 그렇게 서서히 다가왔고, 전등이 '픽' 하고 갑자기 나가듯 응급실에서는 생명이 예고 없이 끝나기도 했다. 나는 죽음을 그저 지켜볼 때도 있었지만, 심장이 멎은 사람을 되살리거나 죽음의 시점을 하루 이틀 늦출 때도 있었다. 그렇다고 한 번도 '영혼'을 본 적은 없다. 만약 누군가의 몸에서 영혼이 빠져나오는 광경을 봤다면, 그 자리에서 멱살이라도 잡아 억지로 다시 몸속에 밀어 넣으려 했을 것이다.

장기간의 교육과 실습을 거치며 사람을 살리는 법을 배우는 동시에, 시체·죽음·귀신·피에 대한 본능적 공포를 어느 새 나는 뛰어넘었다. 의사는 골키퍼와 같다. 누구나 엄청난 속도로 날아오는 공 앞에서는 움츠리거나 피하고 싶어지지만, 골키퍼는 오히려 몸을 날려 공을 막는다. 비록 자신이 다쳐도 골문을 지켜야 하기 때문이다. 의사도 마찬가지다. 피가 솟구치고 죽음이 다가오면, 피하지 않고 몸을 던진다. 골키퍼가 공을 피하면 골을 내주듯, 의사마저 피 앞에서 물러서면 환자는 생명을 잃게 된다. 골키퍼가 훈련으로 두려움을 극복하듯, 의사도 긴 학습과 훈련으로 본능적인 공포를 이겨낸다.

오늘도 의사는 환자가 어디선가 출혈을 일으키면, 생각할 새도 없이 지혈을 위해 피 솟는 곳으로 손을 뻗는다. 심정지 환자를 발견하면 죽음에 대한 두려움을 느끼기도 전에, 환자 가슴 위에 올라타 **"하나, 둘, 셋, 넷…"** 속으로 숫자를 세며 심장마사지를 시작한다. 의대생 때와 달리, 이제는 혼자라도 겁내지 않는다.

인간에게 타고난 죽음과 피에 대한 본능적 공포를 의사는 후천적 학습으로 뛰어넘는다. 그 어떤 냄새에도, 적어도 환자 앞에서는 헛구역질을 하지 않는다. 모두가 피를 보고 피할 때, 의사는 거꾸로 그곳으로 달려간다. 그의 가슴엔 공포보다는 '사람을 살려야 한다'는 사명감이 가득하기 때문이다.

10월 찬바람이 불면, 자연스레 응급실에서 만났던 은주 씨가 떠오른다. 그날도 새벽 공기가 유독 차가웠다. 붉은 블라우스 하나만 걸친 은주 씨가 밤새 맞았을 추위를 생각하면, 마음 한구석이 계속 쓰린다. 의사인 내가 그 추위에 떨었을 그녀를 이불로 덮어주지 못한 것이 자꾸 마음에 걸린다.

13

첫 경험,
그리고 실수들

누구에게나 처음이 있다. 설레기도 하지만, 동시에 두렵기도 하다.
수십 번 이 순간을 머릿속으로 연습했어도, 막상 닥치면 눈앞이
캄캄해지고, 머릿속 생각이 멈춘다. 멈춰버린 머리와 달리 심장은
쿵쾅거리고, 그녀를 향해 내민 입술마저 떨린다. 처음은 언제나
그렇듯 어설프고 서툴다. 그래서 사람들은 첫사랑이 잘 안된다고
말한다. 슬프게도, 모든 의사와 간호사에게도 '처음'은 있다.

눈에 넣어도 아프지 않을 만큼 소중한 어린 딸에게 주사를
놓으려는 저 간호사는 이제 막 간호대를 졸업하고 어제부터
일하기 시작했을 수도 있다. 어쩌면 우리 딸이 그 간호사의 첫
환자일지도 모른다. 심한 폐렴으로 중환자실에 입원한 할머니에게
혈압을 올리는 약(승압제)과 각종 항생제를 투여하기 위해 필요한
중심정맥관을 삽입하기 위해, 좌측 갈비뼈 2번과 3번 사이로
10센티미터가 넘는 빨대 같은 주사기를 찌르려는 레지던트도,

사실은 이전 두 번 모두 실패했고 아직 한 번도 성공해 본 적이 없을 수 있다. 그래서 지금 그 레지던트의 마음에는 '이번엔 꼭 성공해야 한다'는 의지보다 '또 실패하면 어떡하지' 하는 불안감이 더 클 수 있다.

뇌출혈로 갑자기 쓰러진 우리 아버지의 뇌수술을 담당할 신경외과 의사는, 나와 형 앞에서 차분하게 **"두개내압을 낮추기 위해 머리를 열어 피를 제거해야 한다"**라고 설명하지만, 사실 그는 수십 번의 어시스트만 해봤지 이번이 첫 집도일 수도 있다. 보호자인 우리보다 더 떨릴지도 모른다.

그 어떤 환자와 보호자도, 소중한 자기 몸이나 가족의 몸을 처음인 의료진에게 맡기고 싶어 하지는 않는다. 단순히 수액 주사라면 여러 번 바늘을 찔러 멍이 들고 며칠간 고생하는 정도일 수 있다. 하지만 그 시술이 중심정맥관 삽입술이라면, 부작용으로 단순 통증이나 멍을 넘어 기흉이나 혈흉까지 생길 수 있다. 처음이 쌍꺼풀 수술이나 충수돌기염(Appendicitis, 일명 맹장염) 수술, 혹은 암 수술이라면 더 말할 것도 없다.

눈에 보이는 시술·수술만이 아니라, 간수치가 높아 입원한 삼촌을 담당하는 내과 전공의가 이번에 파트가 바뀌어 소화기 내과를 처음 돌게 된 레지던트 1년 차일 수도 있다. 그는 어떤 검사를 하고 어떤 약을 줘야 할지 몰라서 회진 후 컴퓨터 앞에 앉아 이전에 소화기 파트를 돌았던 동료에게 전화를 하거나, 일주일 전부터 읽었지만 가물가물한 인계장을 뒤져가며 하나하나 오더를 낼지도 모른다.

당신 앞에서 "비슷한 환자를 수도 없이 봐왔다"라는 표정으로
질병의 증상, 경과, 치료를 자신만만하게 설명하는 의사가 사실은
그 병을 책에서만 접했고, 당신이 첫 환자일 수도 있다. 그래서
당신이 진료실을 나간 뒤 안도의 한숨을 내쉬며 의학서적이나 관련
사이트를 뒤지고, 동료들과 "이런 경우에는 무슨 약을 써야 하지?"라며
급히 카톡을 주고받을 수 있다.

가슴, 아니 팔목에 있는 동맥이 뛰는 것 같았다. 인턴
오리엔테이션 시간, 진단검사의학과 교수님은 갓 면허를 딴 의사들
앞에서 동맥 채혈법을 시연했다.

"환자의 손등 쪽 손목에 받침대를 대고 손목을 바깥쪽으로 적당히
꺾습니다. 그리고 왼손 두세 번째 손가락으로 요골동맥의 박동을 느끼면서,
바늘이 혈관을 놓치지 않도록 단단히 누르되 혈류가 막히지 않게 적당한
힘만 주고, 연필 잡듯 45도 각도로 찌르면 됩니다. 바늘 끝에 피가 튀면,
조금 더 넣어 동맥 압으로 주사기가 살짝 밀리도록 느낌을 유지한 채
시린지만 뒤로 당겨 뽑으세요. 다 뽑았으면 5분 이상 거즈로 꾹 누른 뒤,
출혈이 멎었는지 꼭 확인해야 합니다. 그리고 채혈 전에 손목의 척골동맥도
확인해 보세요. 혹시 척골동맥이 막힌 상태에서 채혈로 요골동맥까지
손상되면, 그 손 전체 혈류가 차단되어 손목을 절단해야 할 수도 있습니다.
드물지만 몇 년에 한 번씩은 꼭 이런 사고가 벌어져요. 여러분이 그 불운한
주인공이 되지 않길 바랍니다."

피 검사 하나만 잘못해도 손목을 절단할 수 있다는 경고에,

교실에 모인 수십 명의 새내기 의사들은 등골이 서늘해졌다.

그렇게 이론은 배웠고, 이제 실습할 차례였다. 여자친구와 나는 짝이 되어 서로의 동맥혈을 뽑게 되었다. 나는 빨대 직경만 한 요골동맥에 주사 바늘을 꽂아 단번에 성공했다. 곧 여자친구 차례가 됐다. 그녀는 내 혈관보다 1.5배는 굵어 보이는, 손목에서 뛰고 있는 내 요골동맥에 바늘을 찌르면 되었다. 당시 나는 키 172센티미터에 63킬로그램으로, 군살 하나 없었고, 손목의 박동이 눈에 보일 정도였다. 어느 누구도 나보다 더 채혈하기 쉬운 대상은 없을 테니, 내 혈관에서 뽑지 못한다면 누구한테서도 못 뽑을 것이다.

마음 한구석으로는 아플까 걱정됐지만, 여자친구 앞이라 내색할 수 없었다.

"자기야, 힘내. 나 괜찮아. 원래 어렸을 때도 주사 잘 맞았고, 운 적도 없어."

"그래."

태어나 처음으로 다른 사람의 동맥에서 피를 뽑아보는 새내기 의사, 동시에 내 여자친구가 조심스레 내 손목을 잡았다.

'내 손이니까, 더 쉽겠지.'

나는 그녀가 부담 느낄까 봐 두 눈을 감았다. 하지만 손목을 파고드는 통증에 감았던 눈이 저절로 **"번쩍"** 하고 떠졌다. 나는 수능 이후 한 번도 찾지 않던 하느님을 속으로 불렀다. 기대했던 붉은 피는 보이지 않고 식은땀만 났다.

"어, 미안… 많이 아프지?"

나는 어금니를 꽉 물고 대답했다.

"아니, 별로 안 아파."

새빨간 거짓말이었다.

피가 안 나온다고 바늘을 바로 빼면 다시 찔러야 하기에,
그녀는 내 살 속에 그대로 꽂아둔 상태에서 바늘을 약간 빼고
부채꼴로 좌우를 후비기 시작했다. 두 번, 세 번, 네 번…
주사기에서는 한 방울의 붉은 피도 나오지 않았만, 대신 내 이마에는
땀방울이 송골송골 맺혔다. 결국 주사기가 팔목에 매달린 채
교수님을 불렀다.

"음, 바늘이 혈관에서 너무 멀리 떨어졌네. 빼고 다시 찔러야겠다."

논산훈련소에서 우리를 죽도록 갈구던 빨간 모자 조교의
말이 스쳤다.

"참을 인(忍) 자 셋이면 살인도 면한다."

참자, 참자, 참자… 그리고 웃자.

왼쪽 손목 지혈이 어느 정도 되자, '원수를 사랑하라'는
예수님 말씀이 떠올랐다. 원수도 사랑하라는데, 연인은 당연히
사랑해야 했다.

"한 번 더 해봐."

그러면서 남은 오른쪽 손목을 내밀었다.

"미안해. 정말 괜찮겠어?"

"괜찮아, 괜찮아, 괜찮아."

아까까진 미안해하던 그녀였지만, 이번엔 맹수처럼

'반드시 해내야 한다'는 결심이 얼굴에 가득했다. 두 번째 통증은
알고 맞으니 더 아팠고, **"윽"** 소리가 어금니 사이로 새어 나왔다.
이번에도 붉은 피 대신, 내 몸에서 식은땀이 흘렀다. 부채꼴로
좌우를 다시 후벼 파던 그녀의 실망과, 나의 고통만 커졌다.

더는 내밀 손목도 없이, 나는 오른손으로 왼쪽 손목을,
왼손으로 오른쪽 손목을 감싸 쥐었다. 그녀가 받았을 마음의 상처가
더 크게 느껴져서, 작은 목소리로 **"다음엔 잘할 수 있을 거야. 하다 보면
늘겠지"**라고 위로했다. 그녀는 대답 없이 미안함과 동맥 채혈 실패의
좌절감에 얼굴만 붉어졌다.

새내기 의사인 인턴이 해야 할 수많은 시술에는, 동맥혈
채혈부터 각종 관장, '폴리(Foley catheter, 일명 소변줄)' 삽입,
'레빈튜브(Levin tube, 일명 L-tube: 코에서 위까지 연결되는 전기줄 굵기의
튜브)' 넣기, 수액 라인 잡기, 채혈, 간단한 상처 봉합, 복수 천자 등이
있다.

이처럼 사람 몸에 바늘이나 관을 넣는 시술은 짧게는 몇
초(동맥혈 채취)에서 길어야 몇 분 안에 끝나지만, 그 짧은 순간에
수많은 시행착오와 실패를 겪어야 손에 익는다. 모든 시술은
환자에게 통증과 불편을 주고, 일부에는 출혈이나 감염, 극히
드물게는 심각한 합병증까지 초래한다.

예컨대 폴리 카테터를 삽입할 때 환자가 벌떡 일어날 정도의
통증을 느끼는 것은 흔하고, 그로 인해 요로 감염이나 극소수에서
요도 파열 같은 심각한 후유증이 발생하기도 한다. 코로 넣어

위까지 들어가야 하는 레빈튜브는 대개 식도를 통해 잘 들어가지만, 입안에서 꼬이거나 의식 없는 환자에게 드물게 기도로 들어갈 때가 있다. 만약 기도로 잘못 들어간 상태에서 유동식을 주입하면, 음식물이 폐로 들어가 심각한 흡인성 폐렴을 일으킬 수 있다.

이런 합병증은 의사 숙련도에 따라 줄어들지만, 아무리 능숙해도 100% 안전하진 않다. 그리고 이제 막 시작한 이들에게는 더욱 그렇다.

14

실패를
넘어가는 길

모든 것에는 기본이 있고, 사람 목숨을 살리는 데 가장 기본적인
시술은 심폐소생술과 기관삽관이다. 기관삽관이란 호흡곤란 또는
호흡 정지를 겪거나 의식이 없는 환자(중환자)에게 입에서 기도까지
대략 30센티미터 길이의 검지손가락 굵기의 특수 튜브를 넣어 막힌
기도를 확보하고, 폐로 산소를 넣어주는 시술이다.

　　시술은 정말 간단하다. 일단 의식 없는 환자의 머리 쪽에
서서 환자 입을 벌리고, 낫 모양의 후두경으로 혀를 들어 올려
시야를 확보한다. 뒤집어 놓은 V자 모양의 하얀 성대가 보이면
그 사이로 튜브를 넣는다. 그리고 튜브 끝에 풍선 같은 앰부백을
연결하여, 앰부백을 눌러 산소가 폐로 들어가는지 확인한 후, 튜브를
고정하면 끝이다. 모든 준비가 완료된 상태에서 시행하면 10초면
끝난다. 입에서 목으로 연결된 통로는 기도와 식도, 단 2개다.
수학적으로 따지면 50% 확률이다.

그러나 현실은 다르다. 수백 번 삽관해 본 의사도 실패할 때가 있고, 숙련된 의료진이 교대로 시도해도 결국 실패하는 경우가 생긴다. 삽관이 늦어지면, 산소 공급이 지연되어 뇌 손상이 발생하거나 사망에 이를 수도 있다. 그래서 의사는 물론 의대생 시절부터 반복 연습을 한다.

앞서 동맥혈 채혈처럼 살아 있는 사람으로 연습하면 좋겠지만, 의식이 있든 없든 목에 후두경이 들어가면 반사적으로 구역질이나 구토가 일어나기에 불가능하다.

여기, 하루에도 수백 번 키스하는 여자가 있다. 그녀는 영원히 늙지 않는다. 키스만이 아니다. 고통스러운 튜브를 끊임없이 삼키고, 무수히 많은 사람에게 가슴을 두 손으로 온 힘을 다해 짓눌리는 일도 겪는다. 심폐소생술은 물론이고, 기관삽관 연습까지 할 수 있는 마네킹의 이름은 애니(Annie)다. 그녀는 겉모습뿐만 아니라 내부에 정교하게 사람의 성대와 식도까지 갖추고 있다. 치아도 있어서 후두경을 잘못 들어 올리면 '뚝' 하고 치아가 부러지는 소리가 날 정도다. 사람과 달리 모형이라, 아무리 서툴러도 몇 번 시도하다 보면 대부분 두세 번 만에 기관삽관에 성공한다. **"연습은 실전"**이라 하지만, 의사에게는 그대로 적용되지 않는다. 사람은 모형이 아니기 때문이다.

응급실 문 앞이 빨간 불빛과 귀를 찢는 듯한 앰뷸런스 소리로 요란해진다. 문이 양쪽으로 열리며, 4~5명의 사람이 달라붙어 침대를 밀고 들어온다. 침대 위에서는 누군가 무릎을 꿇고 격렬히

심장마사지를 하고 있다. 앞뒤에서 각각 한 명씩 침대를 끌고 있고,
침대 옆에서는 한 명이 암부백을 쥐어짜고 있다.

　　문을 열고 들어오자마자, 맨 앞에 선 대원이 거친 숨소리와
함께 말을 내뱉는다.

　　**"길에 쓰러진 50대 남성으로, 발견 당시 맥박과 호흡이 없었고
CPR(심폐소생술)을 8분 전부터 했지만 돌아오지 않았습니다."**

　　누군가가 **"소생실로"**라고 외치자마자 의사와 간호사들이
침대에 달라붙어 환자를 소생실로 옮긴다.

　　"하나, 둘, 셋."

　　구령과 함께 환자를 들것에서 응급실 침대로 옮긴다. 의료진
중 한 명은 119 대원이 내민 종이를 대충 보고 왼쪽 아래에 사인을
하고는 다시 환자에게 달려간다.

　　간호사 한 명은 응급 키트에서 에피네프린을 포함한 여러
약물을 재고, 다른 한 명은 제세동기를 환자의 심장에 붙이며,
또 다른 한 명은 기관삽관을 위해 후두경에 불이 잘 들어오는지,
30센티미터 길이 튜브 끝에 달린 작은 풍선(기도에 들어간 뒤 팽창시켜
튜브가 목에서 빠지지 않도록 고정함)에 바람이 잘 들어가는지 확인하고,
빨간 석션팁도 준비해 둔다. 아무 말이 없어도 간호사 중 한 명은
이미 환자의 팔에서 수액 라인을 잡고 있다.

　　위 연차인 서인호 선생님이 날 보더니, 고개를 환자 쪽으로
살짝 돌린다.('이번에는 네가 해봐라.')

　　내가 눈을 크게 뜨고 쳐다보자('제가요?'), 이번엔 서인호

선생님이 천천히 고개를 끄덕인다.('응.')

"후…"

이런 날이 올 줄 알았다. 옆에서 인튜베이션(intubation)을
여러 번 지켜봤고, 유튜브로도 보고, 의국에 있는 사람 모형으로
연습도 많이 했다. 하지만 연습할 때는 이렇게 많은 사람이 한
사람을 살리려고 분투하는 상황은 아니었다.

"선생님, 제발 저희 남편 살려주세요."

아내로 보이는 아주머니가 눈도 제대로 뜨지 못한 채 옆에서
울고 있다.

혼자 고개를 끄덕였다.('해보자, 할 수 있다, 아니 해내야 한다.')
왼손을 김선형 간호사에게 내민다.

"라링고스콥(laryngoscope: ㄱ자 형태의 후두경)**."**

김선형 간호사가 후두경을 내 손바닥에 올려준다. 나는 환자
머리 뒤로 돌아가, 환자의 혀 안쪽으로 후두경을 밀어 넣으며 동시에
위쪽으로 힘을 주었다. 모형인 애니보다 훨씬 무거울 뿐 아니라,
즉시 보이는 후두덮개와 성대 대신 모형에서는 한 번도 본 적 없는
침 거품만 가득했다. '헉, 아무것도 안 보이네.'

"석션."

옆에 있던 김선형 간호사가 석션 팁을 환자 입속으로 넣어
가득 찬 거품과 액체를 빨아낸다. 몇 초가 흘렀다.

"우두득."

심폐소생술을 계속하느라 환자의 갈비뼈 연골이 부서지는

소리가 난다. 언제 들어도 기분 나쁜 소리다. 심장마사지를 하는
인턴은 더 기분이 나쁘겠지.

다시 왼손에 힘을 주어 후두경을 위로 번쩍 들어 올린다.
후두경의 블레이드 끝에 후두덮개가 걸리고, 그 뒤로 뒤집어진 V자
모양의 성대가 보인다. 왼팔이 부들부들 떨리는 걸 참고 노르스름한
성대를 뚫어지게 응시하며 외쳤다.

"튜브."

오른손에 튜브가 놓인다. 대략 30센티미터 앞 V자 사이의
1센티미터 틈새에 이 검지손가락 굵기의 튜브만 밀어 넣으면 된다.
'제발 제대로 들어가라. 제발…'

기관삽관을 단번에 성공하는 건 실력도 중요하지만 운도
따라야 한다. 실패를 두세 번 하면 1~2분이 훌쩍 흐른다. 계속
실패하면 다른 사람에게 바통을 넘겨야 한다. 삽관하는 동안 기도
안을 후두경으로 긁어 출혈이라도 생기면 낭패다.

산소포화도는 점점 떨어지고 기계는 '삑삑' 경고음을
울린다. 10명 가까운 사람들이 분주하게 움직이고 가족들은 옆에서
울부짖는다. 하얀 가운 속 와이셔츠는 이미 땀으로 흥건해졌다.
심장마사지를 하는 동료의 이마에서 흘러내린 땀이 환자 가슴으로
떨어진다.

대부분의 심정지 환자는 심폐소생술을 받으며 오기에 입안에
침과 구토물이 가득하다. 또 환자가 목이 짧고 뚱뚱하면 아무리
후두경을 넣어도 성대가 잘 보이지 않는다. 입을 꽉 다문 환자는

근이완제를 주사해 수축된 근육을 풀어줘야 겨우 벌어지기도 한다. 80세 노인의 유일한 치아가 후두경에 닿는 순간 뚝 하고 부러지기도 한다. 부러져 밖으로 떨어지면 그나마 다행이지만, 기도로 들어가면 난리다. 가장 답답한 건 V자 모양의 성대가 눈에 보이는데도 튜브가 식도 쪽으로만 들어갈 때다.

모든 시술, 수술을 100% 완벽하게 하는 사람이 해주면 좋을 것이다. 보호자 입장에서는 숙련된 의사가 담당이길 바라지만, 그렇게 되면 의학은 단 한 세대 만에 사라지고 만다. 후배가 배울 기회가 없으니 말이다.

그래서 우리나라 응급실에서는 기관삽관 성공률이 가장 높은(약 87~88%) 응급의학과 레지던트 3~4년 차보다 성공률이 가장 낮은(약 68%), 즉 미숙하고 첫 경험일 수도 있는 1년 차들이 가장 많이 기관삽관을 시도한다. 즉 가장 못하는 의사가 가장 많이 시행한다.

모든 환자와 보호자는 경험 많고 숙련된 의사에게 진료받길 원한다. 능숙한 3~4년 차가 삽관하면 성공할 공산이 크지만, 미숙한 1년 차가 하면 약 20%(예: 기관삽관의 경우 3~4년 차 88% 성공률, 1년 차 68% 성공률)의 실패 가능성을 안아야 한다. 그러나 의사는 이 20%의 성공률 차이를 감수하며, 미래 세대를 잇는다. (실제로는 1년 차가 비교적 쉬운 케이스를, 3~4년 차가 어려운 케이스를 맡는 경우가 많아 차이가 '20%' 이상일 수도 있다.)

스승과 선배의 지도와 백업 아래에서 모든 의사는 첫 경험을 한다. 그리고 기관삽관처럼 가장 간단하면서도 기본적인 시술을 익히는 과정에서 수많은 시행착오와 실패를 겪는다. S자 곡선을 그리듯 서서히 경지에 오르고, 그 경지마저도 성공률은 90%대에서 멈춘다. 그 90%에 도달하려면 평균 47회 시도해야 하며(이는 어디까지나 평균), 이 중 적어도 10번 이상은 실패해야 한다는 불편한 진실이 숨겨져 있다.

첫 기회에 바로 성공했다면, 기회를 준 서인호 선생님께 감사하고 스스로 뿌듯했겠지. 거기에 자신감이 붙어 두 번째, 세 번째도 잘할 수 있을 것 같고. 만약 실패했다면… 굳이 미리 생각하고 싶지 않다.

폐 대신 배가 불룩해졌다. 내가 꽂은 튜브가 기도가 아니라 식도로 들어갔다는 뜻이다. '젠장. 분명히 제대로 들어갔는데.' 튜브를 다시 빼고, 후두경으로 환자의 혀를 또 들어 올려 성대 사이를 겨냥해 튜브를 밀어 넣었다. 튜브가 깊숙이 들어가면서 성대가 잘 보이지 않았다. '잘 들어갔을까? 제발… 제발… 제발….'

인턴이 암부백을 짰지만, 이번에도 폐에서 들리는 소리는 없고, 가슴이 아니라 환자의 배만 부풀었다. '제엔장… 또 실패다.'

나는 튜브를 빼고, 옆에서 지켜보던 서인호 선생님에게 후두경을 넘겼다. 미안하고 부끄러워 서인호 선생님과 눈조차 마주치지 못했다. 서인호 선생님은 말없이 단번에 삽관에 성공했다.

내가 실패한 걸 주변은 다 알았지만, 아무도 내색하지 않고 각자 맡은 일에 집중했다. 어느 정도 정리가 되자, 서인호 선생님이

아무 말 없이 내 어깨를 몇 번 두드리고 지나갔다. ('괜찮아, 다음에는 잘할 거야. 너무 기죽지 마.')

당직실에서 만난 병무는 내 표정을 보고 "**형, 아까 그 아저씨는 목도 짧고 오베스**(obese: 비만)**라서 원래 어렵던 케이스였어. 다음번엔 성공할 수 있을 거야. 실패하면서 배우는 거지. 나도 처음엔 엄청 페일**(fail)**했어**"라고 위로했다. 동기 중 가장 먼저 성공한 병무가 대견하면서도 부럽다. '병무도 하는데, 왜 난 못하지?' 하는 열등감도 든다. 그러다 마침 서인호 선생님이 들어왔다.

"야, 왜?"

"아니, 형이 기관삽관 실패한 것 때문에요."

"처음엔 다 그렇지. 나도 1년 차 때 몇 번이나 실패했는지 몰라. 지금도 안 되는 경우가 있어. 너무 신경 쓰지 말고, 다음에 기회되면 내가 백업해 줄 테니 또 해봐. 해봐야 는다. 한 번 실패했다고 움츠리면 더 못해. 계속 해봐야지."

"네, 감사합니다. 괜히 저 때문에 번거로우실 텐데요."

"다 그러면서 배우는 거지. 너도 나중에 아래 연차 들어오면 똑같이 가르치게 될 거야."

불행인지 다행인지, 한 번 실패했다고 계속 신경 쓸 틈이 없을 만큼 전공의 생활은 바쁘다. 담당하고 있는 수십 명의 입원 환자에게서 매일 쏟아지는 피검사, 엑스레이, CT, 복부 초음파 등 검사를 하나하나 확인하고 이상 결과가 있으면 그 원인을 찾아 추가 검사를 하거나 적절한 약물 치료와 처치를 지시한다.

수시로 병동에서 걸려오는 전화도 대응해야 한다. 그 와중에 새 환자를 입원시키고, 퇴원한 환자의 외래 날짜 잡고, 필요한 검사 세팅, 퇴원약 처방, 외래에서 교수가 왔을 때 한눈에 환자 상태를 파악하도록 요약한 퇴원 기록도 써야 한다.

환자를 보는 것 외에도 각종 회의와 발표에 참석해 의학의 최신 지견을 듣는다(아래 연차에겐 부족한 잠을 채우는 시간이 되기도 한다). 이렇게 정신없이 지내다 보면, 실연당한 사람이 불현듯 떠오르는 옛 연인을 생각하듯 나 역시 실패했던 기도 삽관이 갑자기 떠오른다 처음부터 어려운 케이스를 준 서인호 선생님이 야속하기만 하다. '기관삽관도 못하는 내가 환자한테 폐만 끼친 거 아닌가. 이렇게 서툰 의사가 사람 목숨을 맡아도 되나. 다음번엔 잘할 수 있을까. 또 실패하면 어쩌지…'라는 자괴감의 소용돌이가 휘몰아친다.

그러던 중, 병동에서 전화가 온다.

"선생님, 8315호실 폐렴 환자 정성호씨가 열이 나요. 어떻게 할까요?"

"아, 그래요? 그 환자 열 안 난 지 3일 됐는데, 갑자기 열이라면 상태가 나빠졌을 수도 있겠네요. 가서 보겠습니다."

정성호 씨를 떠올리며 잠시 삽관 실패를 잊는다.

83병동으로 올라가는 엘리베이터 안에서 생각은 다시 그쪽으로 흐른다. '폐렴이 악화되었을지도 몰라. 청진하고, 가슴 엑스레이 다시 찍고, CBC와 CRP 다시 확인하고, 혈액 배양과 가래 배양검사도 해야 하나. 혹시 너무 심하면 기관삽관도 해야 할

텐데⋯.' 기관삽관 생각이 또다시 떠오르며 두려움과 분노, 자괴감이
동시에 몰려온다.

정성호 씨를 진찰하는 동안 잠시 잊었다가, 병실을 나서는
순간 다시 그 악몽 같은 기관삽관 실패가 머릿속을 맴돈다.

'김승호 씨는 ROSC(return of spontaneous circulation: 심폐소생술
뒤 심장 박동이 돌아온 경우) 됐다던데, 내가 할 수 있을까?'

'나는 과연 의사를 잘할 수 있을까?'

컴퓨터로 환자 경과기록을 쓰는 동안, 화장실에서 세수를
할 때, 강의를 듣는 중에도, 내 의지와 상관없이 실패한 삽관 장면이
떠올라 속이 쓰리다.

하지만 시간은 약이라고 했다. 수십 번 떠올리며 괴로워하는
동안, '왜 성공 못 했는지, 다음엔 어떻게 해야 더 잘할지'를
생각하게 된다.

'왼손으로 확실히 기도를 들어야 했나? 자세 잡을 때 턱을
더 들어 올렸어야 했나? V자 성대가 잘 안 보이면 튜브 굵기를
7.5Fr(직경 7.5밀리미터) 대신 7.0Fr(7.0밀리미터)을 써볼까? 아니면
병무가 말한 것처럼 목을 꾹 눌러 성대를 더 잘 보이게 하는 방법을
쓸까⋯.'

머릿속에서 가상 연습을 해보고, 유튜브를 다시 찾아보기도
한다. 그러다 보면 점점 실패의 기억이 옅어지고, '다시 도전해 보고
싶다'는 마음이 생긴다. 그런데도 실제로 도전할 기회는 좀처럼
오지 않는다. 다섯 번 정도만 연속으로 해볼 수 있다면 빨리 익힐 것

같은데, 아무리 바빠도 그런 상황은 좀처럼 찾아오지 않는다.

그로부터 열흘쯤 흘렀을까. 워낙 정신없이 지내느라 기관삽관을 잊고 있던 어느 날,

"코드 블루! 3505호실 코드 블루!"

스피커에서 심장이나 호흡이 멎었을 가능성이 있는 초응급 상황임을 알리는 안내가 울린다.

반사적으로 하던 일을 멈추고 병실로 달려간다. '이번에 기회가 또 온 걸까. 이번엔 성공할 수 있을까.' 두렵지만, 기대가 되기도 한다.

의사란
무엇
인가

낮 12시

번민

진료실이 가장 분주한 시간이다.

환자들이 밀려들고, 검사와 처방이 꼬리를 물고 이어진다.

이 검사는 환자를 위한 걸까, 나를 위한 걸까, 병원을 위한 걸까?

검사를 하면 의사는 안심하지만 환자는 불편하다.

검사를 하지 않으면 중요한 걸 놓칠까 불안하다.

이게 정말 최선의 진료일까, 과잉진료일까, 아니면 방어진료일까.

선택의 순간은 끊임없이 반복되고, 그때마다 의사는 자신에게 묻는다.

이 결정은 누구를 위한 것인가?

그 물음 앞에, 의사는 잠시 번민에 잠긴다.

분주한 진료실 안팎

1

세 의사의
오진

왼쪽 눈에서만 이유 없이 눈물이 흘렀다. 벌써 사흘째였다. 아무리 쉬어도 통증은 가시지 않았고, 이상하게도 누군가 눈을 손으로 꽉 쥐어짜는 듯한 느낌이 들었다. 각종 원고와 글을 쓰느라 눈을 혹사한 것도 사실이었다.

'쉬면 괜찮겠지.'

보통 때보다 일찍 잠자리에 들었지만, 자고 일어나도 여전히 눈이 아프고 눈물이 계속 흘렀다.

환자는 안과로 갔다.

"왼쪽 눈이 아파요."

"얼마나 되었어요?"

"3일째입니다."

"시야는 괜찮아요?"

"눈물 때문에 흐리긴 하지만 잘 보입니다."

"일단 보겠습니다."

안과 의사는 특수 현미경으로 40세 남자의 아픈 왼쪽 눈은 물론, 오른쪽 눈까지 꼼꼼히 살펴보았다.

"왼쪽 아래 결막에 염증이 있네요. 여기 자갈 모양 보이시죠? 알레르기 결막염의 전형적인 소견이죠. 평소 비염 있으시죠?"

"네. 자주 있습니다."

"그러니까요."

안과 의사는 3일간 항히스타민제와 스테로이드 점안액, 그리고 인공 눈물을 처방했다. 안과 선생님의 확신에 찬 말투에 환자는 믿음을 가졌다. 수요일 병원에 다녀왔는데, 금요일이 되어도 깨끗하게 낫지 않았다. 통증이 10점 만점에 6~7점이었다면, 조금 나아지긴 했지만 4~5 정도로 여전히 통증이 남아 있었다. 주말이 지나도 통증이 지속되자, 환자는 다시 같은 안과에 갔다.

"선생님, 여전히 눈이 아파요."

안과 선생님은 오른쪽 눈을 집중적으로 살펴보았다. 그런데 환자도 모르는 속눈썹이 오른쪽 눈에 박혀 있었다. 의사는 긴 시간을 들여 그 속눈썹을 제거했다. 그리고 잠시 왼쪽 눈을 확인했다.

환자는 조심스럽게 말을 꺼냈다.

"선생님, 죄송하지만⋯ 제가 아픈 건 오른쪽이 아니라 왼쪽 눈인데요."

의사는 멈칫하더니, "알레르기 때문이에요. 좋아지실 겁니다"라고 말하며 똑같은 약을 처방했다.

하루 푹 쉬고 자고 일어나도 통증은 그대로였다. 이번에는
좌측 머리 전체가 미세한 전류가 흐르는 듯 찌릿찌릿한 느낌이
들었다. 대상 포진의 경우 수포가 생기지만 머리카락 때문에 수포를
못 볼 수도 있다고 한다. 그러나 대머리였던 환자는 머리카락이
없었기에 머리에 난 수포를 놓칠 일이 없었다. 두피는 깨끗했다.

환자는 눈의 문제가 아니라 머리의 문제일 수도 있겠다고
생각했다. 그래서 세 번째로 신경과에 갔다. 환자는 증상을 자세히
설명했고, 환자와 나이가 비슷한 젊은 신경과 의사는 고개를
갸우뚱했다.

**"전형적인 증상은 아니네요. 양쪽을 누르는 스트레스성 두통이나,
구역·구토 또는 빛을 보면 심해지는 편두통 양상도 아니고요. 군발성 두통은
이렇게 오래가거나 통증이 약하지도 않죠. 뇌동맥류**(뇌혈관이 풍선같이 부풀어
오르는 질병, 터지면 지주막하 출혈로 급사할 가능성이 매우 높다)**가 시신경을 누를
수도 있지만, 가능성은 낮아 보입니다."**

신경과 의사가 잘 모르겠다고 하자, 환자의 불안은 커졌다.

"혹시 모르니까, MRI 찍어보실래요?"

신경과 의사에게서 뇌동맥류라는 말을 듣자, 환자는 며칠
전 다녀왔던 동기의 장례식장이 떠올랐다. 10년 전 같은 회사에서
인턴으로 함께 일하던 동기가 뇌동맥류 파열로 인한 지주막하
출혈로 40대 초반에 급사했기 때문이다.

환자는 '혹시나' 하는 걱정이 들어, 좋은 게 좋은 거라
생각하며 뇌 MRI＋MRA를 촬영하기로 했다.

'웅웅웅.'

환자는 처음 찍는 MRI였고, 통 안에 들어가 20분 넘게
걸렸다. 촬영 후 다시 신경과로 갔다.

"머리 속에 뭔가 있긴 있었네요. 하지만 신경과 문제는 아니네요."

신경과 선생님이 보여준 MRI에는 코안에 검지손가락
한 마디 크기의 혹이 보였다. 점액이 고여 생긴 물주머니인
점액낭종이었다. 암은 아니지만, 커진 혹이 눈 옆 얇은 뼈를 눌러
통증을 유발한 것이다. 환자는 전신마취 후에 수술을 받고, 별 탈
없이 2박 3일 만에 퇴원했다.

환자는 콧물도 없고, 숨 쉬는 데도 불편함이 전혀 없었기에
안과 선생님도 신경과 선생님도, 그리고 환자 본인도 코 문제라고는
전혀 생각하지 못했다. 이는 의사의 오진이라기보다는 환자의
운이 없었던 것이다. 아니, 오히려 운이 좋았다고 해야 한다. 소가
뒷걸음치다 쥐를 잡은 것처럼, 뇌동맥류를 확인하려고 찍은 뇌
MRI에서 코 안의 혹을 발견했으니 말이다.

안과 의사와 신경과 의사, 합쳐서 두 명이 놓쳤는데 왜 '세
의사의 오진'이냐고? 그 환자가 바로 나였기 때문이다. 나 역시
코 문제라고는 전혀 생각조차 못했다. 의사의 오진, 아니 의학의
불확실성을 직접 경험한 순간이었다.

2

한국형
진료

환자의 머리 엑스레이에 수십 개의 이물질이 박혀 있었다. 길이
1센티미터 정도의 가늘고 긴 실 모양이었다. 처음 보는 사람이라면
"기생충? 전기칩?" 하고 고개를 갸웃할 만한 사진이었고, 외국
의사라면 특이 사례로 학술지에 게재할 법한 케이스였다. 실제로
세계적인 의학 저널인 NEJM에도 '세상에 이런 일이'와 같은
느낌으로 몇 년에 한 번씩 등장하곤 한다.

하지만 한국 의사는 사진을 보는 순간 헛웃음을 지을 뿐이다.
다만 이번에는 이물질이 머리 정수리 부근에 몰려 있다는 점이
독특했다. 주로 무릎이나 허리에서 자주 발견되는 이 금침(金針)이
머리 쪽에 박혀 있었다.

금침이 편두통이면 주로 한쪽, 삼차신경통이면 눈 근처 등을
노릴 텐데, 이 경우에는 머리 전체가 아니라 정수리에만 집중되어
있었다. 게다가 뇌암, 뇌경색, 뇌출혈 같은 질환이었다면 멀쩡히

걸어 들어올 수 없었을 것이다. 단 한 장의 사진만으로도 어느 정도 진단이 가능했다.

환자는 60대 여성 김미자 씨였다. 키가 작고 몸을 둥글게 웅크린 채, 검은색 바람막이를 입고 있었다. 입꼬리는 이마 주름처럼 양쪽으로 축 처져 있었다.

"머리가 자주 아프신가 봐요?"

나는 최대한 부드럽게 물었다.

"네, 자주 아파요. 하루도 안 아픈 날이 없어요."

힘 없는 목소리였다.

"토하거나, 팔다리 한쪽에 힘이 빠지거나, 시야가 흐려지거나, 자다가 머리가 아파서 깨거나, 통증이 점점 심해지는 증상 있으세요?"

"아뇨, 그 정도는 아니에요."

그걸로 위험 신호 확인은 끝이었다.

"긴장형 두통이네요. 근육이 긴장하거나, 심리적인 스트레스가 오래될 때 자주 생기죠. 말 그대로 몸과 마음이 긴장해서 생깁니다."

내 말을 들은 김미자 씨는 한숨을 푹 쉬며 고개를 끄덕였다.

"신경과에서 MRI도 찍었는데요, 이상 없다고 하더라고요. 그래서 침도 맞아보고 한의원도 다녔는데, 하나도 효과가 없어요."

뇌 MRI와 MRA 결과가 정상이므로, 뇌출혈이나 뇌암, 뇌경색 같은 질환이 아니라는 건 확실했다. 결국 긴장형 두통에 가까웠다.

"평소에 걱정이 많으신가요?"

조심스레 물어보자, 그녀는 또다시 한숨을 내쉬었다.

"네… 요즘 요양보호사 자격증 공부 시작했거든요. '이번에는 꼭 따야지, 따야지' 하고 있는데, 그때부터 머리가 더 아파요."

'역시…'

나는 슬쩍 웃으며 말했다.

"보세요. 맞잖아요. 긴장형 두통. MRI까지 찍었으니까 너무 걱정 마세요. 안 죽어요."

"아이고, 선생님. 어떻게 그렇게 시원하게 말씀해 주실 수가 있어요? 머리가 아파서 여기저기 다녀봤어도, 선생님처럼 속 시원히 말해주는 분은 없었어요."

나는 장난스럽게 물었다.

"MRI까지 찍었으니까 확실하잖아요. 제가 나쁘게 말해드릴까요, 좋게 말해드릴까요?"

그녀는 씩 웃으며 대답했다.

"그냥 솔직하게 말씀해 주세요."

나는 진지한 어조로 말했다.

"이런 분들은 나쁘게 말하면 소심한 거고, 좋게 말하면 너무 착한 거예요. 혼자서 온갖 걱정을 다 떠안고 살잖아요. 가족 걱정, 자식 걱정, 돈 걱정, 세상 걱정… 남에게 피해 주기 싫어서 열심히 하다 보니, 옆 사람은 편하지만 본인은 힘들어지는 겁니다. 너무 착하게만 살지 마세요. 가끔은 자기부터 챙기세요."

김미자 씨는 한동안 말이 없다가 눈시울을 훔쳤다.

"선생님… 진짜 제 속을 꿰뚫어 보시네요."

나는 웃으며 말했다.

"제가 지금까지 진료한 환자만 해도 20만 명이 넘어요. 이제 관상도 어느 정도 볼 줄 압니다."

그녀가 환하게 웃었다. 정말 오랜만에 웃는 표정 같았다.

"선생님, 정말 멋지세요."

금침으로 시작해서 MRI, 그리고 마지막에는 관상까지. 이것이야말로 빛나리 의사의 '한국형 관상 진료'다.

3

위험한
영양제

"**따봉**"이라고 부른다. 영양제, 링거, 수액을 통틀어 동네 의사는 이를
특별히 "**따봉**"이라 한다. 환자 한 명 진료비는 초진이면 대략 1만
8,000원, 재진이면 1만 3,000원 정도인데, 영양제 한 병은 최소 5만
원에서 많게는 20만 원이다. 환자를 대략 네다섯 명에서 열 명 정도
보는 것과 영양제 하나의 매출이 비슷하니, 맞는 환자는 모르겠지만,
주는 의사 입장에선 확실히 힘이 난다. 그렇다고 영양제가 전혀
효과가 없는 건 아니다. 심한 탈수로 경구 섭취가 어려운 환자에게는
확실히 도움이 된다.

　　"**몸이 힘들어서 그런데, 영양제 맞으려고요.**"

　　"**저희 어머니가 기운이 없어서 그런데, 수액을 맞혀드릴까 해서요.**"

　　"**밥을 잘 못 먹어서 그런데, 링거라도 맞으려고요.**"

　　10대부터 90대 노인까지, 한국에서 영양제는 일종의
보약이자 만병통치약 취급을 받는다. 심지어 응급실에서도

거나하게 취한 중년 남성이 술도 깰 겸, 보신도 할 겸 수액
좀 놔달라고 요구하기도 한다. 전직 대통령이 '길라임
주사'(태반+백옥+신데렐라)를 맞았다는 소문이 돌자, 오히려 더 많은
사람이 영양제를 찾기도 했다.

　일주일 전, 70대 임정섭 씨가 영양제를 맞으러 왔다. 마스크가
커 보일 정도로 얼굴이 수척했다. 나는 과거 차트를 열어보았다.
2년 전이 처음이자 마지막 진료였는데, 변이 가늘게 나오고 설사를
자주 했으며, 하루에 변을 최대 다섯 번 보기도 했다고 적혀
있었다. 2~3개월 사이에 체중이 5킬로그램 빠지고, 가끔 혈변까지
봤다고 했다. 의사가 아니라, 의대생 시험 문제로 나와도 될 정도로
전형적인 증상이었다.

　'대장암을 의심하고 대장내시경을 하라.'

　나는 환자에게 대장내시경을 권유했고, 검사 결과 실제
대장암이 발견되어 큰 병원 진료 의뢰서를 써준 것이 마지막
기록이었다.

　"오늘 어떻게 오셨어요?"

　"이틀 전에 대장내시경 받고 힘이 없어서, 수액 맞으려고 왔어요."

　"그래요. 작년에 저희 병원에서 큰 병원 진료를 권해드렸는데,
어떻게 되셨어요?"

　"수술받고, 장루를 달고 다녀야 하는데 여간 불편한 게 아니에요."

　"그렇죠. 신경도 쓰이고, 생활도 어렵죠."

　"맞아요. 어디 나가지도 못하겠고."

옆에 있던 아내분이 거든다.

"바깥양반이 병원에서 대장내시경을 받고 나서는 잘 못 드시고 기운도 없어서, 영양제 좀 맞혀주세요."

대장암이 의심되어 내시경을 한 번도 안 해본 이들은 **"대장내시경, 한번 해봐야 하지 않을까요?"**라고 묻곤 한다. 하지만 한 번이라도 받아본 사람들은 웬만해선 두 번 다시 안 받으려 한다. 내시경 자체보다도 준비 과정이 더 힘들기 때문이다. 1.5미터 길이의 대장을 관찰하려면 안을 비워야 하는데 검사 전날에 수 리터에 달하는 장정결제를 마시고, 밤새도록 위로 마신 만큼 아래로 쏟아내야 한다. 설사를 수십 차례 하다 보면 항문이 얼얼하다 못해 따가울 정도다.

"힘드시겠어요."

나는 환자와 보호자가 원하는 대로 영양제를 처방했다. 그리고 일주일 후, 임정섭 씨가 다시 아내분과 함께 찾아왔다.

"우리 양반이 여전히 기운이 없어서, 오늘도 영양제를 맞으러 왔어요."

"네…"

일주일 전에도 마르고 기력이 없었지만, 오늘은 훨씬 더 안 좋아 보였다. 혹시나 싶어 물었다.

"혹시 힘든 거 있으세요?"

"너무 힘들고, 숨이 차요."

"예? 숨이 찬다고요? 얼마나요?"

"피곤해서 걷지도 못할 지경이에요."

갑자기 머리가 복잡해졌다.

'호흡곤란'은 흉통과 더불어 가장 위험한 증상이자, 원인도 아주 다양하다. 기본적으로 심장과 폐 이상을 먼저 의심하는데, 심장은 펌프 기능 자체가 떨어지는 심부전부터 부정맥, 심근경색 등 심각한 질환이 즐비하다. 폐의 경우도 폐동맥 색전증처럼 초응급 상태, 폐부종, 천식, 폐기종 등 수많은 질환이 가능하다. 거기에 심한 빈혈, 영양결핍, 간부전, 공황장애 등까지 생각해야 한다.

"이 양반이 지난주 내시경하고 나서 영 못 드시고 힘들어한다네요. 영양제나 맞혀주세요."

아내분은 그저 "영양제 달라"라는 말뿐이었지만, 내 머릿속은 갑자기 복잡해졌다. 예컨대 몸에 물이 차는 폐부종이나 심부전, 신부전이라면 수액을 주면 오히려 상태가 악화될 수 있다. 우선 임정섭 씨의 다리부터 만져봤다. 심부전이 심하면 다리가 붓는 하지부종이 보이지만, 다행히 그런 모습은 아니었다.

"환자분, 언제부터 숨이 찼어요?"

"내시경 한 후부터요."

그렇다면 지난주에 영양제를 맞으러 왔을 때도 이미 숨이 찼을 가능성이 있다.

"저번에도 그랬어요?"

"약간 그랬는데 더 심해졌어요."

지난번엔 환자가 "힘이 없다"라고만 해서 단순 탈수라 여겨 영양제를 놔줬는데, 사실은 그때부터 숨이 차고 있었을 수도 있다.
이미 지나간 일이고, 당장은 원인을 찾는 게 중요했다.

대학병원이었다면 입원시켜 각종 검사를 쭉 진행할 텐데,
여긴 동네의원이라 가능하지 않다. 혈액검사를 해도 결과는 내일
나올 테니, 그사이 급속도로 악화될 수 있다. 결국 큰 병원에
가야 하고, 그 전에 결과가 바로 나오는 가슴 엑스레이와 심전도
정도만이라도 확인해 보기로 했다.

"할아버지, 숨이 찬 건 좀 이상하거든요. 대개는 심장 아니면 폐
문제라서, 가슴 사진이랑 심전도 좀 찍어볼게요."

"아니, 못 먹어서 그런 건데 영양제만 놔줘요."

옆에 있던 아내분도 계속 영양제만 요구했다.

"할머니, 검사는 금방 끝나고 비용도 1만 원 정도밖에 안 나와요.
일단 찍고 별 이상 없으면 수액 놔드릴게요. 네?"

임정섭 씨도 아내도 못마땅한 표정이었지만, 가까스로
동의했다. 다행이었다.

이와 비슷한 일이 예전에도 있었다. 신장 투석 중인 할머니가
어지럽고 힘들다며 왔는데, 함께 온 30대 보호자가 10분 넘게
우기면서 "영양제만 놔달라"라고 했다.

"거동도 불편한 어머니 모시고 여기까지 힘들게 왔는데요."

"투석받는 병원에 전화했더니 근처에서 영양제 맞으라고
하더라고요."

하지만 신장 투석 환자는 언제든 전해질 불균형이나

요독증이 생길 수 있으니, 무조건 혈액검사가 필요하다고
설명했지만 막무가내였다. 결국 영양제를 놔주지 않고 혈액검사가
가능한 병원으로 가라고 권유했는데, 문을 나가며 밖에서 큰 소리로
"의사가 영양제도 안 놔주고, 아픈 환자를 내쫓네!"라며 원성을 높였던
일도 있었다.

"과장님, 엑스레이 나왔습니다."

가슴 사진을 보자마자 굳이 심전도를 확인할 필요도 없었다.
원래는 공기가 차서 검게 보여야 할 폐가 하얗게 보였기 때문이다.
즉 폐에 물이 차 숨 쉬어도 산소 교환이 잘 안되니, 호흡곤란이
생기고 기운이 없었던 것이다. 나는 **"바로 원래 다니시던 병원으로
가셔야 된다"**라고 설명했다.

"3일 후에 다시 병원 가는데, 그때 가면 안 돼요?"

**"그때는 증상이 없을 때 예약 잡아둔 거고, 지금은 증상이 있으니
바로 응급실로 가셔야 합니다."**

환자와 보호자는 불안한 마음으로 진료 의뢰서 한 장을 들고
병원을 나섰다. 단순히 영양제 맞으러 왔다가 응급실까지 가라니,
혹시 큰 병이면 어쩌나, 입원을 해야 하는 건 아닌가 하는 온갖
걱정이 들었을 것이다.

그렇지만 의사인 나는 안도의 한숨을 내쉬었다. 이미 폐에
물이 차 있는데, 수액까지 맞았다면 상태가 더 나빠질 수 있었기
때문이다.

물론 나도 의사로서 실수를 했다. 일주일 전에 왔을 때 좀

더 꼼꼼히 물어봤다면, 그때 이미 폐에 물이 차오르던 징후를 미리 파악할 수도 있었다. 그러나 환자와 보호자가 원하니, **"단순히 탈수일 거야"**라고 대수롭지 않게 생각하고 '영양제 주세요'라는 말에, 나도 아무 생각 없이 진료를 마쳤다. 그리고 일주일 후, 상태가 악화돼서야 검사에 나선 셈이다.

사람들이 흔히 **"보약"**이고 **"만병통치약"**으로 여기는 영양제도 자칫 잘못 쓰면 독이 될 수 있다. 그 사건 이후로, 나는 영양제를 맞으러 오는 환자에게 반드시 묻는다.

"어디가 불편하신가요?"

마찬가지로, 환자 입장에서도 꼭 기억해 주길 바란다. **"영양제 맞고 싶다"**라고 해도, 몸 한 군데라도 불편하다면 진찰부터 받는 게 먼저다. 진찰을 먼저 하고 **"영양제도 가능할까요?"**라고 물어보면, 피곤했던 의사의 얼굴에 '따봉' 덕에 잔잔한 미소가 번지는 걸 보게 될지도 모른다.

4

제일 비싼
영양제를 드세요

의사가 가장 많이 받는 질문은 약 이름도, 병명도 아니다.

"뭘 먹으면 좋을까요?"

정답 대신 오답만 가득해 대답하기 곤란한 질문이다.

오늘도 당뇨약을 복용 중인 환자가 묻는다.

"돼지감자가 당뇨에 좋나요?"

이 질문 속에는 '약' 자체에 대한 거부감과, '자연적인 무언가'에 대한 막연한 기대감이 뒤섞여 있다.

"돼지감자에 당뇨 개선 효과가 있는 성분이 정말 있다면, 그 성분만 추출해서 약으로 만들면 되지 않을까요? 특허도 낼 수 있을 테고, 거기다 당뇨약으로 출시하면 엄청난 돈도 벌 수 있을 텐데 말이에요? 예전에 암을 낫게 한다며 '상황버섯'이 한창 유행했었잖아요? 그런데 요즘은 어때요? 조용하죠? 그게 다 이유가 있는 겁니다. "

이렇게 설명하면 환자들은 아쉬운 표정을 짓는다. 진료를 마치고 **"다른 데 불편하거나 궁금한 점 있으세요?"** 라고 물으면, 열에 다섯 번은 비슷한 질문이 돌아온다.

"뭘 먹으면 ○○에 좋을까요?"

정형외과 의사라면 관절이나 뼈 관련 질문을, 안과 의사라면 눈 건강 관련 질문을, 내과 의사라면 암·당뇨·고혈압 등을 묻는 식이다.

핸드폰으로 날아오는 스팸 문자는 대부분 두 가지다. 대출 광고 혹은 투자 권유. 최근 금리 인상으로 대출 문자는 줄었지만 투자 권유는 하루에도 수 통씩 날아온다. 하루 평균 20% 이상의 수익을 보장해 준단다. 1,000만 원을 투자해 매일 20%씩 불린다면, 한 달 뒤에는 23억 7,000만 원이 된다. 1년은 아예 계산조차 힘들 정도다. 정말 그런 게 가능하다면 차라리 내 영혼을 악마에게 맡기고 돈을 빌려 투자하겠다. 그러나 그런 '좋은 정보'를 가진 사람이 굳이 일면식도 없는 나에게 스팸 문자를 보낼 리 없다. 사기다. 대출, 투자, 건강식품. 다들 '확실한 정보'를 준다며 다가오지만, 정작 그 정보로 돈 버는 사람은 따로 있다.

음식을 검색해 봐도 비슷하다. 특정 장기나 암에 좋다며 각종 음식이나 정체 모를 약 등을 광고하는 글이 우후죽순이다. **"항암, 면역, 체질 개선"** 같은 그럴듯한 문구와 함께, ○○대 출신·○○박사 등을 내세워 사람들을 현혹한다. 심지어 돈만 내면 신는다는, 듣도 보도 못한 잡지 형태의 '저널'에 논문을 게재하고, **"효과가 입증됐다"** 라고 주장하기도 한다. 정말 암에 효과가 있다면,

번거롭게 수만~수십만 원짜리 보약 따위를 인터넷으로 팔 필요가 없다. 특허부터 낸 뒤 전 세계에 유통하면 그만이다. 게다가 약은 무려 20년간 특허로 독점 보호를 받는다. 실제로 면역항암제인 키트루다(Keytruda)의 경우, 2023년 매출만 250억 달러(한화 약 35조 원)에 달한다. 이는 국내 모든 제약사의 연 매출 총합과 비슷하다.

하지만 효과가 없으면 광고로 사람을 유인한다. 1,000원짜리 라면도 재료와 원산지가 꼼꼼히 표시되지만, 수십~수백만 원대의 보약은 '비법'이라며 재료나 원산지를 밝히지 않는 경우가 다반사다. 돈만 날리면 차라리 다행이다. 예전에 간 수치가 심각하게 올라와 입원한 50대 여성이 있었다. A·B·C형 바이러스 간염도, 간암도 아니었는데, 정체 불명의 보약을 먹고 생긴 '독성간염'이었다. 보약을 끊으면 대부분 자연히 회복되지만, 소수는 간이 완전히 망가져 간이식까지 가야 하는 경우도 있다. 의사들이 '보약'이란 말만 들어도 기겁하는 이유다.

과거에는 이른바 '보약'이 유행이었다면, 요즘엔 각종 건강기능식품(일명 건기식, 영어로는 dietary supplements)이 넘쳐난다. 비타민·미네랄·콘드로이친·쏘팔메토·크릴 오일 등 종류가 무궁무진하다. 제약사는 언론과 손잡고 대대적으로 홍보를 펼치며, 심지어 의사라는 이들 중 몇몇은 방송에 나가 **"효과가 있다"**라고 주장한다. 의사들 사이에서는 이들을 '장사꾼'이나 '쇼닥터'라고 부른다. 잘 모르는 사람들은 '혹시나' 하는 마음에 사 먹지만, 과학과 진실을 중시하는 의사와 연구자들은 가만히 있지 않는다. 특정 건기식이 유행하면 2~3년 뒤에 유명 저널에 **"효과가 없다"**라는 연구 결과가 줄줄이 발표된다.

반대로, 건기식이 효과가 있다는 논문도 종종 나오지만, 이런 연구는 대개 돈만 내면 논문을 실어주는, 듣도 보도 못한 저널에 게재된다. 다음 논문들은 모두 세계적인 권위를 지닌 NEJM과 BMJ에 실린 것들이다. 야구로 치면 메이저리그급이다.

Saw Palmetto for Benign Prostatic Hyperplasia (결론: 전립선비대증에 쏘팔메토 효과 없음) / Vitamin D Supplements and Prevention of Cancer and Cardiovascular Disease (결론: 비타민 D는 암과 심혈관계 질환 예방에 효과 없음) / Marine n-3 Fatty Acids and Prevention of Cardiovascular Disease and Cancer (결론: 오메가-3는 암과 심혈관계 질환 예방에 효과 없음) / Effects of glucosamine, chondroitin, or placebo in patients with osteoarthritis of hip or knee : network meta-analysis (결론: 글루코사민과 콘드로이친은 무릎·골반 퇴행성 관절염에 효과 없음)

그럼에도 제약사들은 **"죄송하다, 환불하겠다"**라는 말 대신, 이전 제품을 슬그머니 치우고 새 건강기능식품을 유행시킨다. 오메가-3가 효과 없다고 드러나자마자 이번엔 '크릴 오일'이 판을 친다. 그러면 과학자와 의사는 또다시 실험과 연구를 통해 효과 없음을 밝혀낸다. 술래잡기나 다름없다.

거짓말은 누구나 쉽게 할 수 있지만, 그걸 거짓말이라고 증명하려면 전문가들이 오랜 시간과 노력을 쏟아야 한다. 진실은 늘 거짓말을 따라잡기 벅찰 뿐이다. 간신히 따라잡아도 이미 또 다른 거짓말이 등장해 도망간다.

　　만약 무당이 정말 미래를 볼 수 있다면, 초라한 집이 아니라 대저택에서 살며 굳이 남의 점을 봐줄 필요 없이 주식 투자로 떼돈을 벌었을 것이다. 우리가 찾는 무당의 거처가 대개 허름한 단칸방인 이유는, 그들이 미래를 예측할 수 없기 때문이다. 똑같은 이치로, 어떤 보약이나 건강식품이 실제로 큰 효과가 있다면 개발자는 특허를 얻어 전 세계에 판매하고, 노벨의학상을 받았을 터다. 하지만 현실은 인터넷으로 조금이라도 더 팔아보려 온갖 광고와 스팸 문자가 난무할 뿐이다. 그래도 굳이 영양제를 먹고 싶다면, 차라리 가장 비싼 걸 사 드시길 권한다. 다만 다음의 사실은 모르는 편이 당신 마음이 편할지도 모른다.

　　의사와 과학자들은 약의 효능을 확인할 때, 약을 투여하는 '실험군'과 약을 쓰지 않는 '대조군'을 무작위로 배치한다. 이른바 '무작위대조임상시험(Randomized Controlled Trials, RCT)'이다. 실험군과 대조군을 무작위 배정해야만 약 말고 다른 변수들을 동일하게 유지할 수 있고, 연구자가 자신의 약이 효과가 있다고 믿어 실험군에 일부러 건강한 사람이나 젊은 사람으로 유리한 배정을 하는 것을 막을 수 있다.

　　그러나 이것만으로는 충분하지 않다. 사람 마음은 아주 강력하다. 예컨대 임신하지 않았는데 스스로 임신했다고 굳게 믿으면 배가 불러 오고 입덧까지 하는 '상상 임신' 현상이 생긴다. 이처럼 가짜 약이라도 '믿음'만으로 통증이 줄고 증상이 완화되는

'플라세보 효과(placebo effect)'가 나타난다. 논문마다 다르지만 가짜
약도 30% 정도 통증 감소 효과를 보인다. 게다가 여기에는 '비용'도
한몫한다. 신기하게도 약은 비쌀수록 '더 잘 든다'. 똑같은 가짜
약을 한쪽에는 10센트(약 130원), 다른 쪽에는 2달러 50센트(약
3,000원)라고 알려줬더니, 비싼 약을 먹은 쪽이 증상이 호전됐다고
답하는 비율이 두 배나 높았다.

　　의사와 과학자는 마음의 영향까지 차단하기 위해
'이중맹검(Double-blind) 실험'을 도입했다. 실험군에게는 실제
약을, 대조군에는 똑같이 생긴 가짜 약을 주되, 연구자와 피험자
모두가 누가 진짜 약을 먹는지 모르게 하는 것이다. 이를 통해
심리적인 작용을 완전히 배제한다. 그런데 아직까지 이 '무작위배정-
이중맹검법'을 통과해 효능이 증명된 영양제는 단 하나도 없다.

　　결국 보약이든 한약이든 영양제든 굳이 먹겠다면, '플라세보
효과'를 제대로 보기 위해서 가장 비싼 제품을 구입하길 권한다.
그래야 약을 판 사람은 부자가 되고, 당신은 몸이 나아진 것 같은
기분을 느낄 수 있다. 참고로 대부분 영양제의 원가는 판매가의
10%도, 아니 5%도 되지 않는다는 사실도 기억해 두시길.

5

양심의
가격

돈에는 피와 땀이 묻어 있다. 진료비에는 그 돈을 벌기 위해 환자가
흘린 피와 땀, 그리고 환자를 진료하기 위해 내가 흘린 피와 땀이
함께 깃들어 있다. 종이는 가볍지만, 돈은 무겁다.

　　의사이면서 동시에 작가인 나는 한 달에 몇 차례 돈을 받고
글을 쓴다. 대가를 받고 글을 쓰는 일은, 재미 삼아 SNS에 마음
내키는 대로 몇 자 적는 것과 전혀 다르다. 원고료에는 누군가의
피와 땀이 담겨 있기에, 작가 또한 그 글에 자신의 피와 땀을 쏟아야
한다. 돈을 받고 글을 쓴다는 것은, 나를 믿고 원고를 맡긴 편집자와
그 글을 시간과 돈을 들여 읽을 독자에 대한 책임을 짊어지는
일이다. 밥벌이로 글을 쓰는 사람들은 항상 이렇게 생각한다.
'가장 먼저 내 글을 읽을 편집자, 그리고 아직 만나지 못한 미래의
독자들이 지켜보고 있다.' 그래서 글을 쓸 때마다 어깨가 무겁다.
또한 말과 달리 글은 영원히 남기에, 더 두렵고 더 진지해질 수밖에

없다.

보이지 않는 독자를 떠올리며 작가로서 글을 쓸 때도 벅찬 무게감이 느껴지는데, 하물며 눈앞에서 고통과 아픔을 호소하는 환자를 마주할 때는 의사로서 이루 말할 수 없는 책임감을 느낀다. 누군가의 피와 땀이 서린 돈을 받는다는 것은, 그 돈만큼 내 피와 땀을 바쳐야 한다는 뜻이다. 아마추어는 가볍지만, 프로는 무겁다.

의사이자 작가인 나에게 얼마 전 글 연재, 좀 더 정확히는 콘텐츠 감수를 해달라는 제안이 들어왔다. 글은 담당 기자가 모두 쓰고, 나는 감수만 해주면 된다는 조건이었다.

요리든 글이든 손이 많이 간다. 재료를 사서 손질하고 다듬고 조리하는 것처럼 글도 마찬가지다. 주제를 정하고, 자료를 조사하고, 글을 써야 한다. 어렵다. 하지만 감수는 남이 차려놓은 밥상의 간을 보는 일이다. 간단하다.

글을 처음부터 끝까지 직접 쓰는 데 필요한 노력이 10이라면, 감수는 많아야 1이나 2쯤이다. 심지어 이름만 걸고 아무것도 안 해도 모를 수도 있다. 그런데도 감수료는 꽤 후했다. 당시 나는 회당 최소 10만 원에서 많게는 70만 원까지 원고료를 받았는데, 이번 제안은 직접 쓰지도 않고 내 이름만 빌리는 일임에도 회당 20만 원을 주겠다고 했다. 금액 자체도 괜찮았지만, 더 매력적인 것은 횟수였다. 보통은 한 달에 한 편 정도였지만, 이번 제안은 매주 한 편이었다. 한 달이면 80만 원, 1년이면 1,000만 원. 더할 나위 없이 훌륭한 조건이었다.

일단 '환상적인' 조건에 이끌려 제안서를 자세히 살펴보니, 거기에는 건강기능식품, 다이어트, 유산균 같은 단어들이 눈에 들어왔다. 혹시 싶어 회사 홈페이지를 확인해 보니, 아니나 다를까 각종 건강기능식품(건기식)을 파는 곳이었다. 즉 사실상 광고 모델 제안이나 마찬가지였다.

나는 몇 해 동안 의사이자 작가로 활동하며, 독자와 환자들에게 계속 말해왔다. 건강에 특별한 비결은 없고, '술·담배·운동·뱃살' 이 네 가지만 잘 관리하면 된다고. 그리고 기회가 날 때마다 각종 의학 논문을 근거로 비타민이든 미네랄이든 온갖 건강기능식품이 실제로는 별다른 효과가 없다는 사실을 줄곧 강조해 왔다.

그런 나를, 1년에 1,000만 원이라는 돈으로 매수해 건기식을 팔게 만들려 한 것이었다.

한 달 80만 원을 벌려면 아픈 환자 60명을 진료해야 한다. 환자 60명을 본다는 건 결코 쉬운 일이 아니다. 진료에는 시간과 에너지, 그리고 집중력이 필요하다. 반면, 이미 남이 써놓은 글을 살짝 손보는 감수 일은 너무도 쉽다. 그러나 그러려면 내 신념을 버려야 한다.

만약 내가 감수를 맡는다면, 사람들은 '의사'라는 하얀 가운과 내 이름을 믿고 효과 없는 건기식을 사 먹을 게 보였다. 그럼 회사와 나는 돈을 벌겠지만, 환자와 소비자는 헛된 희망에 돈을 버리게 된다.

화가 났다. 나를 속이려 들거나 돈으로 매수하려는 그 회사의 뻔뻔함에도 분노했지만, 그렇게 내 이름이, 고작 그 돈값이었다는 사실이 서글펐다. 그러다 '만약 그들이 더 많은 돈을 제안했다면, 나는 정말 흔들리지 않았을까?'라는 생각이 떠올랐다. 그제야 깨달았다. 돈에는 누군가의 피와 땀이라는 노력만 서린 게 아니라, 사람을 시험에 들게 하는 유혹이라는 독도 함께 배어 있었다.

결국 '좋은 제안은 감사하지만, 현재 하고 있는 일과 연재 중인 글 때문에 시간이 없어 사양합니다'라는 내용의 정중한 답변을 보냈다. 그래도 한동안 마음이 편치 않았다. 그러다 두 장면이 스쳐 갔다. 하나는 영화 속 대사, **"내가 돈이 없지, 가오가 없냐?"**라고 외치던 장면. 그리고 예전에 읽은 만화 속 문장, **"내 명예를 돈으로 사려는 것이냐, 하기에는 너무 많은 돈이었다."**

최근 들어 전혀 검증되지 않은, 심지어 무효라고 밝혀진 각종 영양제를 홍보하는 의사들을 텔레비전과 영상 매체에서 쉽게 볼 수 있다. 하얀 가운을 두른 이들이 '남들도 다 먹는데 왜 당신은 안 먹느냐'며 열변을 토한다. 마치 옛날 시골 장터의 약장수를 연상케 한다. 직접 나서지 않더라도 효과가 있다고 주장하는 사람 옆에서 고개를 끄덕여 가며 거든다.

의사들 사이에서 '쇼닥터'라 불리며 손가락질받는 이들도, 자신이 홍보하는 식품이 별 효과 없다는 사실을 모르지 않을 것이다. 그럼에도 그들은 그 자리에서 열심히 선전한다. 이유는 한 가지, 이익이 되기 때문이다. 제약회사나 방송사로부터 받는 출연료일 수도 있고, 자신을 홍보하기 위한 수단일 수도 있다. 심지어 본인 이름을 앞세워 건강기능식품을 직접 파는 사람도 있다. 대중에게는 유명해질지 몰라도, 적어도 의사 사회에서는 그들이 분명 '선'을 넘은 이들이다. 그래서 의사 사회에서는 그들을 '의사'라 부르지 않고, '장사꾼'이라 부른다.

　나도 예외는 아니었다. 과거 한 병원에서 일할 때, 환자가 영양제를 맞으면 그 금액의 10%를 나에게 인센티브로 주겠다고 했다. 전문의가 된 뒤 처음 취직한 병원이었기에, 당시 내 양심은 마치 날 선 칼처럼 예민했다. 그래서 단 한 번도 먼저 영양제를 권하지 않았다. 환자가 원해도 일단 진료한 후 별문제가 없어야만 조심스럽게 허락했다. 하지만 문득 이런 의문이 들었다. 만약 인센티브가 10%가 아니라 20%나 30%였다면? 혹은 내가 봉직의가 아닌, 직접 개원한 의사였다면 과연 그때도 지금처럼 행동했을까?

　우리는 뉴스를 보며 각종 비리로 구속되는 정치인이나 고위공무원을 욕한다. 하지만 문득 궁금하다. '혹시 다른 정치인이나 공무원이 돈을 받지 않은 이유가, 정말 청렴해서가 아니라 자신을 팔 만큼의 금액을 제안받지 못했기 때문은 아닐까?' 어쩌면 세상이 유지되는 건, 자기 양심의 값을 그만큼 '매우 비싸게' 여기는 소수의 사람들 덕분인지도 모른다.

　그렇게 남에게 던진 질문이 결국 나에게 돌아왔다.

"나의 양심은 얼마인가?"

6

암일 수도 있고,
아닐 수도 있다

"선생님, 폐암인가요?"

굵고 낮은 음성의 김성철 씨 목소리가 떨렸다. 30년 넘게 담배를 피워온 그는 폐암 검진에서 4B(폐암 매우 의심)라는 결과를 받았다. 병원으로부터 '폐 CT 결과에 이상 소견이 있으니, 검사 결과를 들으러 반드시 직접 병원에 오십시오'라는 전화를 받은 순간, 휴대폰을 쥔 그의 굵은 손은 벌벌 떨렸으리라.

전화를 끊자마자 그는 가장 빠른 예약을 잡고, **"폐암이면 어쩌지?"**라는 불안과 함께 밤새 뜬눈으로 지새운 뒤 내 진료실을 찾았다. '이상'이라는 말을 들은 뒤로 하루도 채 되지 않는 그 짧은 시간은, 김성철 씨에겐 끝나지 않는 악몽 같았을 터다. 걱정이 짙어질수록, 그는 '사르륵' 타들어 가는 담배 연기가 간절했지만, 평생 친구였던 담배가 이제는 자기를 죽이려는 원수가 되어 있었다. 결국 담배를 피우지 못한 채 진료실로 들어온 그에게서는, 그간 담배

냄새에 가려져 잘 느끼지 못했던 갈색 흙냄새와 공사장 특유의 회색 먼지 냄새가 풍겼다.

불과 일주일 전까지만 해도, 건강을 자신하며 호탕하게 웃던 남자의 모습은 온데간데없었다. 이제 그는 당장 죽음을 걱정하며 손을 떨고 있는 환자일 뿐이었다.

환자인 김성철 씨가 떨리는 목소리로 **"폐암인가요?"**라고 묻자, 의사인 내가 내놓을 수 있는 대답은 **"폐암일 가능성이 높습니다"**였다. 그리고 이 말은 환자에게 확률이 아니라, 확신으로 들릴 것이다.

폐 등 몸 어디서든 뭔가 덩어리가 보이면 우선 '결절(nodule)'이라 부르는데, 양성이면 '혹'이라 하고 악성이면 '암(cancer)'이라 한다. 의사는 각 결절에 등급을 매긴다. 예컨대 1·2등급이면 폐암 가능성이 1% 미만, 3등급이면 1~2%, 4A면 5~15%, 4B면 15% 이상이다. 의학이라는 과학에도 0%도, 100%도 없다. 그래서 췌장암으로 진단하고 무려 8시간 수술을 했는데 막상 결과가 만성췌장염이 나오기도 하고, 단순 용종이라 여겼는데 뜻밖에 암이 발견되기도 한다.

암은 아프지 않다. 2리터짜리 페트병 크기의 폐 안에 2센티미터짜리 혹이 있어도, 통증이나 기능 저하가 당장 생기진 않는다. 이 결절이 더 커져 폐의 통로를 막거나, 특정 장기를 잠식해 그 기능이 떨어질 때 비로소 증상이 나타난다. 김성철 씨 폐 안의 2센티미터짜리 결절은 이미 몇 달 전부터 아무런 증상 없이 자라다가, 어제 검사에서 나왔고, 오늘 환자 본인에게 전달됐다.

그리고 이 사실 하나로, 김성철 씨 삶에는 거대한 쓰나미가 몰려왔다.

한 사람 인생이 달린 문제인데, 정작 의사가 제시하는 해답은

"폐암일 확률이 15% 이상이고, 정밀 검사를 받아야 한다"뿐이다.

　　　"사는 거냐, 죽는 거냐"가 걸린 환자 앞에서, 문득 내 뇌리에

뉴턴이 스쳤다. 고전역학을 완성한 뉴턴은 '현재 물체의 위치와 운동

상태를 알면, 과거와 미래도 계산할 수 있다'고 믿었다. 결정론이다.

그러나 200년 뒤, 불확정성 원리가 등장했다. 빛을 포함한 모든

물체는 텅 빈 공간에서 끊임없이 흔들리고 있어, 그 위치와 운동량을

정확히 동시에 아는 것은 불가능하다는 것이다. 낙엽 한 장을

눈높이에서 떨어뜨릴 때, 그것이 어느 지점에 착지할지 사람은

물론 슈퍼컴퓨터도 알 수 없다. 다만 아래로 떨어질 가능성이 가장

크고, 멀어질수록 그 확률이 줄어든다는 '예측 범위'만 잡을 뿐이다.

과학도 결국 '확률의 세계'다. 과거의 뉴턴은 모든 미래를 예측할

수 있다고 믿었지만, 현재의 과학자들은 모든 것이 불확실하다고

한다. 암 진단도 마찬가지다. 확신에 찬 '정답'이 아니라 확률이라는

'가능성'만 존재한다.

　　　폐암 가능성과, 폐암이 맞다면 완치될 확률을 묻는

김성철 씨에게도 의사가 말해줄 수 있는 건 그저 '확률'뿐이었다.

그는 15% 이상의 가능성을 진단받았을 뿐이다.

　　　"폐암인가요?"라는 절망 어린 질문에 이어, 김성철 씨는

어디로 가야 하느냐, 무슨 검사를 받느냐, 수술하면 나을 수 있느냐

등 숱한 질문을 쏟아 냈다. 나의 답도 길어졌다.

"일단 대학병원 호흡기 내과로 가서서 암인지 아닌지 확실히
알아보는 정밀 검사를 할 겁니다. 조영제를 써서 폐 CT를 다시 찍고, 경우에
따라 좌측 등 쪽으로 바늘을 찔러 조직을 떼어 내는 검사나 기관지 내시경을
할 수도 있어요. 암이 확실하다고 판단되면, 조직 검사 대신 해당 부위를
통째로 절제하는 수술에 바로 들어갈 수도 있습니다. 그리고 폐암은 종류도
다양하고, 어디까지 퍼졌느냐에 따라 5년 생존율이 완전히 달라져요."

암일 수도 있고 아닐 수도 있고, 살 수도 있고 죽을 수도
있었다. 물론 최종적으로 조직 검사가 가장 확실한 답을 주지만,
이것도 틀릴 때가 있다. 암 부위를 정확히 찌르지 못하거나, 충분한
조직을 채취하지 못해 "불충분" 같은 아쉬운 결과가 나오기도 한다.

모니터 속 100원짜리 동전만 한 크기의 덩어리를 보며
"암인가요, 아닌가요?"라는 환자 질문에, 내가 해줄 수 있는 대답은
"암일 수도, 아닐 수도 있지요. 다만 암일 확률이 높습니다"뿐이다. 그러나
김성철 씨 입장에선 결국 0% 또는 100%로 귀결된다. 게다가 실제로
암이 나온 뒤에도 "제가 살 수 있나요?"라고 물으면, 담당 의사는
"살 수도, 죽을 수도 있습니다. 조직 검사와 암이 얼마나 퍼졌느냐에 따라
다릅니다" 정도로 답할 뿐이다. 의사에게는 현재의 '확률'이지만,
환자에게는 미래의 '삶 아니면 죽음'이 되어버린다. 그렇게 의사와
환자는 같은 세상을 살면서도 다른 차원을 경험한다.

암인지 아닌지, 김성철 씨가 살 것인지 죽을 것인지 아무것도
확신할 수 없었지만, 그래도 몇 가지는 확실하게 정해됐다.

"우선 호흡기 내과 외래 예약 잡으십시오. 괜히 미리 너무 걱정하실 필요 없어요. 암이 아닐 수도 있거든요. 검사 결과가 나오면 그때 가서 수술이든 치료든 고민하셔도 됩니다. 그리고 담배는 꼭 끊으셔야 합니다."

"어제 병원 전화 받고부터 이미 끊었어요."

"그렇다면 시간이 해결해 줄 차례네요. 당장 검사부터 받아보세요."

조직검사를 받고 1주일 뒤 외래에서 결과가 나올 때까지, 그가 얼마나 고통스럽게 기다릴지 나는 굳이 말하지 않았다. 대학·기업 합격 발표는 비교도 안 될 만큼, 생과 사가 걸린 간절한 시간이 시작되었다.

대화가 끝나고 침묵이 흘렀지만, 김성철 씨가 처음 진료실에 들어왔을 때부터 떨리던 손은 여전히 멈추지 않았다. 금단 증상 때문인지, 폐암 때문인지, 아니면 죽음에 대한 두려움 때문인지 알 수 없었다. 마지막으로 나는 그 손 위에 조심스레 내 손을 얹었다. 나의 행동이 폐 속 결절이 암이 아닐 확률을 높여주지도, 암일 경우 생존 가능성을 올려주지도 못한다. 하지만 그것이 내가 의사이기 이전에 같은 사람으로 그에게 해줄 수 있는 전부였다.

7

가이드라인의
빈틈

의사는 두 부류다. 가이드라인을 만드는 사람과 따르는 사람. 나는 후자다. 그런데 문제는, 가이드라인이 없는 상황에서 생긴다.

〈grade 1, 양성 석회화 4mm〉

30년 넘게 담배를 피워온 변상철 씨의 폐에서는 4밀리미터 크기의 혹(결절)이 발견되었다. 폐 CT를 찍으면 10명 중 3명꼴로 혹이 보일 만큼 흔하다. 혹이 보이면 위험도를 평가해 등급(grade)을 매긴다. 변상철 씨의 폐는 grade 1(폐암 가능성이 1% 미만)이라 폐암은 걱정할 필요가 없었다.

그런데 정작 문제는 폐가 아니라 심장이었다. 더 정확히는, 심장에 혈액을 공급하는 관상동맥이었다. 폐암 검진용 CT를 찍으면 심장은 물론 관상동맥도 보인다. 관상동맥의 석회화('때'가 낀 정도)에 따라 정상-경미-중증-심각의 4단계로 결과가 나온다. 이 혈관에 '때'처럼 석회가 껴서 막히면, 심근경색으로 쓰러질 수 있다.

변상철 씨는 심각이었다.

여기서 의사인 나의 고민이 시작된다. 첫째, 변상철 씨가 받은
검사는 어디까지나 폐암에 '특화된 폐 CT이므로, 관상동맥 상태가
정확하게 보이지 않는다. 관상동맥을 제대로 보려면 관상동맥
CT를 따로 찍거나, 관상동맥 조영술이라는 시술을 받아야 한다.
둘째, 폐암 검진에서는 폐 결절에 대한 치료 가이드라인이 명확히
설정되어 있지만, 관상동맥 석회화에 대한 지침은 상대적으로
애매하다.

결과적으로 변상철 씨 관상동맥에 '석회화 심각'이라는
소견이 나왔지만, 정확성이 떨어지는 폐 CT만으로 어디까지
조치해야 할지 애매해진다.

관상동맥 석회화('혈관의 때') 진단에서 가장 중요한 요인은
'나이'다. 나이가 들수록 석회화가 늘어나 고령 환자들은 '석회화
심각' 소견이 잦다.

내가 환자를 무조건 심장 내과로 의뢰하면 의사인 나는
책임을 피할 수 있지만, 환자는 불필요한 검사를 받으며 고생할 수
있다. 반대로 환자를 보내지 않으면, 당장은 서로 편할 수 있지만
나중에 의사와 환자, 모두가 위험해질 수 있다. 다른 가이드라인이
있기는 하지만 정확성이 떨어졌다. 그래서 나는 나만의 '비공식
가이드라인'을 만들었다.

문진에서 운동할 때 가슴 통증(흉통)이나 숨 참(호흡곤란)이
있으면 무조건 순환기 내과로 의뢰한다. 실제로 그렇게 보내서 많은

환자가 협심증이나 심근경색으로 인해 관상동맥을 뚫고 스텐트를 삽입하는 시술을 받고 오셨다.

증상이 없지만 고위험군, 즉 뇌출혈·뇌경색 등 과거력이 있거나, 당뇨·고혈압·고지혈증 등 동반 질환으로 다니는 병원이 있으면, 주치의와 반드시 상의하라고 한다. 주치의가 없으면, 내가 10년 심혈관계 발생률 위험을 계산해서 20% 이상이면 심장내과로 보낸다.

환자가 건강 염려증이 크거나, 혹은 조금만 잘못돼도 곧바로 의료소송을 제기할 가능성이 높아 보인다면 무조건 정밀 검사를 권장한다. 이 세 경우는 비교적 분명한 편이나, 그다음부터가 애매하다.

변상철 씨는 50대이며, 고혈압·당뇨·고지혈증에 30년 이상 흡연, 게다가 비만이었다. 2년 전 같은 검사에서 '관상동맥 석회화 중증'이었는데, 이번엔 '심각'으로 변했다. 흉통은 없지만, 이쯤 되면 정밀 검사를 권하는 쪽이 맞겠다는 판단이 들었다.

나는 변상철 씨와 함께 폐 CT 영상을 보며 설명을 이어갔다. 그 영상에는 일주일 전 찍은 폐암 CT뿐 아니라, 8년 전 복통으로 응급실에서 찍었던 복부 CT도 있었다. 판독 결과는 '단순 장염'이었지만, 나는 복부 CT에서 뜻밖의 단서를 발견하고서 환자에게 물었다.

"혹시 다리는 안 저리세요?"

"안 그래도요, 7~8년 전부터 저렸어요. 디스크인 줄 알고 주사만

수도 없이 맞았죠."

　"조금만 걸어도 저리신가요?"

　"네, 그래서 운동도 제대로 못 해요. 운동을 못 하니까 살만 찌고…"

　복통 원인을 감별하려던 복부 CT이지만, 사실 허리뼈와 심장에서 다리로 이어지는 대동맥도 함께 찍힌다. 변상철 씨의 경우, 대동맥이 다리로 갈라지는 지점과 양쪽 대퇴동맥이 심각한 수준으로 석회화되어 있었다. 대략 80% 이상 혈관이 막힌 상태라, 가만히 있을 때야 큰 문제 없지만 막상 걷거나 운동하려 하면 다리로 충분한 피가 못 가서 저리고 아픈 것이다. (심장에서 피를 공급하는 관상동맥이 좁아지면 협심증이나 심근경색이 생기는 원리와 똑같다.) 즉 변상철 씨가 조금만 걸어도 다리에 통증이 온 이유는 말초동맥폐쇄성질환(Peripheral Arterial Occlusive Disease, PAOD)이었다.

　그 덕분에 '관상동맥 석회화 심각'인 변상철 씨를 두고 정밀 검사를 권할까 말까 갈등하던 고민이 단숨에 해결됐다. 말초동맥폐쇄성질환 환자의 3분의 1 정도가 관상동맥폐쇄성질환(Coronary Artery Occlusive Disease, CAOD)을 동반하기 때문이다. 결국 변상철 씨는 순환기 내과에서 복부 및 대퇴동맥은 물론, 심장 관상동맥까지 혈관 조영술로 확인하고 필요하다면 스텐트 삽입이나 혈관 수술을 받아야 했다.

　의사는 단순히 진료만 보는 게 아니다. 보다 효과적이고 부작용이 적은 치료법을 찾기 위해, 틈나는 대로 가설을 세우고 자료를 정리해 통계를 내고 논문을 작성한다. 그리고 이런 연구 결과나 논문이 나오면, 의사들은 학회에 모여 비판과 토론을 거쳐 치료 가이드라인을 정한다. 의사는 이렇게 실험과 회의에서 확립된 '표준 치료'를 바탕으로 환자를 진료한다. 이것이 곧 현대 의학의 기초인 근거중심의학(Evidence Based Medicine, EBM)이다.

하지만 이것으로 끝나지 않는다. 새로운 연구나 신약, 기술이 계속 나오면서 표준 치료 역시 수시로 업데이트된다. 이런 과정을 거쳐 의학은 과거보다 나은 현재, 그리고 더 나은 미래로 발전해 간다. 그런데도 현실적으로 모든 상황에 꼭 맞는 가이드라인은 존재하지 않는다. 그럴 때는 각 의사의 경험과 판단에 맡겨질 수밖에 없다.

사람들이 삶의 불확실성을 싫어하듯, 환자들도 의사에게 **"정말 확실한가요?"**라고 묻곤 한다. 그러나 인생이 그렇듯 의학도 0%와 100% 사이를 오간다. 책 속 이론은 분명하지만, 실제 환자와 마주하는 진료 현장에서는 모든 게 불투명할 수밖에 없다.

수많은 연구자와 의사들의 노력, 그리고 운(우연히 우리 병원에 8년 전 찍은 복부 CT가 남아 있었다)이 더해진 덕분에, 나는 단지 '폐암이 있는지' 보려고 온 변상철 씨의 심장과 다리 문제까지 해결할 길을 찾았다. 수년간 아무 치료에도 차도가 없던 다리가 좋아질 수 있다는 소식에 환자의 얼굴이 밝아지는 걸 보니, 나 역시 큰 보람을 느꼈다. 아무리 많은 연구와 지침이 나와도, 세상 모든 환자에게 맞는 가이드라인은 없다. 그래서 의사는 오늘도 가이드라인과 현실 사이의 틈을 메우기 위해 자기 나름대로 애를 쓰고 있다.

8

다른 방법,
같은 진단

증상은 잡힐 듯 잡히지 않는다. 아무리 아름다운 풀도 이름이
붙어야 '꽃'이 되듯, 증상도 진단명이 있어야 비로소 병이 된다. 기침
하나에도 수십 가지 원인이 있듯, 어지럼증은 특히 더 까다롭다.
사람들은 단순히 몸에 기운이 없어도 어지럽고, 눈앞이 핑 돌아도
어지럽고, 머리가 띵해도 어지럽다고 말한다. 어지럽다는 말 자체가
안개처럼 뿌옇다. 그 안개 속에서 뇌출혈이나 뇌경색, 심근경색
같은 끔찍한 괴물이 튀어나오기도 하고, 시간이 흐르면 저절로
좋아지기도 한다.

10대 김수정 양이 수차례 어지럼증으로 내원했다. 혹시
아이에게 큰 병이 있는 것은 아닐까 불안한 40대 중반 어머니는
정밀검사를 원했다.

어지럼증 환자가 오면, 의사는 크게 세 가지를 의심한다.

| 1. 뇌경색이나 뇌출혈 등의 머리 문제

2. 평형이나 균형 감각을 담당하는 귀 문제

3. 부정맥을 비롯한 심장 문제

환자는 우리나라 최고의 대학병원 중 하나인 S병원에 왔고, 내가 주치의였다. 굳이 정밀검사는 필요 없어 보였지만, 보호자가 강력히 원해 모든 검사를 진행했다. 빈혈 등의 가장 기본적인 검사를 비롯하여, 귀 문제 감별을 위해 이비인후과 협진을, 머리 문제 감별을 위해 신경과 협진을, 심장 문제 감별을 위해 순환기 내과 협진을 했다. 신경과에서는 뇌 MRI를 촬영해 뇌출혈, 뇌경색, 암, 기형 등 머리에 다른 이상이 없다고 결론 내렸다. 이비인후과에서도 각종 테스트를 통해 귀에 있는 평형 기관에 이상이 없다고 했다. 순환기 내과에서는 24시간 심전도와 심장 초음파를 통해 부정맥이나 심기형이 없음을 확인했고, 침대에 환자를 눕힌 채 세웠다가 눕혀보는 기립 경사도 검사를 통해 단순 '기립성 저혈압'이라고 진단했다. 말 그대로 갑자기 일어날 때 혈압이 일시적으로 떨어져 뇌로 가는 혈류가 순간적으로 줄어들어 어지러움이나 현기증, 심할 경우 의식을 잃고 쓰러질 수 있는 질환이다.

10년이 흘렀다. 나는 대학병원에서 수련을 마치고 동네 의원에서 진료를 본다. 그사이 어지럽다는 환자를 수천 명은 봤다. 그러다 열여섯 살 정하나 양이 내게 왔다. 10년 전 김수정 양과 똑같이 어지럽다고 했다.

"언제부터 그랬어요?"

"꽤 됐어요."

"특정 시기가 있나요?"

"주로 오래 앉았다 일어날 때 그래요." (이 말에 기립성 저혈압이
의심되기 시작했다.)

"일주일에 몇 번이나 그래요?"

"몇 번씩이요."

"몇 초나 지속되나요?"

"잠깐요."

"머리가 아프거나 구역질이 동반되나요?" (머리 문제 감별)

"아니요."

"팔다리 한쪽이 힘 빠지는 증상은 없나요?"

"아니요."

"시야가 흐려지거나 눈앞에 무지개가 보이는 등 이상이 있나요?"
(녹내장 등 눈 문제 감별)

"아니요."

"눈앞이 빙글빙글 도는 느낌이 있나요?" (귀의 평형 기관)

"아니요."

"가슴이 두근거리는 증상은요?" (부정맥 등 심장 문제 감별)

"아니요."

"남들에 비해 숨이 심하게 차거나 많이 피곤한 건 없어요?" (심부전
등 심장 문제 감별)

"아니요."

"살이 빠지거나 땀이 많이 나지는 않나요?" (갑상선 기능 항진증 등

호르몬 문제 감별)

"아니요."

질문은 끝이 없다. 가족 중 심장 문제로 급사한 사람이
없는지, 어릴 때 입원한 적은 없는지, 먹고 있는 약은 없는지 등등.
질문을 마친 뒤엔 앉았다 일어나고, 고개를 돌려보며 귀 문제인지
확인한다. 맥박과 혈압을 재고, 앉았다 일어났다, 누웠다 할 때의
혈압 변화를 살핀다. 자세 변화에 따른 혈압 차이가 확실하다. **"주로
오래 앉았다 일어날 때 그래요"**라는 환자 말에, 다른 질환 가능성이
낮은 것도 확인해 '기립성 저혈압'이라고 진단했다.

기립성 저혈압 치료에서 가장 중요한 건 먼저 안심시켜 주는
것이다. 큰 질환이 아님을 알려주는 것. 약이 있긴 하지만 효과가
그다지 높지 않고, 가끔 나타나는 증상을 막자고 약을 꾸준히
복용하는 사람도 드물다. 대신 천천히 일어나는 방법을 교육하고,
일어나기 전 양손을 깍지 낀 뒤 좌우로 당겨 순간적으로 혈압을
올리도록 하는 방법을 알려준다. 그게 전부다.

김수정 양과 정하나 양은 같은 증상으로 같은 의사에게 같은
진단을 받았지만 시간과 지불한 비용이 달랐다. 대학병원에서 모든
정밀 검사를 받은 김수정 양은 2박 3일에, 본인 부담금만 200만 원이
들었다. 반면 정하나 양은 20분 진료에 1만 원이 나왔다. 진단은
같았지만, 과정은 달랐다.

김수정 양처럼 모든 정밀검사를 원하는 환자도 있다. 하지만
대부분은 정하나 양처럼 빠르고 간편한 진료를 선호한다. 그런데

의사 입장에선 문제가 다르다. 정하나 양처럼 꼼꼼히 진료하면 하루에 고작 20명 남짓 볼 수 있다. 병원 수익이 나지 않는다. 반면, 대학병원처럼 각종 검사를 병행하면 매출이 높아진다. 결국 검사 중심 진료가 구조적으로 유리한 시스템이 만들어진다. 그래서 두툼한 검사 결과지를 들고 다른 병원을 찾아가면, 의사 얼굴이 일그러진다.

한국의 진료 시스템은 '박리다매' 전략이다. 진찰 대신 검사를, 대화 대신 숫자를 선택하게 만든다. 의사 한 명당 환자가 너무 많다. 시간이 부족하니 증상을 듣기보단 검사로 먼저 확인하고 본다. 뇌 CT 한 번 찍는 비용이 진찰료보다 8.6배 더 비싸다. 환자 8명을 진찰하는 것보다 CT 한 번 찍는 게 병원에 이득이다. 미국은 2.1배, 프랑스는 5.8배, 캐나다는 3.9배다. 한국이 단연 압도적이다. 그래서일까. 한국은 인구 대비 CT 촬영 건수가 OECD 최고 수준이다. 검사는 많아졌지만, 설명은 부족해졌다. 왜 검사를 했는지, 결과가 어떤 의미인지, 어떻게 치료할지에 대해선 설명이 빠져 있다. 환자는 의사가 불친절하다고 느낀다. 하지만 의사도 똑같이 지친다.

봐야 할 환자는 많고, 빼먹지 않고 검사를 챙기기에도 벅차다. 하루 100명 가까운 환자를 봐야 하는 진료실에서 환자는 하고 싶은 질문을 삼키다 간신히 물어본다.

"원래 이렇게 정상인가요?"

의사는 모니터에서 눈도 떼지 않은 채 말한다.

"원래 그래요."

의사의 짧고 퉁명스러운 말에 환자는 상처받는다. 눈앞의 의사의 '인성'을 문제 삼는다. 그러나 정말 문제는 '인성'일까? 아니다. 문제는 의사의 인성이 아니라, 의사를 둘러싼 '시스템'이다. 짧은 진료 시간은 환자도, 의사도 지치게 만든다. 설명이 줄자, 의사의 검사와 환자의 의심이 늘어난다. 믿음이 사라지면서 소송이 늘고, 소송이 늘면 방어 진료가 따라온다. 방어 진료는 또다시 불필요한 검사를 낳는다. 그렇게 악순환이 계속된다.

진료실엔 따뜻한 말 대신 차가운 숫자가, 진찰 대신 검사가, 사람 대신 질병만 남는다. 한국의 1인당 외래 진료 횟수는 연 14.7회로 OECD 평균 5.9회의 2.5배다. 의사 1인당 연간 진료 환자 수 역시 세계 1위. 한국은 6,989명, 그다음이 터키와 일본이다. 의사가 부족한 게 아니라, 진찰료가 낮아 진료 시간이 짧기 때문이다.

사람들은 말한다. **"의사는 성적만 보지 말고, 인성도 봐야 한다"**라고. 하지만 하루 80~100명의 환자를 보는 진료실에서, '인성'은 지속될 수 있을까?

미국 가정의학회는 말한다. 1차 진료 의사의 하루 적정 외래 환자 수는 24명이라고. 나는 적정 외래 환자수의 몇 배를 보면서 생각했다. 24명만 본다면 시간당 3명. 환자 한 명에게 20분쯤 쓸 수 있다. 병의 원인도 설명해 주고, 치료 방향도 설득하고, 환자의 불안도 다독일 수 있다. 하지만 현실은 그렇지 않다.

한국의 진찰료는 초진 기준 1만 8,410원. 하루 24명 보면 36만 원, 한 달이면 720만 원. 임대료와 직원 인건비조차 감당할 수 없다.

그래서 진료 수는 늘어나고, 진료 시간은 줄어든다. 입원 병동도
마찬가지다. 밤 당직 의사 1인당 적정 환자 수는 15명. 하지만 실제론
50명, 100명을 보는 경우도 허다하다. 세계에서 가장 낮은 진찰료가
만든 '3분 진료'.

　　의사를 만나려면 며칠, 전문의를 만나려면 몇 주씩 걸리는
다른 나라와는 달리, 오늘 당장이라도 전문의를 만날 수 있다.
다만 의사는 친절하지 못하다. 의사는 충분한 진료를 하지 못해
자괴감을 느낀다. 환자는 충분한 설명을 듣지 못해 불안하다. 신뢰는
사라지고, 그 자리에 소송과 검사만 남는다.

　　거리엔 병원과 의사가 넘쳐나지만, 정작 내 몸을 믿고 맡길
의사를 찾기는 어렵다. 우리는 모두 친절하고 따뜻한 진료를 원한다.
그리고 동시에 싸고 빠른 진료도 원한다. 하지만 싸고 좋은 건 없다.
좋은 진료는 충분한 시간과 정당한 비용이 필요하다.

　　나는 오늘도 진료실에서 수많은 사람을 만난다. 어쩌면
어제의 김수정, 오늘의 정하나, 내일의 당신일 수도 있다. 환자가
자신의 이야기를 충분히 들려줄 수 있고, 의사가 그 이야기를 끝까지
들어줄 수 있는 날이 오길 바란다.

9

선택의
역설

"오늘 점심시간에 뭐 먹지?"

나는 매일 점심때마다 고민에 빠진다. 선택지가 많을수록
고르기 어려워지고, 비교와 고민은 길어진다. 결과가 만족스러우면
다행이지만, 그렇지 않으면 '차라리 다른 걸 먹을걸' 하는 후회가
남는다. 선택의 역설이다.

그렇지만 점심은 내일도 먹을 수 있다. 선택의 기회가
반복된다. 그런데 식당과 병원은 다르다. 점심은 매일 먹을 수
있지만, 치료는 단 한 번뿐이다.

예를 들어, 건강검진에서 우연히 조기 위암이 발견됐다고
하자. 동네 의원에서는 **"큰 병원 가세요"**라며 진료의뢰서를 써준다.

하지만 '큰 병원'이 어디일까? 가까운 지방대학병원이
좋을까, 멀지만 유명한 서울 빅5 병원이 좋을까? 부산만 해도,
동아대학교병원, 부산대학교병원, 고신대학교병원, 인제대학교병원

등 여러 곳이 있지만, 인터넷을 켜면 '명의'들은 대부분 서울에만 존재한다. 환자와 가족은 그 순간 선택의 기로에 선다.

스포츠는 기록으로 우열을 가린다. 100미터 달리기 세계기록은 우사인 볼트의 9.58초다. 그렇다면 위암 수술을 가장 잘하는 사람은 누구일까? 아무도 모른다. 내과 치료는 전 세계가 비슷하다. 예를 들어 독감이면 타미플루, 폐동맥색전증이면 t-PA 같은 혈전 용해제를 쓴다. 하지만 조직을 자르고, 떼어 내고, 연결하고, 붙이는 외과 수술은 다르다. 어떤 형사(의사)는 범인(암)을 업어치기 한판에 깔끔하게 잡고, 또 다른 형사는 건물을 다 부수고 사람까지 다치게 하며 잡을 수도 있다. 목표가 암 제거라는 점은 같지만, 얼마나 깔끔하게 피해를 최소화하면서 잡는지는 천차만별이다.

S병원의 A교수와 K병원의 B교수 중 누가 특정 수술을 더 잘할까? 비교하기는 어렵다. 스포츠처럼 기록이 남지 않기 때문이다. 건강보험심사평가원에서 '암 치료 잘하는 병원'을 발표하지만, 입원일수나 입원진료비 같은 지표만 볼 뿐 가장 중요한 환자 생존율을 정확하게 비교하지 않는다. 한때 미국에서 병원과 의사의 성공률과 사망률을 공개하기 시작했는데, 예상치 못한 일이 벌어졌다. 좋은 기록을 위해 병원과 의사들이 중증·응급 환자를 기피하기 시작한 것이다.

결국 환자들은 비교가 불가능한 병원과 의사의 실력을 두고 병원을 정할 때, 주위의 평판과 추천(38.3%), 병원의 시설과

규모(26.6%), 가까운 거리(26.6%), 다른 병원 의료진의 추천(17%) 등을 주로 본다. 의사를 고를 때 역시 의사의 평판(56.4%)과 병원의 평판(23.7%), 병원의 규모(8.7%) 순이다. 결국 '서울 빅5'를 선호할 수밖에 없다.

게다가 인터넷, 방송, 언론은 '명의' 신화를 매일같이 양산한다. 누군가 한 번 매스컴의 주목을 받으면 사람들이 우르르 몰려간다. 어떤 병원 홈페이지에는 의사가 쓴 논문보다 출연한 방송 목록이 더 부각되어 있기도 하다. **"암은 서울로 가야 한다"**라는 말이 사실처럼 굳어졌다.

지방대학병원에서 수술받든, 서울의 빅5에서 치료를 받든 결과만 좋으면 상관없다. 언제나 그렇듯 중요한 것은 결과다.

"서울의 빅5보다 더 나은 선택지가 과연 있을까?"

빅5에서 수술받고도 결과가 나쁘면, '여기서도 못 고쳤으니 어쩔 수 없다. 최선을 다했다'고 생각하게 된다. 하지만 지방에서 수술받고 결과가 나쁘면, '서울에서 수술받았다면 더 좋지 않았을까?' '내가 편하자고 지방에서 수술받은 게 실수였나?' 하는 후회와 미련이 평생 남는다. 단 한 번뿐인 선택에서 나중에 후회하지 않으려면, 누구나 최선이라고 믿는 선택을 할 수밖에 없다.

여기에 KTX 덕분에 서울로 올라가는 것이 옛날과는 비교할 수 없을 정도로 쉬워졌다. 아침에 출발해 당일 진료를 받고 당일 내려오는 것도 가능하다. 게다가 2018년 1월부터 '특진비'라는 '선택진료비'마저 없어져, 어떤 의사를 만나든 검사·치료·수술비는 동일해졌다. 시간과 비용 등 모든 장벽이 낮아지면서, 상경 진료는 더욱 쉬워졌다. 의사가 믿는 실력의 유일한 기준은 경험이다. 처음 해보는 사람보다는 100번 해본 사람이 낫고, 100번 해본 사람보다는 1,000번 해본 사람이 낫다. 서울로 환자가 몰리면 지방 의사는 경험을 쌓을 기회가 줄어든다. 경험이 부족해지니 실력이 떨어지고, 결국 환자도 의사도 서울로 떠난다. 악순환이다.

정부는 늘 지방을 살려야 한다고 말해왔고, 가장 먼저 시작한 것이 교육 분야였다. 하지만 교육의 서울 쏠림 현상은 더욱 심화되었다. 지방대학 중 서울대학교와 경쟁할 유일한 대학으로 카이스트와 포항공대가 있다. 이 두 대학이 뛰어난 이유는 국가의 전폭적인 지원 덕분이다. 예컨대 2023년 서울대학교의 재학생 1인당 예산은 2,300만 원이지만, 같은 해 카이스트는 1억 68만 원, 2022년 기준 포항공대는 9,141만 원으로 무려 4배 가까운 차이를 보인다. 지방 의료가 살아나려면, 카이스트·포항공대처럼 의료 분야에도 국가의 전폭적 지원이 뒷받침되어야 한다.

10

수면 내시경의
두 얼굴

사람들이 좋아하는 이야기는 미담 아니면 괴담이다. 인터넷
커뮤니티에 **"아버지의 비상금"**이라는 사연이 화제가 되었다. A 씨는
부모님을 모시고 건강검진을 갔다. A 씨의 아버지가 수면 내시경을
받을 차례였고, 담당 의사는 A 씨 어머니께 장난을 걸었다.

    **"사모님! 남편분이 비상금 모아놨는지 알아봐 드릴까요? 내시경
할 때는 모두 사실만 말하거든요"**라고 하자, 어머니가 **"딱히 궁금하진
않은데, 알아봐 주세요"**라고 대답했다.

    이에 **"비상금 어디에 모아두셨어요?"**라는 의사의 물음에,
마취 상태인 아버지가 **"아, 그거, 내가 잘 모아뒀어"**라고 두서없이
답했다. 이어 의사가 **"근데 그 돈 왜 모으세요?"**라고 묻자, 아버지는
'사실대로' 말했다.

    **"그거, 우리 여보 나 때문에 고생 너무 많이 해서, 맛있는 거
사주려고… 나 (돈) 하나도 안 쓰고 3년 동안 모았어. 맛있는 거 사줘야**

해…"

수십 년의 시간이 흘러도 변하지 않는 남편의 사랑에 많은
이들이 감동받았지만, 의사인 나는 섬뜩했다.

사람들은 수면 내시경이라고 부르지만, 정확히는 '의식하
진정 내시경'이다. 병원과 의사마다 조금 차이가 있지만, 위내시경을
할 때 주로 미다졸람이나 프로포폴을 쓴다. 두 약 모두 사람을
완전히 재우지는 않는다. 반응이 다소 느려지기는 하지만, 말도
하고, 몸도 움직인다. 단지 기억하지 못할 뿐이다.

내시경을 받는 동안 고통스러웠던 기억이 머릿속에 저장되지
않고 사라지는데, 그래야 다음번 내시경도 두려움 없이 받을 수 있기
때문이다.

마흔이 된 나 또한 올해 처음으로 건강검진에 위내시경을
포함하게 됐다. 의사가 자기 병원이 아니라 다른 병원에서
건강검진을 받는 것도 이상하다고 생각해서, 결국 우리 병원에서
받기로 했다. 그런데 걱정이 들었다. 장난기 많은 내시경 담당
선생님이나 옆에서 어시스트하는 간호사 선생님이 유부남인
나에게 **"선생님, 혹시 병원에 좋아하는 사람 있어요?"**라고 물으면
어떡하나? 내가 무의식중에 **"3병동의 박소진 간호사가 정말 예뻐요.
제 이상형이에요"**라고 대답이라도 하면, 말한 기억도 없는데 그날로
병원 전체에 소문이 퍼질 것이다. 사람들이 뒤에서 **"양 선생님이
3병동 박 간호사 짝사랑한대. 아이가 둘이나 있는 유부남이 어떻게?"**
"그러게, 나이 차가 열 살 넘게 나는 처녀를 어떻게 좋아할 수 있대? 아이고

망측해라" 하고 수군거릴 테니 말이다. 그 외에도 조심해야 할 것들이 너무 많았다. 예를 들어 병원이나 원장님 욕이라도 무의식중에 하면, 끝이다.

결국 나는 위내시경을 생(生)으로 받았다. 뱀 같은 내시경이 내 배를 가로지를 때, 구역질과 함께 눈물과 침이 흘렀다. 동시에 머릿속에서는 '음, 식도하부 괄약부를 지나가는군. 좁은 곳을 내시경이 비집고 들어가니 아프군', '위에서 십이지장으로 넘어가는 좁은 입구인 유문 괄약부를 지날 때는 마치 커다란 뱀이 배 안에서 꿈틀거리는 느낌이군' 같은 생각이 들었다. 머리로는 이랬지만, 반사적으로 구역질을 해대며 눈에서는 눈물이, 코에서는 콧물이, 입에서는 침이 질질 흘렀다.

사실 우리나라 의료 현장에서 의사가 이렇게 여유롭게 환자나 보호자와 농담을 주고받으며 일하기란 쉽지 않다. 내가 위내시경을 생으로 받은 또 다른 이유는, 건강검진을 받을 때 하루 휴가를 낼 수 있는 공무원과 달리, 내시경을 받는 날에도 근무해야 했기 때문이다.

그날 제일 먼저 내시경을 생으로 다 받고, 눈물과 콧물, 침을 닦았다. 내시경실 밖으로 나오자마자, 다시 흰 가운을 입었다. 1분 전엔 환자였지만, 이제는 의사다. 헛구역질과 쓰린 속을 달래며 곧바로 진료를 시작해야 했다.

11

검사의
딜레마

진료실 문을 나서면 금세 잊힐 것 같은 사람이었다. 평범한 키와
체격에, 가끔 보이는 과도한 화장이나 성형, 화려한 브로치도 전혀
없는 50대의 홍재숙 씨였다.

얼굴은 기억에 남지 않았지만, 숫자는 기억에 남았다.
그녀의 백혈구 수치는 정상의 절반에 불과했다. 정상적인 백혈구
수치는 4,000~1만 개 사이지만, 그녀의 백혈구는 2,000~3,000개를
오르내렸다.

백혈구는 우리 몸의 면역을 담당하는 군대로, 세균이나
바이러스가 침입하면 즉시 공격한다. 백혈구 수가 많아지면 감염을
의심하며, 지나치게 많으면 백혈병 같은 혈액암을 의심한다. 반면
백혈구가 적다면, 백혈구가 파괴되었거나 생성 과정에 문제가 있을
수 있다. 그래서 백혈구가 과도하게 많거나 적으면, 추가로 골수
검사를 통해 백혈병이나 생성 이상 등을 감별한다. 그녀가 **"속**

시원하게" 해달라고 말한 검사가 바로 그 골수 검사였다.

이미 대학병원 혈액종양내과에서 6개월 넘게 백혈구 수치를 추적 관찰하며 검사해 왔던 그녀에게 담당 의사는 **"일시적일 가능성이 높지만, 심각한 혈액 질환일 수도 있어 필요하면 골수 검사를 고려할 수 있다"**라고 설명했다. 하지만 정작 골수 검사는 하지 않았다.

"선생님, 그냥 속 시원하게 검사를 했으면 좋겠어요."

그녀는 검사 결과를 기다리는 불안감에 지쳐 있었다. '심각한 혈액 질환일 수도 있다'는 의사의 말이 목에 걸린 가시처럼 마음을 짓눌렀다. **"계속 지켜보자"**라는 말이 답답했고, 차라리 골수 검사를 해서 아무 이상 없다는 말을 듣고 싶었을 터였다. 해가 쨍쨍하거나 비가 화끈하게 내려주면 뭔가 명확하겠지만, 잔뜩 흐려 비가 올 듯 말 듯한 날씨가 사람을 가장 우울하고 지치게 만든다.

사실 골수 검사는 기술적으로 그리 복잡하지 않다. 환자를 눕히고, 옆구리 아래쪽 피부에 가장 가까운 골반뼈에 국소 마취를 한 뒤, T자 형태의 작은 드릴을 힘껏 누르며 돌리면 검사가 끝난다. 어려운 검사는 아니다. 하지만 문제는 고통이다. '드드득' 하는 느낌이 손으로 고스란히 전해지고, 환자는 뼈가 깎이는 듯한 통증을 경험한다. '뼈가 사무친다'는 표현이 괜히 나온 게 아니다.

의사 입장에서 보면, 검사만큼 좋은 것은 없다.

검사를 통해 특정 질환을 진단하거나 배제할 수 있고(독감이나 코로나, 충수돌기염 등), 둘째로 매출이 오른다. 셋째, 혹시 특정 질환을 놓쳤다가 나중에 다른 병원에서 발견되면 의사의 신뢰도가 떨어지고, 소송으로 이어질 위험도 커진다. 의료 소송이 늘어날수록 검사가 많아지는 이유다. 검사는 의사가 병을 진단하고 싸우는 무기이자, 소송에서 자신을 지키는 방패다.

그러나 이는 의사 관점일 뿐이다. 모든 검사는 환자에게 시간과 비용 면에서 큰 부담이 된다. 검사 과정 자체도 불편하고 고통스러울 수 있다. 의사에게는 확실하고, 안전하고, 매출을 높일 수도 있지만, 환자 입장에선 달갑지 않을 수 있다. 또, 사람마다 성향이 달라서, 큰돈과 시간을 들여 검사를 했는데 아무 이상이 없으면 '괜히 검사했다'고 생각하는 사람이 있는가 하면, '이상 없음을 확인했으니 다행'이라며 안심하는 사람도 있다. 게다가 김사를 해도 원인을 찾지 못하는 경우도 흔하다. 질병에는 원인이 없는(혹은 알 수 없는) '특발성'인 경우가 많아서다. 예를 들어 혈소판 감소증 환자의 절반 이상은 골수 검사까지 해도 원인을 못 찾는 특발성 혈소판 감소증이다.

이렇듯 의사로서는 검사를 권하기가 쉽고, 오히려 권하지 않는 쪽이 더 어렵다. 그런데도 혈액종양내과 의사가 군이 골수 검사를 하지 않은 건, 의학적 판단 때문이다. 아직 수치가 '너무' 낮은 건 아니어서, 환자에게 고통스러운 검사를 해봐야 별 소득이 없을 것이라는 경험적 근거를 바탕으로 한다. 그러나 혹시나 1%의 가능성이 현실이 될 수 있기에, 환자에게는 '혈액암 가능성'을 설명해야 한다. 환자 입장에선 1%가 작은 확률이지만, 매일 수십 명의 환자를 보는 의사 입장에선 언젠가 실제로 맞닥뜨릴 1%이기도

하다.

　나는 환자의 입장도, 의사의 입장도 이해할 수 있었다.
하지만 뭐라 말해야 할지 막막했다. 황희 정승처럼 "네 말도 맞고,
네 말도 맞다"라고도 할 수 없었다. 그러다 책상 위 물병이 눈에
들어왔다. 물이 반쯤 들어 있어, 불현듯 생각이 떠올랐다.

　"갑갑하시죠? 뚜렷한 원인도 모르겠고, 특별한 치료 없이 계속
피검사만 하라니 답답하실 거예요. 그렇다고 당장 골수 검사를 하자니
겁나기도 하시고요."

　"그러게요. 걱정도 되고, 불안해서 미치겠어요."

　"그런데 이렇게 생각해 볼 수도 있죠. 의사가 굳이 골수 검사를
권하지 않는 건, 그만큼 상태가 괜찮아서일 수도 있다고요. 오히려
아주 심각해 보이면 당장 검사하자고 했을 거예요. 그러니까 검사 없이
지켜보자는 건 지금 상태가 그만큼 나쁘지 않다는 반증일 수 있죠. 그렇지
않을까요?"

　곰곰이 내 말을 듣던 홍재숙 씨의 얼굴에서 안개가 조금 개고,
햇빛이 비치는 것 같았다.

　"듣고 보니 그렇네요."

　"그러니까 미리 너무 걱정 마시고, 담당 선생님 말씀대로 피검사만
하시면 어떨까요? 힘들고 아픈 골수 검사를 당장 안 해도 되니까 오히려
다행일 수도 있고요."

　"아, 선생님 감사합니다. 그렇게도 생각할 수 있네요."

　'아' 다르고 '어' 다르다고 하듯, 의사의 말 한마디가

환자에게 짐을 덜어줄 수도, 더 얹을 수도 있다. 참 어렵고 또 어렵다. 환자가 나간 뒤, 나는 책상 위에 놓인 물병을 들어 마셨다. 어느새 물이 절반도 남지 않았다.

12

가장 확실한
검사

아이는 나를 쳐다보지 않았다. 병원 자체가 두려워서인지, 처음
온 이곳이 낯설어서인지, 아니면 하얀 가운만큼 빛나는 내 머리가
무서워서인지 알 수 없었다. 초등학교 1학년인 민서는 진료실에
들어온 뒤로 유난히 큰 눈을 부릅뜨고 엄마만 바라봤다. 내 말은
먼저 민서 엄마에게 전해졌고, 엄마가 다시 민서에게 알려주는
식이었다. 나는 민서가 어머니에게 건네는 말을 엿들어야 했다.

　　나를 잔뜩 경계하는 민서와 달리, 민서 엄마는 궁금한
것이 많았다. 아이의 키는 잘 크는지, 성조숙증은 없는지, 자주
배가 아프다고 하는데 괜찮은지 등등. 한참 이야기를 나누던 중,
마지막으로 물었다.

　　"선생님, 아이 새끼손가락이 많이 휘었는데 괜찮은 건가요?"

　　사람이 죽고 사는 대학병원을 떠나 1차 진료를 하는 내가
가장 많이 하는 일은 '안심시키기'다.

하루에 수십 명의 환자를 보지만, 코로나19나 독감 검사를 제외하고 혈액 검사나 영상 검사 같은 특정 검사를 실제로 하는 경우는 10명도 채 되지 않는다. 의사인 내가 검사를 하는 목적은 크게 두 가지다. 하나는 암이나 폐렴, 부정맥 등 특정 질환을 의심하여 진단하기 위한 것이고(확진), 다른 하나는 암이나 폐렴, 부정맥 등 특정 질환이 아니라는 사실을 확인하기 위한 것이다(배제).

이 두 번째 목적도 더 자세히 보면, 의사로서 뭔가 석연치 않아(뭔가 찝찝해서) 검사를 권하는 경우가 있다. 그리고 굳이 안 해도 되는 검사지만, 환자가 과도하게 불안해하거나 꼭 해달라고 요청하기도 하며, 의사인 내가 괜찮다고 해도 믿지 않는 경우도 있다. 혹은 나중에 환자가 소송을 걸거나 문제 삼을 가능성을 막기 위해 검사를 하게 되는 상황도 생긴다.

검사는 과학이다. 영상과 숫자로 객관적 데이터를 얻을 수 있어서, **"열이 난다"**라는 말보다 **"체온이 40도다"**라고 하는 편이 훨씬 정확하다. **"간이 나쁘다"**라고 설명하는 대신 **"간수치가 정상의 50배인 2,000을 넘는다"**라고 말하면, 상태의 심각함을 단번에 알 수 있다.

또한 100번 말하는 것보다 한 번 눈으로 보는 것이 낫다는 점은 의학에서도 마찬가지다. 예를 들어 **"폐렴이 심합니다"**라는 말 대신 정상 폐 사진과 하얗게 변한 폐 사진을 나란히 보여주면 누구나 바로 고개를 끄덕이게 된다. 검사는 진단뿐만 아니라 치료 경과를 확인하고, 그에 따라 치료 방향을 정하는 데에도 필수적이다. 엑스레이에서 하얀 부분이 점차 사라지면 폐렴이 호전되는 것이고,

하얀 부분이 증가한다면 기존 항생제가 듣지 않아 다른 치료를 고려해야 한다. 게다가 나중에 결과가 좋지 않아 환자나 보호자가 **"왜 이 병을 놓쳤느냐?"** 라고 항의할 때, 의사는 **"당시에 이런 검사를 다 했고, 정상이었다"** 라고 방어할 수 있다. 검사는 객관적이다. 하지만 환자는 주관적이다. 때로는 안심이, 설명보다 필요하다.

하지만 환자 입장에서는 검사가 달갑지 않을 수 있다.

누구나 한 번쯤 해본 코로나 검사나 독감 검사를 떠올려 보면, 마치 송곳으로 코를 후비는 듯한 통증이 따른다. 또, '검사를 해서 혹시 큰 병이라도 발견되면 어쩌지?' 하는 두려움도 생긴다. 그래서 대부분은 검사 없이 **"괜찮습니다"** 라는 의사의 말을 듣고 안심하고 싶어한다. 아마도 민서 엄마가 **"아이 새끼손가락이 많이 휘었는데 괜찮은 건가요?"** 라고 물은 건 그런 마음 때문일 것이다.

"손가락 한번 볼 수 있을까요?"

민서는 여전히 긴장한 듯 반응이 없었다.

"민서야, 선생님께 손가락 좀 내밀어 보자."

엄마가 다시 말하자, 그제야 민서는 조심스레 손을 내밀었다. 나는 새끼손가락을 살펴보고 마디를 눌러봤다. 새끼손가락 마디가 하나인 경우는 흔한 편이다. 통증도 없고, 주먹을 쥐었다 펴는 데도 전혀 문제가 없었다.

"통증도 없고, 움직이는 데 불편도 없어요. 엑스레이를 찍으면 정확하게 볼 수야 있겠지만, 찍어서 이상이 있다 해도 보기 싫은 게 아니라면 굳이 뭔가를 할 것도 없어요."

민서 엄마는 고개를 끄덕였지만, 얼굴에는 여전히 걱정이
남아 있었다.

"저도 그래요."

마지막으로 나는 민서 앞에서 내 새끼손가락을 내밀었다.
그 전까지 잔뜩 경계하던 민서는 내 손가락, 정확히는 휘어진 내
손가락에 시선을 고정했다. 그 모습을 본 민서 엄마의 표정이 한결
밝아졌다.

"더 궁금한 거 없으세요?"

"네, 없어요."

"보세요, 의사 선생님도 같은데 아무 문제 없잖아요."

"그러게, 괜히 걱정했네."

그제야 아이의 목소리를 처음 들을 수 있었다.

의학(醫學)은 과학이다. 숫자와 영상만큼 분명하고 확실한
것도 없다. 하지만 의술(醫術)은 과학과 사람이 만나는 지점이다.
때로는 숫자와 영상보다 "저도 그래요"라는 공감 한마디가 어떤
검사보다도 확실한 신뢰를 줄 때가 있다. 사람 일이란 까다롭고
난감하면서도, 오묘하고 즐겁다.

13

더 이상 고기
시키지 마세요

얼큰하게 취한 나는 두 귀를 의심했다.

'내가 잘못 들었나?'

고깃집 사장을 쳐다봤다. 삼촌뻘 되는 짧은 머리의 사장은 연기 때문인지 원래 그런 인상인지, 잔뜩 눈에 힘이 들어가 있었다.

'고깃집 사장이 고기를 시키지 말라고 한다고?'

붉어진 내 얼굴처럼 화기애애하던 분위기가 갑자기 싸해지며 침묵이 흘렀다.

'아니, 우리가 먹겠다는데, 지가 뭔데 시키지 말래?'

오랜만의 회식이었다. 식당은 꽤 멀어 병원에서 20분 넘게 울퉁불퉁한 시골길을 달려 도착했다. 30대 초중반에, 나 빼고는 모두 미혼인 데다 미남과 미녀 의사들이었다. 맛 좋은 소고기에 배는 부르고, 술기운까지 올라 다들 목소리가 커졌다. 빨갛게 달아오른 숯불 열기에 술도 더해져 분위기는 한층 달아올랐다. 그러다 사장님이 우리의 추가 고기 주문을 거절하기 전까지는 말이다.

벌겋게 취한 다섯 명의 의사는 불쾌한 표정으로 아무 말도 하지 않고 사장님을 바라봤다. 우리는 술에, 사장님은 불판 열기에 얼굴이 벌게져 있었다. 우리의 시선을 받은 사장님이 입을 열었다.

"지금 고기를 충분히 많이 드신 상태에다 술에 얼큰하게 취하셔서, 제가 지금 소고기 말고 돼지고기를 꺼내와도 맛을 분간 못 하실 거고 또 남기실 거예요. 그러니 굳이 비싼 소고기 드실 필요 없습니다. 여기까지 드시고, 다음에 또 오십시오."

사장님은 말을 마친 뒤 꾸벅 인사를 하고 자리를 떠났다. 우리는 순간 정신이 번쩍 들었다.

'그래, 많이 먹긴 했다. 배도 부른데.'

잠깐의 어색한 침묵 후, 다시 와자지껄한 대화가 이어졌다.

"이야, 사장님 멋지네."

"그러게요, 진짜 양심적이다."

"그래, 이제 그만 먹자. 배도 부르고 더 먹으면 내일 힘들 거야."

만약 사장님이 아무 말도 하지 않았거나, 우리가 사장님 말을 무시하고 고기를 더 시켰다면 술도 자연히 더 시켰을 게 뻔했다. 그러면 남아도는 붉은 고기는 불판에서 검게 타들어 가고, 몇몇은 화장실에서 토하며 괴로워했을 것이다. 사장님의 적절한 조언에 잠시 기분이 상했지만, 우리는 그대로 따랐고, 덕분에 적당히 취하고 배부른 상태로 기분 좋게 자리를 마무리했다

그날 집으로 돌아오는 길, 내내 사장님의 한마디가 머릿속을

맴돌았다.

'더 이상 고기 시키지 마세요.'

이상하게 그 말이, 내가 진료실에서 환자에게 하려는 말과 겹쳤다. 유명인사, 이를테면 스티브 잡스, 유상철 등이 췌장암으로 사망했다는 보도가 있으면, 다음 날 중년 남성들이 **"췌장암 검사를 받고 싶다"**라며 병원에 몰려온다. 췌장암은 그 자체로 무서운 암이다. 암이 우리나라 사망 원인 1위인데, 췌장암으로 인한 사망(2023년)이 4위일 정도로 예후가 좋지 않다. 특히 5년 생존율이 10~15% 정도로 낮아서 더욱 두려운 존재다.

이 췌장암을 확인하려면 복부 CT를 찍어야 하는데, 매년 복부 CT를 찍는다고 해서 췌장암을 조기에 발견해 생존율을 높일 수 있느냐 하면, 위암이나 대장암과 달리 그렇지도 않다. 게다가 CT는 엑스레이보다 훨씬 많은 방사선을 쏘고, 복부 장기를 잘 보기 위해 사용하는 조영제로 인해 팔이 화끈거리거나 알레르기 반응이 생길 수 있으며, 드물지만 아나필락시스 쇼크 같은 심각한 부작용도 일어날 수 있다. 무증상 환자에게 췌장암 검진 용도로 복부 CT를 권하지 않는 이유다. 득보다 실이 크기 때문이다.

국가 암검진에 포함된 위암, 대장암, 유방암, 자궁경부암은 검진 효과가 증명되었고, 폐암은 오랜 기간 담배를 피워 고위험군인 경우에, 간암은 B형·C형 간염 등 고위험군에서만 시행한다. 의사라면 당연히 이런 사실을 알기에, 굳이 환자에게 췌장암 검사를 권하지 않는다. 하지만 아무리 설명해도 10명 중 2~3명은 본인이 불안하다며 검사를 고집한다. **"필요 이상으로 검사하면 해가 더 클 수 있다"**라고 말해도, **"검사를 안 하다가 암이 늦게 발견되면 어쩔 거냐, 당신이 책임질 거냐"**라고 따지는 이들도 있다.

췌장암 검사만이 아니다. 환자가 **"입원시켜 달라"**라거나, 뇌 MRI 같은 특정 검사를 해달라고 스스로 요구하는 경우도 많다. 하지만 병원에 오래 머무는 것은 절대 이롭지 않다. 병원에서 얻는 감염, 즉 병원 내 감염은 대부분 항생제 내성이 있는 슈퍼박테리아에 의해 발생한다. 정말 무서운 놈들이다. 그래서 퇴원할 수 있으면 최대한 빨리 퇴원하는 게 최선이다. 그런데 실손 의료보험이 활성화되면서, 검사나 입원 비용 부담이 줄어들었고, 단순 불안이나 보험금 청구를 위해 무리한 입원이나 검사를 요구하는 경우가 늘었다. 심지어 퇴원 날짜마저 환자가 임의로 정하려 하기도 하고, **"내가 입원하고 검사하면, 선생님도 돈 버니까 서로 좋은 거 아니냐?"**라는 이들도 있었다.

나는 그 고깃집 사장이 솔직히 부러웠다. 그는 '매출'이 아닌 '신뢰'를 얻으며, 전문가로서의 양심을 지킬 수 있었다. 하지만 의사는 이미 결정을 내린 환자에게 검사가 필요 없다고 말하면, 신뢰 대신 불평이나 심하면 진료 거부로 인한 컴플레인을 듣기 일쑤다.

'왜 내가 검사(또는 입원)하겠다는데 안 해주냐? 그러다 나중에 잘못되면 당신이 책임질 거냐?'

그런 식으로 환자가 강하게 나오면, 사실 의사는 환자가 원하는 대로 다 해주는 편이 편하다. 매출도 오르고, 소송이나 민원을 당할 위험도 줄며, 환자와의 감정 충돌도 피할 수 있다. 그런데도 검사를 권하지 않는 건, 의사 입장에서는 득이 될지 몰라도 환자에게는 해가 더 클 수 있다고 보기 때문이다. 그 갈등 속에서 의사는 늘 고민한다. 직업적 양심을 지키면 몸이 힘들고, 양심을 저버리면 마음이 불편하다.

　"더 이상 고기 시키지 마세요"라고 말해준 고깃집 사장처럼, 의사 또한 **"검사하지 마세요"**라고 말할 때 환자가 믿고 따라주는 날이 오기를 바라며, 오늘도 나는 진료실에서 양심과 현실 사이를 고민한다.

14

오늘의 처방전은
아이스크림입니다

세 살짜리 딸이 울며 고개를 설레설레 저었다. 엄마가 내민 숟가락을
피하더니, 힘껏 이를 꽉 깨물었다. 처음에 물을 한 번 마시고 곧
아파서 울음을 터뜨린 뒤였다. 이 어린 것이 뭔가를 먹으면 아프다는
걸 알아차린 것이다. 거기에 열도 났다. 39도 전후. 해열제라도
먹이려 했지만, 아이는 무언가를 삼키면 죽기라도 하는 듯
필사적으로 거부했다.

아이의 손과 발에는 좁쌀보다 작은 붉은 점이 있었고,
입안에는 좁쌀만 한 하얀 염증들이 가득했다. 손과 발에 나타난
붉은 반점, 그리고 입안 가득한 구내염. 손과 발, 입에 증상이 동시에
나타나는 '수족구'였다.

수족구는 '콕사키 바이러스'에 의한 감염으로, 만 5세
미만 아이들에게 매우 흔히 발생한다. 특별한 치료제가 없으며,
항바이러스제도 보통 쓰지 않는다. 열이 나면 해열제를 주는 정도가

전부다. '치료제'는 약이 아니라 시간이었다.

시간이 지나면 저절로 좋아질 질환이지만, 의사로서 수족구 환자를 수도 없이 보아온 나는 "어른은 잘 안 걸린다"라고 설명하면 끝이었다. 비교적 간단한 질환임에도, 막상 내 딸이 수족구에 걸려 물조차 삼키려 하지 않자 머리가 아팠다. 어른이라면 목이 아무리 아파도 억지로라도 참고 먹지만, 아이는 달랐다.

우리 딸은 오로지 '지금 이 순간 안 아픈 것'만 중요했다. 영화 〈아저씨〉의 배우 원빈이 '오늘'을 살았다면, 현실의 딸은 '당장'만 살고 있었다.

밥은커녕, 물도 해열제도 거부하며 울기만 했다. 딸 주희가 흘리는 눈물과 땀조차 아까웠다. 주희처럼 수족구에 걸려 아무것도 먹지 않다가 결국 탈수로 수액을 맞거나, 심하면 입원까지 하는 경우가 흔하다. 이 상태로 몇 시간만 더 지나면 아이는 축 처질 게 뻔했다. 의사임에도 별다른 수가 없어 무기력했다.

울고 있는 아이를 달래려고 안고 있으니 내 몸도, 마음도 후끈 달아올랐다. 아내와 함께 아이를 유모차에 태운 뒤, 바람이라도 쐴 겸 무작정 밖으로 나섰다. 그러다 집 근처 빨간 왕관 모양 로고가 있는 카페가 눈에 들어왔다. 원래 커피보다 소프트아이스크림으로 더 유명한 곳이었고, 우리 가족은 종종 그곳에서 아이스크림을 사 먹곤 했다.

'바로 저거야.'

나는 하얀 아이스크림을 사서 아이에게 내밀었다. 울던

딸은 아이스크림을 보자 뾰로통한 입술을 조심스레 내밀었다. 목이
아파도 아이스크림은 먹고 싶었는지 혀로 살짝 맛 보더니, 계속
먹어댔다. 달콤함도 있었지만, 차가운 온도가 일시적으로 신경을
마비시켜 통증을 줄여주는 효과도 있다. 밀크 아이스크림은 선녀
옷처럼 부드럽고, 천사 키스처럼 달콤했다.

아이는 콘까지 다 먹고 나서야 그날 처음으로 웃음을 지었다.
아픈 것도, 목마름도 한결 나아진 듯 보였다. 주희를 바라보던 나와
아내도 비로소 마음을 놓을 수 있었다.

그날의 '약'은 아이스크림이었다. 아이스크림은 때로
훌륭한 처방이 된다. 이후에도 아이들이 편도염이나 구내염 때문에
아무것도 못 먹겠다고 할 때, 나는 교과서에 없는 이 특별한 방법을
쓴다. **"아이스크림을 먹어보자"** 하면 울고 있던 아이 눈은 반짝이고,
엄마는 살짝 인상을 쓴다.

"대신 딱 하나만 먹어."

그러면 엄마도, 아이도, 그리고 나도 모두 만족한다.
아이스크림이 약으로 쓰일 때는 수족구나 구내염뿐만이 아니다.
때로 삶이 힘들 때 나와 아내는 주희가 낫게 된 추억이 떠오른
그 아이스크림을 함께 먹으며, 그때를 떠올리고 미소 짓는다.
아이스크림은 하얀 천사다.

오후 4시
고민

환자를 가족처럼 대할 것인가, 거리를 둘 것인가.

친절한 의사가 될 것인가, 실력 있는 의사가 될 것인가.

공감할 것인가, 경계할 것인가.

진료가 무르익는 오후 4시쯤이면 의사는 실감한다.

자신이 다루는 대상은 병이 아니라 사람이라는 사실을.

질병을 고치는 건 기술이지만, 사람을 움직이는 건 마음이다.

친절과 실력 사이, 공감과 거리 사이. 그 사이 어디쯤에서,

마음은 직선과 곡선 사이를 오간다.

그 흔들림 속에서 의사는 의학과 인술의 경계를 고민한다.

곡선이 된 관계들

3

1

세 번째
의사

의사에게 좋은 전화는 좀처럼 걸려오지 않는다. 병원에서 걸려오면
환자 상태가 나빠졌다는 뜻이고, 가족에게서 오면 누군가 아프다는
뜻이다. 게다가 아침 8시 30분, 그것도 장모님에게서 온 전화라면
더더욱 심장이 내려앉을 수밖에 없다.

　　"양 서방, 바쁘지?"

　　"아니요." (사실은 8시 30분부터 진료 시작이긴 하지만.)

　　"뭐 좀 물어보려고⋯."

　　불행 중 다행인 건, 아픈 사람이 장모님이 아니라 장모님의
친구분이셨다. 그분은 근처 의원에서 당뇨 진단을 받고 약을 두
알씩 먹는 중인데, 소변에서 거품이 나오고 체중도 줄어 불안해서
신촌에 있는 대학병원까지 다녀오셨다고 한다. 거기서 약을 한
알로 줄이라고 했는데, 어떻게 해야 할지 몰라 장모님께 상담한
모양이었다.

장모님은 길게 설명해 주셨지만, 솔직히 그 말만으로는 아무것도 확실하지 않았다. 더군다나 내가 장모님께 알려드린 내용을 장모님이 또 그 지인에게 전달하는 과정에서 말이 바뀔 게 뻔했다. 예전에 TV에서 봤던 〈가족 오락관〉의 '고요 속의 외침' 게임이 떠올랐다. 화면음이 차단된 채 입 모양만으로 말을 전달하는 방식인데, 그때는 웃으면서 봤지만 막상 내 일이 되니 이보다 답답한 일이 없었다.

"장모님, 차라리 그분 연락처를 주시면 제가 직접 연락드릴게요. 그게 제일 깔끔할 것 같아요."

"그래, 양서방. 그게 낫겠어."

전화를 받은 김미숙 씨는 전형적인 당뇨 환자분이셨다. 목도 마르고 최근 체중도 줄어 동네 의원에서 당뇨 진단을 받으셨다고 했다. 서울 말투에 60대 아주머니치고는 목소리 톤이 높고 말이 빨라서, 나도 최대한 공손하고 자연스럽게 서울말을 섞었다.

"동네 병원에서 당뇨약 두 알 먹고 있었거든요. 그런데 요즘 소변에 거품이 나고, 체중도 좀 줄었어요. 그래서 신촌 S 병원 갔는데, 단백뇨가 있다고 하더라고요. 그런데 거기서는 약을 한 알로 줄이라고 해서요… 이게 괜찮은 건가요?"

"처음 진단받았을 때 당화혈색소(당뇨에서 가장 중요한 지표가 되는 3개월 치 평균 혈당 수치, HbA1c)가 얼마였는지 기억하세요?"

"7.0이었어요."

"네, 6.5를 넘어가면 당뇨가 맞고, 약을 드셔야 해요."

"근데 왜 S병원에서는 약을 두 알에서 한 알로 줄이라고 한 걸까요?"

"S병원에서 다시 검사했을 때 당화혈색소는 얼마였나요?"

"5.6이었어요."

"그렇다면 조절이 꽤 잘된 거죠. 당화혈색소는 보통 6~7 사이면 괜찮은 편인데, 5.6까지 내려갔으니 약을 줄일 만합니다. 당뇨는 전 세계가 같은 진단 기준과 비슷한 치료 목표를 가지고 있어서, 대학병원이든 동네 의원이든, 미국이든 일본이든 크게 다르지 않아요."

"소변에서 거품이 나는 건 어떡해요?"

"당뇨가 있으면 혈당이 높아서 소변에 당이나 단백질이 나올 수 있고, 그래서 거품이 생길 수도 있죠. 검사에서 단백뇨가 있다 했으니 콩팥 기능이 조금 떨어졌을 가능성이 있어요. 그래서 혈압과 혈당 관리를 더 철저히 해야 해요. 안과 검사는 받으셨나요?"

"네, S병원에서도 안과 가보라 해서 다니던 안과에 갔는데 이상 없대요."

"그럼 정말 할 건 다 하고 계시네요. 지금 상태로는 동네 의사든, 대학병원 선생님이든, 저 같은 의사든 다 같은 검사를 하고 결과에 맞춰 약을 조절할 거예요."

"그래도 당뇨약 계속 먹어야 해요?"

"많은 분들이 당뇨든 고지혈증이든 고혈압이든, 증상이 없다고 중간에 약을 끊는 경우가 있는데 절대 그러면 안 됩니다. 이런 만성질환 약은 합병증이나 심혈관 질환 위험을 낮추기 위한 예방 개념으로 먹는 거니까, 증상이 없더라도 꾸준히 드셔야 해요. 만약 혈액검사에서 수치가 너무 낮아지면 의사와 상의해 약을 줄이거나 중단할 수도 있긴 하죠."

"알겠어요. 사위님이 직접 알려주시니까 안심이 되네요."

"별말씀을요. 사실 지금 치료받고 계신 게 적절한 거예요. 어느 병원을 가시든 어차피 똑같은 약, 똑같은 검사를 할 겁니다. 그냥 믿고 따라가시면 돼요."

의사라면 모두가 아는 기본 중의 기본이다. 동네 의사나 대학병원 의사나, 나처럼 아는 의사나 큰 흐름은 똑같다. 김미숙 씨처럼 당뇨가 잘 조절되고 있다면, 어디서든 비슷한 설명과 치료를 받았을 것이다. 하지만 그녀는 어떤 이유에서든 첫 번째 의사('동네 의사')와 두 번째 의사('대학병원 의사')에 이어, 세 번째 의사인 '지인'인 나까지 찾아왔다.

결과가 달라진 건 없었다. 세 번째 의사인 내가 해준 건 단하나, 이미 받은 치료가 옳았음을 확인해 준 것뿐이었다. 네 번째, 다섯 번째 의사를 찾아가도 같은 말을 들었을 것이다.

그렇다면 그녀가 굳이 '세 번째 의사'에게까지 의논한 이유는 뭘까. 동네 의사라서 믿음이 안 갔을까? 대학병원 교수라서 불친절하거나 설명이 짧았나? 사실은 약을 먹기 싫었는지? 원래 사람을 잘 못 믿는 성격일까? 아니면 우리 사회에 믿을 만한 의사가 정말 없어서?

길거리에 나가보면 병·의원 간판이 어디든 넘쳐난다. 내가 일하던 지방 소도시 사거리를 보면 반경 100미터 안에 의원만 20곳

이상이고, 치과만 9곳이었다. 전 세계 어디를 뒤져봐도 이렇게 병원이 많은 곳은 별로 없을 것이다. 그럼에도 환자들은 **"믿을 만한 의사가 없다"**라고 호소한다. 정말 의사가 부족한 걸까? 환자 입장에선 믿고 맡길 의사가 없고, 의사 입장에선 믿고 따라줄 환자가 없다.

김미숙 씨는 당뇨 진단을 받고 동네 의원, S병원 내분비 내과, 심지어 지인이 소개해 준 의사인 나까지 세 명의 의사를 만났다. 그럼에도 여기저기를 전전해야만 했던 이유는, 첫 번째 의사가 동네 의사라 못 미덥게 보였거나, 두 번째 의사가 대형 병원이라 불친절했던 탓일 수도 있고, 혹은 환자 스스로 약 먹는 걸 꺼리는 걸 수도 있다. 정말 믿고 맡길 의사가 없었던 걸까, 아니면 의사를 믿어줄 마음이 없었던 걸까?

진료실에서는 이런 일이 흔하다. 다른 병원 처방전을 들고 와서 **"이 약 맞나요?"**라고 묻거나, 처음부터 녹음기를 켠 채 들어와 의사를 바라보는 환자나 보호자도 있다. 그 순간, 진료해야 할 의사가 아니라 무언가 취조당하는 범죄자 같은 기분이 들기도 한다.

결국 우리 사회에 정말 부족한 건, 의사도 환자도 아닌 '신뢰'가 아닐까 싶다. 환자는 믿고 맡길 의사를 바라고, 의사도 믿고 따라줄 환자를 원한다.

2

특별 회진

손은 전화를 받았지만, 눈은 뜨지 못했다.

"선생님, 315호실 김서준 애기 38.5도로 열이 나는데요. 어떻게 할까요?"

먹고 있던 밥을 빼앗긴 동물처럼, 잠을 빼앗긴 나는 날카로워졌다. 눈을 비비는 걸 넘어 거의 찔러대며 간신히 뜬 뒤 응급실로 내려가 수족구로 온 아이를 보고 올라와 다시 잠이 든 지 얼마 지나지 않았을 때였다. 응급실에 이어 이번에는 병동이었다. 하룻밤 사이 아이 이름과 병실 번호만 다를 뿐, **"열이 난다"**라는 전화를 몇 통이나 받았는지 가물가물했다. 누가 누군지도 헷갈릴 정도로 전화가 쇄도해 내 잠은 산산조각 났고, 목은 깨진 유리 조각이라도 박힌 듯 따가웠다. '미리 처방해 둔 해열제 주세요'라고 대충 전화를 끊으려다, 몇 달 전 소아과 의국장 선생님이 했던 말이 떠올랐다.

"작년에 S 병원 소아과 병동에서 아이가 밤새 열이 났는데, 담당 의사가 직접 내려가서 보지도 않고 해열제만 계속 줬다가 결국 패혈성 쇼크로 아이가 죽은 거 다 알죠? 밤에 힘들어도 열나면 꼭 가서 진찰하세요."

까칠하기로 유명한 4년 차 의국장 이민정 선생님은 의국 회의 때마다 날 선 목소리로, 병동에서 전화가 오면 반드시 직접 내려가 진찰하라고 강조했다. 그러나 말처럼 쉬운 일은 아니었다.

당시 나는 소아과에 파견되어, 소아과 2년 차 선생님과 단둘이서 40명의 소아 입원환자와 응급실로 오는 모든 소아 환자를 맡고 있었다. 아침 6시에 출근해 다음 날 저녁 6시까지 36시간 연속 근무 후 12시간을 쉬는 방식이었는데, 주당 근무시간은 대략 120시간(참고로 일주일은 168시간)이나 됐다. 그래도 이곳은 대학병원이 아닌 2차 병원이어서 신생아 중환자실이나 분만이 없어 그나마 편한 편에 속했다.

밤새 병동에서는 끊임없이 전화가 걸려 왔다. 40명의 아이 중 누군가 열이 날 때마다 병동에서 전화가 오고, 응급실에도 계속 아픈 아이가 도착했다. 응급실로 온 소아 환자는 내가 직접 내려가 진찰하고 처치해야 했다. 응급실 아이들을 보는 것만으로도 벅찬데, 병동에서 열나는 아이들까지 일일이 찾아가 보기에는 물리적으로 불가능했다. 그렇다고 아이를 보지도 않고 전화로 **"해열제만 주세요"**라고 하기에는, 바로 그 패혈성 쇼크 사례가 악몽처럼 떠올랐다. 잠도 못 자 피곤한 내 몸도 힘들었지만, 혹시 아이에게 무슨 일이 생길까 하는 걱정은 더 큰 고통이었다. 게다가 그렇게 전화 오더만 내리고 밤을 새우다 아침 회진을 돌면, 밤새 열로 힘들어한 아이 곁을 지킨 보호자들이 "**의사가 한 번도 안 와 봤다**"라며 두 눈에 불만을 가득 담고 날 쏘아보았다.

사람들은 의사를 힐러(healer), 즉 치료자라고 생각하지만, 실제로는 전사(fighter)에 가깝다. 각종 질병과 싸우는 게 주된 일이지만, 때로는 환자나 보호자와도 다투게 된다. 한번은 70대 할아버지가 흉통으로 응급실을 찾았는데, 심전도에 '보아뱀이 코끼리를 삼킨 듯한' 심근경색의 전형적 소견이 있었다. 대학병원으로 옮겨 혈관을 뚫어야 한다고 거듭 설명했지만, 할아버지는 "**대학병원은 싫으니 통증만 없애달라**"라고 고집했다. 내 아버지보다 나이 많은 분이었지만 결국 목에 핏대를 세우며 말다툼을 했다. 뇌경색 의심으로 즉시 입원해야 하는데, 돈이 없다며 집에 가겠다는 60대 아저씨와는 소매를 붙잡고 실랑이를 벌여야 했다.

심지어 의사는 간호사뿐만 아니라 동료 의사와도 으르렁거릴 때가 많다. 밥도 못 먹고 잠도 못 자며 36시간 연속 근무를 끝낸 뒤 12시간 휴식을 취하는데, 당직이던 동기가 전화를 받지 않는다며 퇴근한 나에게까지 환자 관련 연락이 온다. 나는 "**오프인데 왜 나에게 전화하세요!**" 하고 따지고, 간호사는 "**당직 의사 전화가 안 되는데 어떡하라고요!**"라며 받아친다. 병원은 군대 같다. 선임과 후임, 동기 사이에 평생 연락하며 지내는 친구가 생기기보다는 전역, 아니

전문의 취득 뒤 아예 서로 연락 끊고 지내는 경우가 더 많다.

하지만 의사의 진정한 적은 결국 자기 자신이다. 특히 밥 먹을 시간도, 잠잘 시간도 없는 인턴이나 전공의 시절이면 더더욱 그렇다. 먹는 건 참을 수 있어도, 잠은 도저히 참을 수 없었다. 잠은 비처럼 찾아온다. 안개비처럼 서서히 흠뻑 젖게 만들기도 하고, 소나기처럼 갑작스레 쏟아지기도 한다. 40시간이나 수술방에 있다 보면, 환자 배를 열 때 쓰는 겸자(clamp)를 손에 들고 서서 꾸벅꾸벅 졸기도 한다. 성형외과 1년 차였던 동기 정훈이는 수술방 탈의실에서 옷을 갈아입다 그 자리에 주저앉아 잠이 들기도 했다.

가정의학과 2년 차로 소아과 파견을 온 나는 쉴 새 없이 울리는 병동 전화와, 응급실로 몰려드는 아픈 아이와 보호자, 그리고 끝없이 몰려드는 잠과 싸우고 있었다. 소아과 근무에서 가장 힘든 건 아픈 아이도, 예민한 보호자도 아닌, 밀려오는 '잠'이었다. 잠을 못 자니 나도 아이와 보호자만큼이나 예민해졌다.

의사인 내가 잠을 자지 않으면, '사람인 나'가 죽을 것 같았고, 의사인 내가 잠이 들면, '환자인 아이'가 죽을 것 같았다.

둘 다 살 길을 고민했다. 밤중 병동 전화 대부분이 발열 문제였고, 그중엔 상태가 나쁜 아이도 드물게 있었다. 보호자 불만도 해결해야 했다. 그래서 아이들과 보호자가 잠들기 전, 밤 8~9시 사이에 병동 전체 소아를 한 바퀴 돌아보기로 했다. 아침 회진처럼 간호사를 대동하지 않고, 조용히 혼자 도는 '특별 회진'이었다.

"안녕하세요? 당직의사 양성관입니다. 오늘 입원한 지 3일째네요.

좀 어떠세요?"

　이렇게 직접 인사하고 상태를 살피면, 보호자의 불만도 누그러뜨리고 내 불안도 덜 수 있었다. 입원 환자의 절반은 내가 주치의라 잘 알았지만, 나머지는 다른 선생님 담당이어서 자세히 모르긴 해도 굳이 파고들지 않았다. 아침 회진처럼 컴퓨터 모니터 속 수치나 검사 이미지를 꼼꼼히 살피는 대신, 밤 회진은 아이 얼굴을 보고 상태를 짐작했다. 그리고 심각해 보이는 아이만 따로 체크해 차트와 검사 결과를 확인했다.

　이틀마다 당직을 설 때면 20~30분 정도 이렇게 돌아본 뒤, 상태가 좋지 않은 아이 몇 명만 골라 따로 신경 썼다. 그 아이들이 열이 난다고 연락이 오면 곧장 병실로 가서 진찰하고, 나머지 아이들은 해열제 처방만 내렸다. 그러자 밤사이 병동 전화가 절반 이하로 줄었고, 열난다는 연락이 와도 상태가 양호한 아이라면 **"해열제만 주세요"**라 말하며 마음 편히 잠시 눈을 붙일 수 있었다.

　그렇게 당직 때마다 밤 회진을 시작한 지 얼마 지나지 않아, 말총머리를 한 나보다 세 살 어린 정민지 간호사가 싱긋 웃으며 다가왔다.

　"선생님, 밤에 또 한 번 회진 도니까 보호자들이 엄청 좋아하세요. 전에는 '왜 아이가 아픈데 의사가 안 오냐'고 컴플레인이 많았는데, 이제는 그런 말이 싹 사라졌어요."

　"아, 그래요. 다행이네요."

　겉으론 담담하게 대답했지만, 속으론 함박웃음을 지었다.

'특별 회진' 작전이 효과가 있었다. 그런데 내가 흐뭇해하던 찰나, 정민지 간호사가 한마디를 더 보탰다.

"그런데요…"

간호사가 말을 살짝 멈췄다.

"보호자들이 왜 다른 당직 선생님들은 밤에 회진 안 도냐고 또 불평하시네요."

그건… 정말 미처 생각하지 못했다.

의사로 사는 일은, 역시나 쉽지 않았다.

3

친절한 의사와
좋은 의사

의사는 의사를 가장 잘 안다. 한 대학병원 교수님이 계셨는데, 지인이 "믿을 만한 의사"를 추천해 달라고 하면 늘 A 선생님을 권했다. 학생 시절부터 성실했고, 레지던트 때도 남들보다 두 배는 더 노력했던 사람이 바로 A였다. 교수님은 누구보다 A의 실력을 신뢰했다. 그런데 이상한 일이 벌어졌다.

막상 A에게 진료를 받은 지인들은 불만이 가득했고, 오히려 B 선생님에게 갔던 환자들은 매우 만족해했다. 교수님이 보기에 B는 대학교 때부터 놀기를 좋아해 성적이 늘 하위권이었고, 의사로서 훈련받을 때도 변함이 없었다. 사람으로 성격은 좋아 보였지만, 의사로서 실력은 별로라고 생각했다. 교수님 입장에서는 A가 B보다 훨씬 '좋은 의사'였으나, 환자들은 무뚝뚝한 A보다 자상하고 친절한 B를 더 좋아했다.

"B 선생님은 참 친절하세요. 걱정 마시라는 말도 속 시원하게 해주시고."

"A 선생님은 실력은 있는 것 같은데, 좀 차가워요. 인간미가 없다고 할까요."

환자들은 실력보다 '태도'에 민감하게 반응했다.

의학은 생각보다 훨씬 어렵다. 평생 의학에 몸담은 의사조차 자기 분야 외에는 잘 모를 때가 많다. 한번은 대학병원에서 정형외과 교수가 회진 중, 환자의 심장이 멎자 이렇게 외쳤다는 일화가 있다.

"의사 불러와!"

본인도 의사지만, 심장이 멎은 환자를 살피기에는 내과나 응급의학과가 더 전문이니 다른 '의사'를 부르라고 한 것이다. 의사조차 이런 상황이니, 아픈 몸을 안고 두려운 마음으로 병원을 찾은 환자와 보호자는 어느 의사가 정말 '좋은 의사'인지 판단하기가 훨씬 어렵다.

게다가 의사의 실력은 같은 병원, 같은 파트에 근무하는 동료 의사 정도나 알아볼 수 있을 뿐, 일반인이 알기는 사실상 불가능하다. 정보 비대칭이 다른 어느 시장보다도 크게 작용하는 곳이 바로 의료다. 그 결과, 환자들은 대체로 '친절'을 '실력'으로 착각하곤 한다. 병원 리뷰를 봐도, 좋은 평가는 **"친절해요"**이고 나쁜 평가는 **"불친절해요"**가 대부분이다. 진단이나 치료가 적절했는지를 평가하는 글은 찾기 힘들다.

사람 마음을 이해 못 하는 건 아니다. 누구든 아플 때는 누군가가 따뜻하게 말 걸어주길 바라기 마련이다.

"괜찮으세요?"

"많이 걱정되시죠?"

이렇게 한마디만 해도 마음이 누그러질 때가 있다. 문제는 그 따뜻한 말만으로 병이 낫지는 않는다는 데 있다.

군대에는 이런 말이 있다.

"군대에는 네 가지 유형의 인간이 있다. 첫째, 똑똑하고 부지런한 인간은 참모로 적당하다. 둘째, 똑똑하지만 게으른 인간은 지휘관으로 적합하다. 셋째, 멍청하고 게으른 인간은 시키는 일을 군말 없이 하니 사병으로 쓰면 된다. 마지막으로 멍청한데 부지런한 인간은 작전을 망치고 동료까지 위험에 빠뜨리니, 즉시 총살감이다."

군대 얘기지만, 이 말에 나오는 '부지런함'을 '친절함'으로 바꾸면 의사에게도 딱 들어맞는다. 무능한 형사는 범인보다, 무능한 의사는 질병보다 무섭다. 불친절한 데다 실력까지 없는 의사는 자연히 도태되니 그다지 신경 쓸 일이 없지만, 모든 조건을 충족하기는 현실적으로 쉽지 않다.

사실 가장 이상적인 의사는 실력도 좋고 친절하기까지 한 사람이다. 하지만 우리나라 의료시스템은 진료비가 세계에서 가장 저렴한 편이고, 이는 곧 짧은 진료 시간으로 이어진다. 짧은 시간에 친절과 실력을 동시에 발휘한다는 건 정말 쉽지 않다. 설령 친절하고 실력까지 뛰어난 의사라면 더 많은 환자가 몰려, 결국 그 의사조차 시간에 쫓겨 '실력' 대신 '친절'을 포기하게 된다. 그 결과, 한국에서는 실력이 있지만 불친절한 의사와, 실력은 없지만 친절한 의사가 주류가 된다.

이처럼 의사의 친절함과 실력을 동시에 고려하면, 다음과 같이 네 가지 유형이 나온다.

환자가 '친절하다'고 한 의사가 1) 의사에게도 '실력 좋음'이라고 평가받으면 → 최고의 의사(소수), 2) 의사에게 '실력 나쁨'이라고 평가받으면 → 최악의 의사(다수).

환자가 '불친절하다'고 한 의사가 3) 의사에게 '실력 좋음'이라고 평가받으면 → 보통 이상의 의사(다수), 4) 의사에게 '실력 나쁨'이라고 평가받으면 → 자연 도태(소멸).

환자들은 잘 모른다. "친절하지만 실력 없는 의사가 가장 무섭다"라는 사실을. 불친절하면 사기 치기 어렵듯, 사기꾼에게는 대체로 친절함이 기본이다. 마찬가지로 돌팔이 의사치고 불친절한 경우를 보긴 힘들다.

물론 의사도 안다. 친절하고 싶다. 하지만 그 전에 환자를 제대로 치료하고 싶다. 예전에 의사들에게 물어본 적이 있다.

"실력과 친절 중 어느 쪽이 더 중요하다고 보시나요?"

대부분은 실력을 9, 친절을 1 정도로 꼽았고, 어떤 외과 의사는 실력 10, 친절 0을 택했다. 왜냐하면 친절만으로는 병을 고칠 수 없기 때문이다. 의사도 환자를 위로하고 싶지만, 무엇보다 나은 치료를 하고 싶은 마음이 앞선다. 아프고 두려워하는 환자의 마음을 누구보다 잘 알기에, 의사는 매일 스스로에게 묻는다.

"나는 어떻게 해야 좋은 의사가 될 수 있을까?"

4

화가 난
아이

아프지도 않은 아이가 잔뜩 화가 나 있었다. 진료실로 들어오는
순간부터 얼굴뿐 아니라 온몸에 짜증이 가득했다.

초등학교 4학년인 준원이는 몸도, 마음도, 삶도 온통
엉켜 있었다. 키는 140센티미터로 평범한 편이었지만, 몸무게가
59킬로그램에 달해 같은 또래 평균보다 20킬로그램 이상 무거운
심한 비만 상태였다. 손톱깎기를 한 번도 사용한 적 없는 것 같았다.
손톱은 입으로 물어뜯어 온전한 게 하나도 없었기 때문이다. 피부는
어둡고, 목 부위에는 비만 특유의 '흑색가시세포증'으로 인한 검은
줄무늬가 자리 잡고 있었다. 온몸에선 시큼한 땀 냄새가 났으며, 옷
곳곳에는 얼룩이 묻어 있었다. 야식과 과식, 편식 탓에 몸뿐 아니라
생활 전반이 무너진 모습이었다.

보통 아이들은 엄마나 아빠와 함께 병원에 온다. 그런데
준원이를 데리고 온 사람은 할머니였다. 물론 부모 대신 할머니가

올 수도 있지만, 할머니는 마치 삶의 무게에 짓눌린 듯 작은 체구에 얼굴마저 어두웠다. 그런 표정과 옷차림에서 준원이의 불우한 가정환경이 고스란히 느껴졌다. 얼굴도, 몸도, 마음도 짙은 그늘이 깊게 드리워져 있었다.

아이마다 풍기는 분위기는 제각각이다. 해맑게 웃는 판다 같은 아이, 고삐 풀린 망아지 같은 아이, 눈치 빠른 여우 같은 아이도 있다. 간혹 이빨을 드러내며 으르렁대는 늑대 같은 아이도 보이지만, 가장 안타까운 건 고슴도치 같은 아이다. 세상뿐 아니라 자기 자신에게까지 날카로운 가시를 세워, 타인에게도 자신에게도 상처를 내는 아이. 내가 비만으로 인한 흑색가시세포증과 손톱을 물어뜯는 습관에 대해 말하자, 할머니는 비난과 한탄이 섞인 잔소리를 쏟아 냈다. 하지만 준원이는 듣기 싫다는 듯 귀를 틀어막았고, 보이지 않는 가시를 온몸에 세운 채 더 단단히 닫혀버렸다. 아이가 전혀 들으려 하지 않자, 할머니는 내게 **"편식, 야식, 간식, 폭식을 하지 말라고 준원이에게 직접 말해달라"**라고 부탁했다.

하지만 나는 '나쁜 습관을 없애라'는 말보다, '좋은 습관을 들이자'는 말이 더 효과적이라고 믿는다. **"코끼리를 생각하지 마라"**고 할수록 오히려 코끼리가 떠오르는 법이다. 나쁜 코끼리를 억지로 지우려 하기보다, 좋은 토끼를 떠올리는 편이 낫다.

"준원아, 먹는 거 말고 좋아하는 게 있어?"

"… 축구요."

"오, 누구 좋아해? 손흥민?"

"네… 손흥민 좋아해요."

대부분의 아이들이 그렇다. 손흥민 아니면 이강인이다. 나는 조금 웃으며 말했다.

"그럼 준원아, 좋은 걸 좋아하고, 또 그걸 잘하면 돼. 굳이 공부가 아니어도 괜찮아. 축구도 좋잖아. 좋아하는 걸 더 잘하면, 사람들이 칭찬해 줄 거야. 그러면 더 하고 싶어지고, 그러면서 실력도 늘고… 그렇게 되는 거야. 그러니까 나쁜 것을 참으려 하지 말고, 좋은 것을 더 많이 해보자. 준원이가 1년, 5년, 10년 뒤엔 멋진 사람이 될 수 있도록! 알겠지? 파이팅!"

옆에서 지켜보던 할머니는 조용히 눈물을 훔쳤고, 준원이는 작지만 분명히 고개를 끄덕였다.

나는 사람이 쉽게 변하지 않는다는 사실을 잘 안다. 예를 들어, 스스로 결심해 금연하는 사람 100명 중 실제로 성공하는 건 겨우 4명뿐이다. 의사가 권고했을 땐 8명 정도가 성공한다. 그 차이는 고작 4%포인트 남짓. 25명에게 말해야, 그중 1명이 변한다. 그것이 내가 세상을 바꿀 수 있는 전부일지 모른다.

오늘 준원이는 '화가 난 아이'였지만, 내일은 축구공을 마음껏 차며 환하게 웃는 아이가 되기를 간절히 바라본다.

5

공감이라는
처방전

진료실 문밖에 서 있던 나는 손에 땀이 났다. 안에서 고성이 쩌렁쩌렁 울려 퍼지고 있었다.

"어떻게 의사가 이럴 수 있어? 그러고도 당신이 의사야?"

곧 문이 벌컥 열리고, 얼굴이 사색이 된 내 동기가 고개를 들지도 못한 채 진료실을 빠져나왔다. 나는 문에 붙은 시험지를 다시 확인했다.

의사 국가시험에는 필기 외에도 실기시험이 있다. 봉합이나 기관삽관 같은 시술뿐 아니라, 병력 청취, 신체 진찰, 환자와의 의사소통 능력을 평가한다. 환자 역할은 전문 연극 배우가 맡고, 교수들이 옆에서 채점하는 방식이다. 하얀 종이에 검은 글씨로 이렇게 적혀 있었다.

"나쁜 소식 전하기(시한부 선고하기)**: 아이가 둘 있는 30대 남자 가장. 지난주 위내시경 검사 결과 위암 말기."**

나는 깊이 숨을 들이쉬고 문을 열고 들어갔다.

"다음 학생."

"안녕하세요? 학생 의사 양성관입니다."

익숙하게 외운 인사였지만, 진료실 안의 공기는 낯설고 무거웠다. 환자 역할을 맡은 배우는 눈빛부터 불안했다. "저번에 위내시경 검사하고 조직 검사 받으셨죠."

그가 고개를 끄덕였다.

"결과는… 어떤가요?"

마른 목소리였다. 나는 잠시 숨을 고르며 머릿속으로 문제를 다시 떠올렸다.

'아이 둘, 30대 가장, 위암 말기.'

그 순간, 한 줄기 실마리가 스쳤다.

'아이 둘 있는 가장…'

나는 잠시 그를 바라보다가 말을 건넸다.

"아이가 몇 살인가요?"

"여덟이랑 다섯이요. 아들이랑 딸."

그의 목소리에는 떨림이 서려 있었다.

"아, 정말 예쁠 나이네요. 아이들 때문에 힘도 나시겠어요."

"그럼요. 아이들 때문에 버티고 있어요."

나는 고개를 끄덕이며 천천히 말을 이었다.

"제가 의사로서 가장 힘든 순간이 있습니다."

그가 놀란 듯 나를 쳐다봤다.

"바로 이렇게 환자분께… 좋지 않은 결과를 전해야 할 때입니다."

나는 천천히 숨을 내쉬었다.

"… 많이 안 좋은가요?"

나는 조심스레 고개를 끄덕였다.

"네. 검사 결과, 암이 나왔습니다. 그리고… 상당히 넓게 퍼져 있어요."

그는 멍하니 나를 바라보다가, 떨리는 목소리로 물었다.

"혹시, 병원에서 잘못 본 거 아닐까요? 다른 사람 거랑 바뀌었거나…"

나는 단호하지만 부드럽게 대답했다.

"암은 한 번 발견되면, 몇 번이고 다시 확인합니다. 만에 하나라도 실수를 방지하기 위해서죠. 그래서… 바뀔 가능성은 거의 없습니다. 혹시라도 다른 선생님의 의견이 필요하시면 언제든 도와드리겠습니다."

그는 고개를 푹 숙였다.

"그럼, 저… 말기인가요?"

"네, 안타깝지만…"

"치료는요? 가능해요?"

나는 천천히 고개를 저었다.

"쉽지 않습니다. 저도 확답을 드리기 어렵지만, 이 상황에서는 누구도 좋은 결과를 장담하기가 힘들어요."

그의 눈에 눈물이 고였다.

"선생님, 저희 애들은요… 내 새끼들은 어떻게 해요…"

그 순간, 나는 의사가 아니라 한 인간으로서 그 앞에 서 있음을 절실히 느꼈다. 한참을 멈춘 뒤, 조용히 말했다.

"함께 최선을 다해봅시다. 저도 너무 안타깝고, 마음이 아픕니다."

그는 천천히 고개를 들더니, 힘없이 말했다.

"선생님…"

"언제든 궁금한 거 있으면 말씀하세요. 제가 도와드릴 수 있는 건 뭐든 도와드리겠습니다."

며칠 뒤, 결과가 나왔다. 10점 만점에 9점.

환자에게 의사는 한 명이지만, 의사에게 환자는 수십 명이다. 환자는 의사가 자신에게 공감해 주기를 원하지만, 모든 환자에게 똑같이 공감하기란 쉽지 않다. 대신, 100명의 환자에게 1명의 의사가 어떤 상황인지 이해시키는 건 가능하다. 나는 때로는 환자에게 공감하고, 때로는 환자가 의사인 나에게 공감하도록 한다.

"선생님, 제가 꼭 계속 이 검사를 해야 할까요?"

이런 질문은 갑상선·신장·간에서 물혹(낭종, cyst) 같은 게 발견되었을 때 환자들이 자주 묻는다. 그럴 때 나는 이렇게 대답한다.

"이런 경우, 계속 추적 관찰했을 때 암으로 진행될 확률은 1%도 안 됩니다. 환자 입장에선 '99% 괜찮으니 안 해도 되지 않나요?' 하실 수 있죠. 맞는 말입니다. 그런데 의사인 저는 100명을 봅니다. 그중 한 명은 암이 나옵니다. 그리고 그 한 명이, 나중에 저를 원망하기도 합니다. 그래서 저는 그 1% 때문에 '검사합시다'라고 말할 수밖에 없습니다. 같은 혹에 대해

서로 다른 입장인 것이죠. 제가 환자라면 잊고 살겠지만, 제가 의사라면 검사하자고 말합니다."

그렇게 말하면, 대부분의 환자는 조용히 고개를 끄덕인다.

공감은 받는 게 아니라, 하는 것이다. 나는 환자에게 공감을 하기도 하고, 때로는 환자가 의사인 나에게 공감하도록 만들며 의사로 살아간다.

6

새끼손가락이
남았다

그녀는 병원을 헤매고 있었다. 40대 후반인 정미연 씨는
170센티미터에 가까운 키에 적당한 볼륨이 들어간 펌 헤어스타일을
하고 있었다. 차분하면서도 세련된 외모였고, 말투에서도 고아한
품격이 느껴졌다. 그러나 얼굴 표정만큼은 깊은 안개에 휩싸인 듯
무거웠다.

　　"가슴이 갑갑해요."

　　그녀는 하소연을 시작했다. 수개월 전부터 가슴이 돌덩이를
얹어놓은 듯 묵직했고, 대학병원 순환기 내과에서 심장 검사를 할
만큼 했지만 이상이 없다는 진단을 받았다. 소화기내과에서 시행한
위내시경과 복부 초음파 역시 정상이었고, 호흡기내과에서도 여러
검사를 했지만 별다른 이상을 찾지 못했다.

　　**"그런데도 여전히 나아진 게 없어요. 의사들은 다 괜찮다고만
해요."**

나는 정미연 씨 눈앞에서 손바닥을 폈다.

"피부에 뭐가 나거나, 가슴을 어디에 부딪히거나 골프를 치지는 않죠?"

"네."

가슴을 이곳저곳 눌러 보았으나, 눌렀을 때 통증을 호소하지 않았다. 엄지손가락을 접었다. 피부·근골격계 질환은 아니었다.

"운동을 하거나 힘쓸 때 심해지나요?"

"아니요."

검지손가락을 접었다. 이미 대학병원 순환기내과에서 심장 검사를 모두 했으니, 심장 문제일 가능성도 낮았다.

"먹는 것과 관련이 있나요?"

"아니요."

중지손가락을 접었다. 위내시경과 초음파도 정상이었기에 소화기 질환도 아닐 확률이 컸다.

"숨이 차거나, 폐에서 소리가 들리지는 않죠?"

"네."

나는 약지를 접었다. 이제 새끼손가락이 남았다. 차분한 목소리로 설명을 이어갔다.

"가슴에는 첫째, 근골격계와 피부가 있습니다. 둘째, 심장이 있는데, 이 경우 주로 운동하거나 힘을 쓸 때 증상이 심해집니다. 심전도나 심초음파, 운동부하 검사 등을 통해 확인할 수 있죠. 셋째, 위식도 같은 소화기관 문제도 가슴 통증을 유발합니다. 보통 먹는 것과 관련이 있고,

위내시경과 초음파로 확인합니다. 넷째, 폐 질환이에요. 기침이나 가래가 있고, 가슴 사진이나 폐 기능 검사, CT 검사를 고려합니다."

나는 그녀를 바라보며 덧붙였다.

"이미 대학병원에서 필요한 검사는 다 했을 겁니다."

그녀는 고개를 끄덕였다.

"맞아요. 검사는 다 했는데, 다들 이상이 없다고만 하더라고요."

나는 남은 새끼손가락을 그녀 앞에 내밀었다.

"그럼 이제 남은 건 마음입니다."

그녀의 시선이 흔들렸다.

"최근 힘든 일 있지 않았나요?"

그녀는 고개를 숙이며 조용히 말했다.

"곰곰이 생각해 보니, 6개월 전에 부서 이동을 하고 나서부터 그런 것 같아요. 많이 힘들었거든요. 선생님 말이 맞는 것 같아요. 그런데 왜 아무도 선생님처럼 말씀해 주시지 않은 거죠?"

나는 미소를 지으며 답했다.

"처음부터 마음이 문제라고 말하면, 환자분이 받아들이기 어려울 수도 있습니다. 다행히 여러 검사를 통해 심장, 폐, 위식도 등 다른 원인들을 배제할 수 있었기에 이제야 확신을 갖고 말씀드릴 수 있는 거죠."

사람들은 몸이 아픈 것은 쉽게 인정해도, 마음이 힘든 것은 인정하기 어려워한다. 특히 군인이나 경찰처럼 정신적 강인함을 요구하는 직업군과 고학력자들은 더욱 그런 경향이 있다. 이런 경우 우울이나 불안, 외상 후 스트레스 같은 문제가 있어도, 이를 단순히 자신이 정신력이 부족한 탓이라 여기고 숨기는 일이 잦다.
인생은 타이밍이듯, 환자인 그녀도 의사인 나도 운이 좋았다. 만약
내가 그녀를 처음 본 의사였다면, 나 역시 심장·폐·위식도를 먼저
의심했을 것이다. 그러나 여러 의사들이 이미 다른 장기 질환을
감별해 주었기에, 나는 그녀의 증상이 마음에서 비롯되었다는
결론에 이를 수 있었고, 그녀 또한 내 진단을 받아들일 수 있었다.

**"이유를 아는 것만으로도 증상이 절반은 좋아집니다. 그래도
힘드시다면, 정신과 진료를 받아보는 것도 방법이에요."**

그녀는 천천히 고개를 끄덕였다. 깊은 안개 속에서 빠져나올
실마리를 찾은 듯했다.

나는 그제야 마지막 남은 새끼손가락을 접었다.

7

환자분이
제 어머니라면

"부디, 선생님 가족이라고 생각하고 봐주세요."

　　환자의 딸인 보호자가 막냇동생 뻘인 나에게 연신 고개를
숙이며 부탁했다. 80대 김영숙 할머니는 폐렴이었다. 엑스레이에서,
공기가 들어가 검게 보여야 할 폐가 염증으로 하얗게 변해 있었다.
음식물이나 침이 식도가 아닌 기도를 통해 폐로 들어가는 흡인성
폐렴이었다. 정상인이라면 음식물이 기도로 들어가면 재채기 같은
반응으로 뱉어 내지만, 의식이 저하된 환자들은 그조차 하지 못해
쉽게 폐렴이 생긴다. 하얗게 변해버린 폐도 문제였지만, 온종일
침대에 누워 근육까지 줄어 비쩍 마른 할머니의 몸은 내 이마 주름을
더욱 깊게 만들었다.

　　이미 몸이 너무 약해져, 어떤 항생제를 써도 '특효약'이 될 수
없었다.

　　"가족처럼."

그 말이 계속 머릿속을 맴돌았다. 보호자 입장에선 처음 만나는 의사에게 어머니를 맡겼으니 불안하고 절박했다. 잘 봐달라'는 말 대신 '가족처럼'이라 부탁한 것도 그 이유였을 것이다.

하지만 의사인 내가 김영숙 할머니를 내 어머니처럼 대한다고 해서 치료가 달라지지는 않는다. 나는 전 세계 의사들이 수십 년간 연구와 경험을 통해 인정한 가장 효과적인 항생제를 선택하고, 필요할 때는 처방을 조정할 것이다. 내게만 있는 특별한 항생제나 비법 따위는 없다. 별다른 치료법이 없으니, 혹시 김영숙 할머니만 회진을 한 번 더 돈다 해도, 병원의 보이지 않는 '눈과 귀'가 금방 알아채서 다른 환자나 보호자들이 **"왜 우리 부모님은 그렇게 안 해주냐"**라고 사람 차별한다며 불만을 제기한다.

거기에 'VIP 신드롬'이라는 것도 있다. 환자가 특별한 사람(가령 지인이나 중요한 인물)이라서 의료진이 더 잘해주려다가 오히려 환자에게 부담을 주거나, 정작 필요한 처치를 놓치는 경우다. 의료진이 환자와의 친밀감에 냉정한 판단을 잃어버려 발생한다.

의사는 환자를 가족처럼 여기면 안 된다. 그것이 오히려 환자에게 해가 될 수 있다. 또한 보호자에게 나는 '어머니의 유일한 주치의'이지만, 내게 김영숙 할머니는 20명 환자 중 1명일 뿐이다. 만약 내가 모든 환자를 가족처럼 여겼다면 어떨까? 15년 넘게 진료하면서 수십 명의 환자가 내 앞에서 세상을 떠났다. 만약 그들이 내 가족이었다면? 아버지, 어머니는 물론이고 심지어 자식이 죽는 모습까지 지켜봐야 했다면? 아마도 나는 이미 무너져 내렸을 것이다.

나는 환자를 가족처럼 여기지 않기 때문에, 의사로서 냉정하게 판단할 수 있었고, 그렇기에 인간으로서도 살아남을 수 있었다. 마지막으로, 내가 환자를 가족처럼 여기는 걸 싫어하는 또 다른 이유가 있다.

그럼에도 친누나뻘인 보호자는 의사인 나에게 **"어머니를 가족처럼 여겨달라"**라고 부탁했다. **"네, 네, 그럼요. 제가 알아서 잘 모시겠습니다"**라고 웃으며 넘기는 게 보통이겠지만, 소심한 나는 그 말이 마음에 걸렸다. 그래서 결국 이렇게 답했다.

"최선을 다하겠습니다."

그로부터 며칠 후, 김영숙 할머니가 입원해 계신 병동에서 '심폐소생술이 필요한 환자 발생'이라는 코드 블루(Code Blue)가 울렸다. 나는 급히 달려갔다. 아니길 바랐지만, 불길한 예감은 틀리지 않았다. 김영숙 할머니였다. 꺼진 심장을 살리기 위해 마른 가슴 위에 두 손을 모아 강하게 누르자, "우지직" 소리와 함께 갈비뼈가 무너졌다. 10분 넘는 심폐소생술 끝에 간신히 맥박이 되살아났다.

"선생님, 우리 엄마 살아계신 거죠? 돌아가신 거 아니죠?"

심폐소생술을 멈추자마자 보호자인 딸이 다급히 내 가운을 잡고 물었다.

"간신히 돌아오긴 했지만, 고령이신 데다 원래 몸 상태도 안 좋고 심장이 멈췄던 시간도 길어서, 다시 멈출 가능성이 큽니다."

심폐소생술로 지친 숨을 가다듬으며 할머니 상태를 전했다. 아까 잠시 보였던 보호자의 기쁨은 이내 절망으로 바뀌었다. 불규칙한 경보음이 울려대는 병실 한복판에서, 환자와 의사는 침묵했고, 보호자는 흐느꼈다.

나는 다음을 대비해야 했다.

"만약 심장이 다시 멎으면, 다시 심폐소생술을 할까요?"

보호자는 고개를 떨군 채, 검은 머리칼 사이사이에 나 있는 하얀 새치를 보였다. 붉게 충혈된 두 눈을 들어 내 눈과 마주쳤다. 나는 피하지 않았다. 그리고 가장 하기 싫지만, 반드시 해야 하는 말을 꺼내야 했다.

"만약 할머니가 제 어머니라면⋯ 편안하게 보내드릴 거예요."

보호자는 말을 잇지 못하고 다시 어머니의 가슴 위에 얼굴을 묻었다. 그날 김영숙 할머니는 조용히 세상을 떠나셨다.

나는 차트에 이렇게 기록했다.

"심정지 후 10분간 심폐소생술 시행, 맥박 회복했으나 예후 불량. 보호자와 상의 후 추가 심폐소생술은 시행하지 않기로 결정."

오늘도 환자를 보며, 내가 환자를 가족처럼 여기지 않아도 되는 상황이길 바랄 뿐이다. 그것이 환자와 의사, 양쪽에게 모두 더 나은 길이라는 걸 잘 알기 때문이다.

8

친절이 불러온
상처

진료실에는 늘 진상이 있다.

"선생님, 참 시원시원하시네요."

의사인 내가 **"친절하다"**라는 말과 함께 가장 많이 듣는
표현이다. 보통 10명 중 9명은 별다른 언급 없이 진료나 상담을
끝내지만, 10명 중 1명 정도는 진료를 마칠 무렵 **"친절하시다"** 혹은
"시원하시다"라는 칭찬 아닌 칭찬을 건넨다.

20대 초반, 앞머리가 나무가 울창한 숲이었다가 차츰
가늘어져 풀만 있는 초원 같은 상태가 되더니, 마침내 모공까지
사라져 머리털 한 올 없는 사막이 되었다. 열대우림이 파괴되어
지구가 사막화되듯, 내 머리도 그렇게 사막이 되었고, 결국 나는
(타의 반 자의 반) 완전히 밀어버려 빛나는 두피를 가지게 되었다.
그래서 환자들은 내 외모와 결부시켜 **"시원하시다"**라는 말을 하곤
한다.

칭찬은 익숙하지만, 민원은 낯설다. 그런데 초등학교 1학년 학생 검진을 받은 학부모에게서 칭찬으로 시작하는 민원이 접수되었다. 내용인즉슨 **"선생님은 참 친절하신데, 아이에게 상처를 주었다"**라는 것이었다

아이들은 초등학교 1학년이 되기 전에도 병원에 수십 번은 다녀왔을 것이고, 영유아 검진도 무려 8번을 한다. 따라서 초등학교 1학년 학생 검진에서 내가 '그동안 다른 의사들이 찾지 못한 질병을 찾아 명의가 되는 경우는 거의 없다. 이 검진에서 내가 주로 하는 상담은 키와 성장, 몸무게, 성조숙증 정도다. 코로나 이후 비만인 아이들이 늘면서, 5명 중 1명 정도가 비만이라 나름 열심히 설명해 준다. 예를 들어 '쓱(SSG)'이라고 해서, Slow(천천히 먹기), Small(적게 먹기), Good(좋은 음식 먹기) 같은 식으로 **"20번 이상 씹기, 건강한 음식 골고루 먹기"** 등을 알려준다. 그런데 학부모의 민원은 칭찬으로 시작해 **"아이에게 비만이라고 직접 말해서 상처를 줬다"**라는 결론이었다.

민원 내용은 이랬다.

"선생님은 참 친절하신데, 아이에게 비만이라고 직접 말해서 아이가 상처를 받았습니다. 아이에게 말하지 말고, 저에게만 말하면 되는데 왜 아이에게까지 전달해서 상처를 준 건가요? 아이가 침울해하며 밥도 안 먹으려 해요. 앞으로는 그렇게 하지 않았으면 좋겠습니다."

의사 입장에서는 시간을 들여가며 번거롭게 설명하지 않고, 간단히 기록지에 '비만'이라고 체크만 해도 된다. 그러면 결과지에

'비만입니다. 음식 조절 및 운동으로 체중 관리 요함' 딱 한 줄로 끝난다.

하지만 종이 한 장에 적힌 몇 글자로는 어른조차 쉽지 않은 체중 관리를 아이가 해낼 가능성은 거의 없다. 그래서 나는 굳이 시간을 들여 SSG 같은 교육 자료까지 마련해 열심히 설명한다. 100명 중에서 2~3명은 달라지기 때문이다. 그러나 이 학부모는 **"비만이라고 직접 말해서 아이가 마음의 상처를 받았다"**라며 민원을 넣었다. 작년에도 비슷한 일이 있었다. 그땐 **"충격을 줬다"**라는 표현이 달랐다 뿐이지, 같은 맥락이었다. 진심을 담은 말이 상처가 되어 돌아왔다.

매년 반복되는 이런 민원에 나 또한 마음의 상처를 받는다. 그럴 때면 '차라리 기록지에 간단히 체크만 하고 말걸 그랬나' 하는 생각이 든다. 굳이 자체 제작한 프린트물까지 곁들여 설명할 필요도 없이 말이다. 그러면 나도 상처받지 않고, 아이도 충격받지 않으며, 부모도 민원 넣을 이유가 없으니 모두가 편할 것이다. 물론 그 아이는 비만으로 어른이 되면서 성인병 위험이 높아지고, 뇌혈관 질환으로 일찍 생을 마감할 확률이 올라간다.

시대가 바뀌었다. 예전에는 부모가 **"좋은 약은 입에 쓰다"**라고 아이를 설득했지만, 이제는 그런 약을 주는 의사를 탓한다. 그래도 소송이 아니라 민원 정도라 다행이라고, 1년에 한 번뿐이니 그나마 위안 삼는다.

9

모든 건
의사 잘못

의사는 저항하지 않았다. 처음에 정부가 의료수가를 OECD의
4분의 1에서 5분의 1, 동물 진료비의 4분의 1에서 5분의 1 정도로
매우 낮게 측정했을 때부터 말이다. 1970년대의 한국은 가난한
나라였으니 그러려니 했다. 대신 OECD 의사들보다 3~4배 많은
환자를 보며 과로와 소진 속에 버텼다. 언제든 의사를 보고,
즉시 수술받을 수 있게 된 이들은 고마워하기는커녕 **"왜 이렇게
불친절하냐" "인성이 부족하다"**라며 의사를 비난했다.

　　가장 클 뿐 아니라 영향력이 있는 대학병원은 정부에
정당한 요구를 하기보다 정부 지원금에 목을 맸다. 정부의 지원금은
족쇄였다. 정부는 얼마 되지도 않는 그 돈으로 불합리한 규정을
쏟아 냈다. 말도 안 되는 규정은 줄기는커녕 늘기만 했다. 병원은
자발적으로 정부의 노예가 되는 대신, 인턴과 레지던트(전공의)를
'교육'이라는 이름으로 노예처럼 부렸다. 2011년, 내가 인턴일 때 한

달에 겨우 토요일 하루를 쉴 수 있었다. 한 달 720시간 중 700시간을 근무했지만, 월급은 고작 190만 원이었다. 최저임금에도 못 미쳤다. 휴게시간, 연속 근무 제한과 같은 근로기준법 따위는 전혀 지켜지지 않았다. '30일 당직', '100일 당직' 같은 말도 안 되는 근무 조건에도 젊은 의사들은 사명감과 꿈을 안고 젊은 시절을 보냈다.

그러나 인턴 1년 + 레지던트 3~4년 + 펠로우 1~3년 동안 힘들게 수련받고 나와도 배움을 펼칠 곳이 없었다. 게다가 진료 중 사고라도 나면 수억 원의 민사소송에 더해 범죄자가 되는 형사처벌까지 각오해야 했다. 이를 알게 된 젊은 의사들은 산부인과, 일반외과, 흉부외과 지원을 포기하기 시작했다.

레지던트가 부족해졌을 때, 대학병원은 교육시스템을 개선하고, 젊은 의사들에게 정당한 보상을 제공하기보다 **"요즘 의사들은 사명감이 없다" "나 때는 안 그랬다"**라며 과거를 미화하고 자신을 포장하기에 바빴다.

심지어 전공의 대신 불법과 편법의 경계에 있는 전문 간호사, 일명 PA(Physician Assistant)를 쓰기 시작했다. 이로써 젊은 의사들이 배울 기회조차 스스로 없앴다. 얼마 남지 않았던 지원자들마저 '배울 수 없는 곳'이 되어버린 병원을 떠났다. 2019년 이대목동병원 신생아 중환자실을 담당하던 소아과 의사가 과실치사 혐의로 구속되었다. 이에 의사들은 **"안타깝지만, 우리 과는, 나는 괜찮겠지"**라는 안일한 생각과 함께, 당장 눈앞에 있는 위급 환자를 구한다는 명분으로 침묵했다. 그러자 연이어 응급의학과, 흉부외과,

산부인과, 내과 각 분야에서 줄줄이 천문학적인 배상 판결이 나왔다. 그럼에도 의사들은 끝내 함께 싸우지 못했다. 대신 각자 위험을 피하기 바빴다. 산부인과 의사는 분만을 포기하고, 다른 의사들은 중환자실과 응급실을 떠났다. 환자는 이 병원 저 병원을 뺑뺑이 돌아야 했다.

의대 정원 확대 논의가 나왔을 때도, 대부분의 의사는 반대했다. 하지만 일부 병원은 '값싼 전공의'를 부릴 수 있다며 찬성했다. 이에 반대한 전공의가 사직서를 내자, 일부 의사는 **"의사는 환자 곁을 떠나서는 안 된다"**라고 자기만 착한 척하며, 동료를 비난했다.

의사라는 집단은 자신의 이득을 위해 양심을 팔고, 동료를 버리고, 후배를 착취하고, 심지어 다른 의사의 등 뒤에 칼을 꽂는 자들을 한 번도 제재하지 못했다. 왜냐하면 처음부터 의사 면허와 자격에 관한 모든 권한을 정부에 통째로 넘겨줬기 때문이다.

결국 이 모든 게 의사의 잘못이다. 강한 정부에 굴복하고, 약한 인턴과 레지던트에게만 강했다. 동료가 소송과 과로로 쓰러져도 외면했다. 자신만 고상한 척 하려고, 동료를 비난하는 이들도 있었다.

세상을 바꾸는 건 어렵다. 남을 바꾸는 건 더 어렵다. 그나마 바꿀 수 있는 건 '나' 자신이다.

세상이 변하기를 바라기 전에, 의사들이 먼저 변해야 한다. 모든 건 의사의 잘못이다.

10

좋은 의사보다
좋은 환자

겉보기엔 평범한 50대 여성이었다. 한 해가 지나기 전에 건강검진을 받으러 온 환자였다. 김정숙 씨는 술, 담배도 하지 않고, 적당히 운동도 하고 있어 특별히 언급할 부분이 없어 보였다. 시간이 되면 나는 환자의 이전 결과들을 살펴본다. 종합병원에서 근무하다 보니, 다양한 과에서 진료받은 기록이 환자를 좀 더 자세히 파악하는 데 도움이 된다.

김정숙 씨는 2년 전에 건강검진을 한 적이 있었다. '뭐, 특별한 소견이 없겠지'라고 대수롭지 않게 생각하고 결과를 확인한 순간, 나는 온몸에 전율이 일었다. 무언가 심상치 않았다. 간 수치가 정상보다 훨씬 높은 '빨간색'으로 표시되어 있었기 때문이다.

- AST: 118 (정상 40 이하)

- ALT: 198 (정상 35 이하)

- rGTP: 1981 (정상 여성 35 이하)

- 공복 혈당: 135 (정상 126 미만, 126 이상이면 당뇨)

술도 마시지 않고 체중도 정상인 50대 여성이 간 수치가
정상보다 60배나 높다면, 약 복용 여부와 A·B·C형 간염 여부, 그리고
간·담도·췌장 부위 이상 등을 의심해야 한다. 굳이 고민할 것도
없었다. 무조건 정밀검사를 해야 했다. 비록 그것이 2년 전 수치라
하더라도 말이다.

"환자분, 2년 전 검사에서 이상 있다고 들으신 적 없으세요?"

"이상은 있다고 했는데, 아프지 않아서 병원은 안 갔어요."

"최근 살 빠진다거나, 소화 안 된다거나, 다른 증상은 없나요?"

"괜찮아요."

"검사 수치가 정상의 4배, 심지어 60배까지 높았어요. 무조건
정밀검사를 하셔야 합니다."

"지금 바빠서요. 제가 알아서 할게요."

이렇게 말하는 환자 대부분은 다시 병원에 오지 않는다. 나는
거듭 말했다.

"환자분이 제 가족이라면, 추가 혈액검사랑 복부 초음파나 CT를
꼭 했을 겁니다. 검사치가 정상보다 몇 배나 높은데, 이건 정상이 아니에요.
무조건 검사하셔야 해요."

"알아서 제가 병원 갈게요."

그녀는 같은 말을 반복했다. 특별한 증상이 없다고 대수롭지
않게 여길 수도 있지만, 간은 침묵의 장기다.

"환자분, 간은 한 개뿐인데 어떻게 아들이 아버지에게 이식할 수

있겠어요? 보통 아들이 아버지에게 40% 정도 떼어 줍니다. 그 40%만 있어도 멀쩡히 기능하죠. 반대로 말하면 간이 60% 망가져도 증상이 전혀 없을 수 있습니다. 증상이 나타나면 이미 늦습니다. 그러니 지금 당장 정밀검사를 받으셔야 해요."

나는 그녀를 설득했지만, 환자는 "**바쁘다**"라는 이유로 거절한 채 돌아갔다. 결국 추가 검사 없이 귀가한 것이다. 몇 시간 뒤 검사 결과를 다시 확인하니, 간담도 수치는 더 상승했고 공복 혈당도 올라 있었다. 간·담도·췌장 질환이 의심될 가능성이 더욱 높아졌다. 전화를 해도 받지 않아 "금식 후 내원해 정밀검사를 받으라"라고 문자를 남겼다. 그게 내가 할 수 있는 최선이었다.

나는 매년 1만 명이 넘는 환자를 본다. 의사와 환자의 관계는 크게 세 가지 유형으로 나눌 수 있다.

예를 들어 한 환자가 "**선생님, 제가 (여성) 호르몬 치료를 받아야 할까요?**"라고 물었을 때, 의사는 치료 효과와 부작용 등에 대해 충분히 설명하고, 환자는 그 정보를 토대로 자신의 상황에 맞춰 결정한다. 수평적 관계에 기반하여 의사가 정보를 제공하고, 환자가 이를 바탕으로 적극적으로 건강과 질병 관리에 참여하는 '공동 참여 관계'다.

다음은 의사가 치료 방향을 제시하고 설명하면, 환자는 이에 협력하는 '지도-협동 관계'다. 환자가 치료 방침에 동의하고 따르되 주도권은 여전히 의사에게 있다. 이 모델에서 의사는 환자를 안심시키고 이끌어 주는 역할이 강조된다. 선생과 학생의 관계와 비슷하다고 할 수 있으며, 고혈압·당뇨병·고지혈증 같은 만성 질환에서 주로 적용된다.

하지만 심각한 외상이나 중대한 질환은 앞의 두 모델로 접근하면 안 된다. 환자나 보호자가 난생처음 맞닥뜨리는 위급 상황에서 잘 모를 뿐 아니라 당황해서 올바른 선택을 하기 어렵다. 이럴 때는 의사가 옳다고 생각하는 선택지를 제시하고, 환자와 보호자를 설득해 동의를 구해야 한다. 선택권을 온전히 환자나 보호자에게 남겨두어서는 안 된다.

의사가 모든 정보를 바탕으로 능동적으로 결정을 내리고, 환자는 수동적으로 따르는 '능동-수동 관계'다. 뇌출혈·뇌경색 같은 중증 응급질환이 이에 해당하며, 권위주의적 관계 혹은 부모와 자식 관계에 비유된다.

결국 의사와 환자의 관계는 의사나 환자의 성향이 아니라, 질병 특성에 따라 달라져야 한다.

의사로서 진지하게 설득하면, 환자와 보호자는 대개 따르게 된다. 그런데도 아무리 설득해도 듣지 않는 사례가 가끔 있다. 바로 이번 달에도, 헤모글로빈 수치가 정상이 12인데 6까지 떨어진 심각한 빈혈이 있음에도 빈혈 검사를 거부하고, 오히려 마약성 다이어트약을 복용 중인 40대 환자가 있었다. 나는 빈혈 정밀검사와 함께 다이어트약을 끊으라고 설명하고 설득했지만 둘 다 실패했다. 차라리 강제 입원을 시켜 빈혈 검사를 하고 약을 끊게 하고 싶지만, 안타깝게도 의사에게는 그런 권한이 없다. 답답한 마음에 나는 환자에게 같은 말을 되풀이할 수밖에 없다. 아무리 최선을 다해 설명하고 설득해도, 결국 선택은 환자의 몫이다.

반면 긍정적인 경우도 있다. 어느 날 50대 정상훈 씨가 1년 전부터 금연 중이라고 말했다. 50대에 금연을 결심하는 계기는 대부분 자기 자신이나 가까운 사람이 암이나 뇌혈관 질환을 겪는 것이다. 어떤 동기가 있느냐고 물었더니, 본인은 1년 전 내가 진지하게 금연하라고 권유한 것을 계기로 담배를 끊었다고 했다. 정작 나는 구체적으로 기억나지 않았다. 워낙 흡연자에게는 모두 금연을 권하기 때문이다. 그는 내 조언을 계기로 건강한 선택을 했고, 나는 한 사람의 건강을 지키는 데 작은 역할이나마 했다는 자부심이 들었다.

결국 의사는 환자를 설득하고 올바른 길로 안내하는 역할을 하지만, 최종 결정권은 환자에게 있다. 아무리 뛰어난 의사가 곁에 있어도, 환자가 귀를 닫는다면 소용이 없다. 결국, 진짜 변화를 만드는 건 '좋은 의사'보다 '좋은 환자'일지도 모른다.

11

항상 정답은
환자

그날 진료실에는 50대의 평범한 직장인, 정재훈 씨가 들어왔다.
어딘가 불편한 기색이었다. "선생님, 변비가 있어요."

"언제부터 그런 증상이 있었나요?"

"한 2~3달 됐어요."

그의 대답을 듣고 나는 대장암을 떠올렸다. 50대 남성이 변이
굵거나 가늘어지는 증상을 보이면, 우선 대장암부터 감별해야 하기
때문이다. 혈변이나 체중 감소 같은 다른 증상이 있다면 더더욱
그렇다.

속으로는 '혹시 대장암?' 하는 불안이 스쳤지만, 나는
평정심을 유지하려 애썼다.

먼저 진찰에서 배를 만져보았지만 특별한 이상은 없었다.

"변을 볼 때 피가 나거나, 최근에 살이 빠지셨나요?"

"아니요, 그런 증상은 없었습니다."

나는 우리 병원 기록을 처음부터 끝까지 확인했다. 그는 작년에 건강검진을 받았고, 위내시경과 대장내시경까지 한 기록이 있었다.

"작년에 대장내시경을 하셨고, 용종을 땄는데 다행히 저위험군이었네요."

"네."

50대 환자들은 일단 어디가 아프면 암 걱정부터 한다.

"1년 만에 대장에 큰 혹이 생겨 대장이 좁아지거나 막혀서 변비가 생길 가능성은 낮습니다. 그러니 대장암은 걱정하지 않으셔도 될 것 같습니다."

"그럼 변비가 왜 생겼을까요?"

대장암을 배제했으니, 다시 변비 자체에 집중했다.

"변비라고 하셨는데, 정확히 어떤 증상일까요?"

"변이 아주 딱딱하고 크게 나옵니다."

"변을 볼 때 힘을 많이 주게 되시나요?"

"네. 예전에는 괜찮았는데 요즘은 좀 힘들어요."

나는 원인을 좁혀가기 시작했다.

"2~3개월 전에 갑자기 생겼다고 하셨죠? 그때 생활에서 바뀐 건 없나요? 다이어트를 하거나, 식습관이 달라졌다거나, 땀을 많이 흘리거나, 극심한 스트레스를 받았다거나 그런 일 말이죠."

"특별한 변화는 없었어요."

"그렇군요."

나는 변비의 기전과 흔한 원인을 설명했다.

"대장은 주로 수분을 흡수합니다. 그래서 수분이 부족하거나 변이 대장에 오래 머무르면 변비가 생기기 쉬워요. 다이어트나 과도한 운동, 식습관 변화 같은 것들도 흔한 원인입니다."

정재훈 씨는 곰곰이 생각하더니 다시 입을 열었다.

"제가 2개월 전, 현장직에서 사무직으로 바뀌었어요. 그 전에는 몸을 많이 움직였는데, 이제는 거의 움직이지 않아요."

"아, 바로 그거죠."

나는 환히 웃으며 말했다.

"병원에 입원한 사람들이 변비를 호소하는 이유도 똑같습니다. 몸을 많이 움직이지 않으면 장 운동이 둔해지고, 변비가 잘 생겨요."

"그럼 어떻게 해야 하나요?"

그는 걱정스러운 표정이었다.

"사실 이런 경우엔 물을 많이 마시고, 활동량을 늘리는 게 가장 중요합니다. 만약 그것이 어렵다면 약을 써야 할 수도 있죠."

"안 그래도 둘코○스를 먹고 있어요."

"변비약은 몇 가지 종류가 있는데, 둘코○스는 장을 자극해서 변을 보게 하는 약이라 효과는 빠르지만, 오래 쓰면 장이 스스로 움직이기 힘들어질 수 있어요. 대신 몸에 흡수되지 않고 장으로 수분을 끌어들여 변을 부드럽게 하는 삼투성 완하제를 쓰는 게 좋습니다. 변이 너무 묽어지면 양을 줄이시면 되고, 안전한 약이니 걱정 마세요. 그래도 효과가 없다면 물약을 추가로 드릴 테니, 양을 조절해 보시면 돼요."

"알겠습니다."

정재훈 씨는 고개를 끄덕이며 안도한 표정으로 나를 바라보았다.

"모든 질병이 그렇지만 변비도 치료보다 예방이 더 중요합니다. 변비가 심해져 항문 쪽에서 변이 딱딱하게 걸리면, 무슨 약을 써도 소용이 없거든요. 그럼 관장을 하거나 무리하게 힘을 줘서 배출해야 하는데 아주 불편하죠. 변이 미리 잘 나오도록 조절하는 게 핵심입니다. 일단 막히면 해결하기가 쉽지 않아요. 꼭 기억하세요."

"네, 선생님. 설명이 정말 시원시원하십니다."

정재훈 씨가 웃으며 말했다. 그 말에 나도 미소를 지었다.

이렇게 간단한 변비에 대한 긴 진료가 마무리되었다. 나와 환자 모두 만족스러운 시간이었고, 진료는 환자 스스로 해답을 찾아가는 여정이기도 했다. 그리고 나는 다시 한번, 모든 진료의 중심에는 늘 환자가 있다는 사실을 되새겼다. 정답은, 언제나 환자 안에 있다.

12

그때 왜
안 오셨어요?

내가 안타까움에 마우스 버튼을 아무리 클릭해도, 컴퓨터 속 사진이 변할 리는 없었다. 눈앞에는 환자가 9개월 전에 찍은 사진과 오늘 찍은 사진이 나란히 떠 있었다. 환자는 나갔고, 텅 빈 진료실에는 나 혼자뿐이었다. 그 공간에는 혼잣말만 맴돌았다.

'도대체 그때 왜 병원에 안 오셨어요?'

1차 의료를 담당하는 나는 주로 감기처럼 저절로 낫는 질환을 보는 편이고, 환자를 안심시키는 역할을 한다. 하지만 때로는 암이나 중풍 같은 심각한 환자가 오기도 한다. 그럴 때마다 큰 병을 발견했다고 뿌듯해하기보다는, 놓치지 않은 것을 다행으로 여기며 가슴을 쓸어내린다.

폭염이 기승을 부리던 어느 날, 한 남자가 한기를 느끼는지 몸을 떨며 진료실에 들어섰다. 68세 김상석 씨였다. 당뇨와 고지혈증 외에는 큰 병력이 없었다. 작은 키에 제법 다부진 몸, 고집이 있어

보이는 인상이었다.

'일주일째 기침을 하는데 열이 난다고?'

그는 다른 병원에서 감기약을 먹었지만 호전되지 않았고, 열까지 동반되었다. 코로나19나 독감일 수도 있었지만, 내 경험상 폐렴이 의심되었다. 나는 코로나19와 독감 검사를 진행하고, 엑스레이 촬영을 처방했다.

진료에 정신이 팔려 잠시 잊고 있던 김상석 씨의 검사 결과가 도착했다. 접수 직원이 찾아와서 말했다.

"선생님, 김상석 씨 코로나19와 독감 검사 음성이며, 엑스레이를 찍고 오셨습니다."

나는 그의 엑스레이를 확인했다. 순간 얼굴이 굳었다. 접수 직원이 알리고 나서야, 나는 김상석 씨를 다시 떠올리며 엑스레이 사진을 유심히 들여다봤다. 사진을 보는 순간, 나도 모르게 얼굴이 찌푸려졌다. 검게 보여야 할 좌측 폐 중간에 계란만 한 흰색 혹이 선명했다. 단순 폐렴일 가능성도 있지만, 혹이라는 점이 거슬렸다. 폐암일 가능성이 높았다. 나는 예전 기록을 뒤졌다. 9개월 전 촬영한 엑스레이가 있었다.

과거 사진은 매우 중요하다. 이전에 없었던 것이 새로 생겼다면 염증이나 암, 이전에 있었지만 변화가 없으면 단순 혹이나 흉터, 이전에 있었는데 커졌다면 암일 가능성이 높다.

'제발, 제발 아무것도 아니길….'

하지만 내 기대는 깨지고 말았다. 계란 크기 혹이 있는 그 자리에는 9개월 전만 해도 메추리알 크기의 혹이 있었다. 판독에도 **"좌중 폐야 2.3센티미터 종괴 의심. 외래 진료 요함"**이라고 명시되어 있었다. 그러나 그는 작년 10월 건강검진으로 엑스레이를 찍고, 이상 소견을 받았음에도 추가 검사를 하지 않았다.

　　"원래 폐는 공기가 들어가 검게 보이는데, 이 부분에 계란만 한 하얀 혹 같은 게 보이시죠? 뭔가 이상하거든요. 단순 엑스레이만으로 판단하기 어렵습니다. CT를 찍어볼게요. 그러면 좀 더 확실합니다."

　　엑스레이 결과에 잔뜩 긴장한 나와 달리, 몸 상태가 이미 좋지 않았던 김상석 씨는 '혹'이 무엇을 의미하는지 잘 모르고 있는 듯했다. 나는 우선 병원 측 실수가 있었는지 확인했다. 혹시 판독에서 이상을 발견했는데 결과지로 옮기는 과정에서 누락되었거나, 환자에게 제대로 통보되지 않았을 수도 있으니 말이다. 김상석 씨가 폐 CT를 찍는 동안, 건강검진 센터로 가서 그의 기록을 살폈다.

　　다행히 병원 측 실수는 없었다. 판독에서 분명 **"외래 진료 요함"**이라고 기재되어 있었고, 환자에게도 우편으로 통보했다고 담당자가 확인해 주었다. 그러나 김상석 씨는 어느 병원에도 가지 않았다.

　　잠시 뒤 나온 김상석 씨의 CT 결과는 우려대로 폐암이 거의 확실했다. 엑스레이에서 보이던 계란만 한 암 덩어리 외에도 기관지 주위에 50원짜리 동전만 한 암이 하나 더 있었고, 폐 주위 림프절들은 모조리 커져 있었다. 폐암 3기 이상, 그중에서도 3b나

4기에 가까워 보였다.

나는 묻고 싶었다.

'그때 왜 안 오셨어요?'

그가 바빴을 수도 있고, 아프지 않았기에 검사 결과를 가볍게 여겼을 수도 있다. 만약 가슴 통증이 심하거나, 피 섞인 가래가 나왔다면 바로 병원에 왔겠지만, 증상이 전혀 없었기에 **"좌중 폐야 2.3센티미터 종괴 의심, 외래 진료 요함"**이라는 한 줄 짜리 문구를 대수롭지 않게 넘겼을 수도 있다.

결국 그의 건강이 우선순위에서 밀려나 있는 동안, 메추리알만 했던 혹이 조용히 자라나 계란 크기가 되었다. 그러다 기침과 열로 병원을 찾았을 땐 이미 손쓸 수 없을 정도로 커져 있었다.

그는 즉시 대학병원으로 향했다. 9개월간 암은 크게 자라났고, 치료가 쉽지 않았다. 이제 건강은 그가 가장 신경 써야 할 문제가 되었으며, 자칫하면 그는 모든 것을 잃을 수도 있었다.

김상석 씨는 하얀 병실 침대에 누워서 끝없이 후회했을지도 모른다.

'그때 왜 병원에 가지 않았을까?'

'그때 병원에 갔으면 살 수도 있지 않았을까?'

나 역시 고민했다.

'어디서부터 잘못된 걸까? 건강검진 결과를 단순히 우편으로만 발송하는 국가 시스템? 이상 소견이 나왔어도 우편

통지에 그친 병원? 모든 검사를 일일이 확인하지 않은 나?'

한 생명이 서서히 꺼져가고 있었다.

나는 대체 무엇을, 어떻게 했어야 했을까.

수십 번 되뇌인 질문.

"그때 왜 안 오셨어요?"

하지만 그 말은 끝내 입 밖에 내지 못했다.

그가 무슨 대답을 하든, 이미 돌이킬 수는 없었기 때문이다.

그 질문은 대답을 들으려는 말이 아니라, 나 혼자만의

탄식이었다.

13

환자의
거짓말

"선생님, 저는 담대합니다. 마음의 준비가 되었습니다."

이재일 씨는 귀가 순해져 듣기만 해도 이치를 깨닫는다는 이순(耳順)을 넘어, 마음이 행하는 대로 해도 법도를 넘지 않는다는 고희(古稀)의 나이에 가까웠다. 수수하지만 단정한 티셔츠와 하얗게 센 머리가 차분한 이미지를 더했다. 목소리는 단호했지만, 나는 그를 믿지 않았다. 그는 거짓말을 하고 있었다.

"끝으로, 평소 궁금한 점이나 어디 불편하신 데는 없으세요?"

하루에도 수십 번 반복되는 건강검진 절차가 끝나갈 무렵, 내가 통상적으로 묻는 이 간단한 질문은 나를 잠시 얼어붙게 만들었다.

"제가 폐에 혹이 있어서 폐 CT를 찍고 있는데, 원래 의사가 3개월 후에 다시 찍자고 했어요. 그런데 저는 6개월 후에 찍자고 했습니다."

"네?"

그의 말을 정리하자면 이랬다. 몇십 년간 담배를 피워온 그는 건강검진에서 좌측 폐에 1센티미터 크기의 혹이 발견됐다. 고령, 흡연력, 그리고 폐 사진 등으로 미뤄 악성 가능성이 높았다. S병원에서 조직 검사를 했지만 혹이 작아 명확한 결과가 나오지 않았고, 담당 교수는 "조직 검사와 치료를 겸해 수술을 하는 것이 좋겠다"라고 권유했다. 그는 거부했다. 다른 대학병원에서 같은 소견과 치료 계획이 나왔는데도 다시 거부했다. 결국 의사는 수술 대신 경과를 관찰하기 위해 3개월 간격으로 폐 CT를 찍자고 했으나, 이마저도 거부하고 6개월 간격으로 찍겠다고 고집한 것이다.

"암인지 단순한 혹인지는 조직 검사를 해봐야 정확합니다. 다만 혹이 작을 때는 검사 결과가 애매할 수도 있죠. 그런데 두 분 교수님이 모두 사진만 보고도 암 가능성을 높게 보셨다면, 사실에 가깝습니다. 만약 폐암이라면 조기에 수술하는 게 최선입니다."

나는 컴퓨터를 켜 폐의 해부학적 구조를 보여주며 설명을 이어갔다.

"폐 전체를 들어내는 게 아니라, 혹이 있는 부위만 절제합니다. 좌측 폐는 두 개의 엽(lobe)으로 돼 있는데 그중 일부만 제거하면 돼요. 수술도 개복이 아니라 흉강경으로 진행하기 때문에 생각만큼 부담이 크지 않습니다."

그러자 갑자기 환자가 다른 이야기를 꺼냈다.

"선생님, 제가 동네 병원에서 대장내시경을 했는데요. 원래 30분이면 끝난다더니 2시간 30분이나 걸렸어요. 엄청 불편했지만 참았죠.

암일 수 있다며 대학병원으로 가라고 해서 갔는데, 결국 용종이라더라고요."

처음엔 뜬금없어 당황했다. 그러나 곧 그의 심정을 이해할 수 있었다.

'아, 이전에도 의사가 암일 수 있다고 했는데 아니었으니, 의사를 못 믿는 거구나. 게다가 30분이면 된다고 한 검사가 2시간 반이나 걸렸으니 수술에 대한 두려움도 더할 테지.'

의사들은 종종 자기 판단만 옳다고 믿는 경향이 있다. 그런데 서로 다른 두 명의 교수가 같은 진단을 내렸다면, 그건 단순한 의견이 아니라 진실에 가까울지도 모른다. 나는 잠시 숨을 고르고 다시 설명했다.

"교수님 두 분이 똑같이 '암일 가능성이 높다'고 진단하셨다면, 그건 단순한 의견이 아니라 사실에 가깝습니다. 조직 검사 결과가 애매하더라도 암 가능성이 높다면 예방적으로라도 수술하는 게 안전해요. 지금은 혹이 작지만, 나중에는 더 커지거나 다른 장기로 전이될 수도 있습니다."

하지만 그는 단호했다.

"저는 담대합니다. 암도, 죽음도 받아들일 준비가 돼 있어요. 무섭지 않습니다."

"만약 이게 암이라면, 지금 수술하면 낫습니다. 그런데 그냥 두면 나중에 손쓸 수 없게 됩니다. 지금은 호미로 막을 수 있지만, 그땐 가래로도 못 막습니다."

"그래도 두렵지 않습니다. 살 만큼 살았어요."

"암이 아닐 수도 있겠지만, 만약 폐암이라면 얘기가 달라요.

저도 말기 폐암 환자들을 많이 보았습니다. 숨 쉴 때마다 극심한 고통이 따릅니다. 지금은 안 아프니까 '두렵지 않다'고 하실 수 있겠지만, 호흡이 곤란해지면 정말 견디기 힘듭니다."

그럼에도 그는 "두렵지 않다"라는 말을 반복했다.

문득 몇 년 전 만났던 채병철 씨가 떠올랐다. 50대였던 그는 심한 복통을 호소하며 병원에 왔고, 엑스레이에서 장폐색을 확인해 입원이 필요했다. 그런데 끝까지 입원을 거부했다. 실랑이 끝에 물었다.

"혹시 특별한 이유라도 있나요?"

머뭇거리던 그는 "고소공포증이 있어서요. 병실이 다 2층 이상이잖아요"라고 고백했다. 입원을 거부하는 게 아니라 무서움을 숨기고 있었다. 우리 병원에 온 것도 병원이 1층이었기 때문이다. 나는 "의사에게 사실대로 말씀하시라"라고 조언했다. 의사도 수단과 방법을 가리지 않고 도와줄 것이라고.

이재일 씨 역시 그런 숨은 이유가 있을지 몰라 다시 물었다.

"수술 안 받으려는 특별한 사정이 있으신가요?"

"아뇨, 없습니다. 저는 마음의 준비가 되어 있고, 암이면 죽음을 받아들일 겁니다. 죽음이 무섭지 않아요."

그는 벽 같았다. 어느새 10분 넘는 시간이 훌쩍 지났는데도, 난 그의 벽을 허물 수 없었다. 설명을 거듭하며 수술 방법을 이야기했지만, 그의 태도는 바뀌지 않았다. 나도 점점 갑갑해져 목소리가 높아졌다.

그때 옆에 있던 부인이 말했다.

"선생님, 이제 대장내시경 예약 시간이 다 되어서요. 죄송합니다.
제가 남편한테 다시 말해볼게요."

나는 자리에서 일어서는 그를 지켜보며 안타까움과 동시에,
속에서 치밀어 오르는 답답함을 가라앉히려 심호흡을 했다. 그가
마지막으로 태연하게 말했다.

"선생님, 이렇게 신경 써주셔서 고맙습니다. 말씀하시는 마음
충분히 이해하지만, 저는 두렵지 않습니다."

그는 암과 죽음이 두렵지 않다고 말하면서도 행동은 달랐다.
아플까 두려워 건강검진을 받고, 대장암을 걱정해 내시경을 추가로
받고, 폐암일까 무서워 계속 폐 CT를 찍고 있었다. 나는 끝내 그의
마음 속에 있는 벽을 무너뜨리지 못했다. 결국 나는 두 가지를
기도했다. 그의 폐 속 결절이 암이 아니기를. 그리고 언젠가 또
다른 의사가 나 대신 같은 말을 반복해, 내가 무너뜨리지 못한 그의
마음의 벽을 무너뜨려 주기를. 문은 두드리면 언젠가는 열린다고
했으니까.

14

하얀
거짓말

어깨 위의 하얀 가운과 목에 걸린 검은 청진기가가 초보 의사인
내게는 한없이 무겁게만 느껴지던 시절이었다.

"선생님, 사망 선고 있어요."

"네? 어떤 환자예요?"

**"말기 암 환자고, 호스피스 치료 중이던 분이에요. 가족들께 이미 다
설명됐고, 선생님은 올라가셔서 사망 선고만 해주시면 돼요."**

익숙한 듯 담담하게 말하는 간호사의 목소리는 마치 **"환자
소독 있어요"**라는 말처럼 들렸다. 하지만 '사망'이라는 단어는
내 안에서 뭔가를 조용히 흔들었다. 목소리가 떨릴까 봐 목에
힘을 주고, 마음을 다잡았다. 실제로 사망선고를 직접 해본 적은
없었지만, 그 과정을 수없이 지켜보았다. 환자의 심장과 폐가 멈춘
걸 확인한 뒤, 굳은 얼굴로 이렇게 말하면 된다.

"○○○ 님, ○년 ○월 ○일 ○○시 ○○분, 사망하셨습니다."

진료, 수술, 사망 진단서 작성… 의사의 배움 과정은 모두 똑같았다.

'(옆에서) 보고, (앞에서) 하고, (뒤에서) 가르쳐라.'

이제 나는 옆에서 보던 단계를 지나 직접할 차례였다.

간호사 데스크에서 한 번 더 확인했다.

"환자분 성함이 어떻게 되죠?"

"605호실, 김명숙 님이세요."

혹시라도 실수할까 봐 하얀 복도를 걸으며 그 이름을 조용히 되뇌었다.

"김명숙, 김명숙, 김명숙."

내 뒤에는 나보다 적어도 열 살은 많아 보이는 박민정 간호사가 따라왔다. 괜스레 든든했다.

긴장된 내 마음과 달리, 1인실 병실은 고요했다. 밤이었지만 형광등 불빛이 낮처럼 환했다. 그러나 죽음을 몰아내기엔 역부족이었다. 중년의 아들과 며느리, 그리고 손자와 손녀까지 네 명의 가족이 있었다. 낮은 울음소리로 봐서는 오래전부터 김명숙 할머니의 마지막을 예감해 온 듯했다. 나는 주치의가 아니었고, 병동 당직으로 있다가 할머니가 돌아가신 뒤에야 비로소 그분을 처음 보게 되었다.

침대 위에 누운 김명숙 할머니의 몸은 너무 작아져 있었다. 오랜 병상 생활로 쓸모없어진 근육이 전부 소실되어, 피부 껍질만 남은 채 다리, 팔, 배, 얼굴 모두 잔뜩 움츠러든 채 시들어 있었다.

손만 대도 부서질 듯, 마른 한 송이 꽃 같았다. 형광등 불빛은 병실 전체를 하얗게 비추고 있었지만, 그녀의 몸은 어둠에 잠겨 있는 듯했다.

내가 앞으로 나서자, 가족들은 눈물을 닦으며 몇 걸음 뒤로 물러났다. 나는 할머니의 가슴에 청진기를 댔다.

'쿵쾅쿵쾅.'

순간, 청진기에서 힘차게 울리는 심장 소리에 깜짝 놀랐다. 그러나 곧 그것이 할머니의 것이 아니라, 바로 내 심장이라는 걸 깨달았다. 두려움, 긴장, 책임감… 내 안에서 터져 나오는 감정들이 청진기를 통해 내 귀를 때렸다.

나도 모르게 숨을 깊이 들이마시고, 벽 시계를 확인했다. 핸드폰으로도 다시 시간을 보았다. 그리고 마침내 입을 열었다.

"김명숙 님, 2○○○년 11월 14일 23시 55분에 돌아가셨습니다."

의미 없는 숫자들이 나열된 무미건조한 사망 선고였다. 의사로서 해야 할 일을 다 했다고 생각한 나는 뒷걸음을 치며 한 발 물러섰다. '삶'은 환자와 의사의 몫이지만, '죽음'은 가족들의 몫이라고 당시 나는 믿었다. 내가 비운 자리에 가족들이 모여들었다. 유가족은 할머니의 얼굴과 팔을 매만지며 흐느꼈고, 나는 그저 몸이 굳은 채 병실 밖으로 빠져나오지도 못하고 서 있었다.

그때였다.

내 뒤에서 박민정 간호사가 앞으로 나섰다. 그녀는 김명숙 할머니를 바라보며 조용히 말했다.

"고인이 세상을 떠날 때, 끝까지 귀는 열려 있다고 해요.
가족분들께서는 김명숙 님께 마지막으로 하시고 싶은 말을 전해주세요."

나는 그 말을 듣고 순간 움찔했다.

그건 사실이 아니었다.

사람이 죽으면 모든 감각은 소멸된다. 통증도, 시각도,
후각도, 청각도 남지 않는다. 만약 죽어가는 순간까지 귀가 열려
있었다면, 심폐소생술로 되살아난 환자들이 그 순간의 고통이나
목소리를 기억했을 것이다. 의사인 나는, 그런 말을 들어본 적도,
그런 경험을 해본 적도 없다.

하지만 그건 의학적 사실일 뿐이었다.

간호사의 말이 끝나자마자, 마치 기다렸다는 듯 가족들은
말문을 열었다.

"어머니, 사랑해요. 편히 쉬세요."

"할머니, 사랑해요."

"어머니, 정말 고생 많으셨어요. 좋은 곳에서 부디 편히 쉬세요."

그날 나는 처음으로, 눈앞의 죽음보다 남겨진 이들의 슬픔을
들여다볼 수 있었다. 죽은 이에게 고통은 사라졌지만, 살아 있는
이들의 슬픔은 남아 있었다. 내가 배워온 의학은 '떠나는 사람'을
위한 지식이었다. 하지만 '떠나보내는 사람'에게 그 마지막 순간은
더할 나위 없이 소중하고 의미 있는 작별이었다.

그날, 나는 박민정 간호사에게서 의학이 아닌 의술을
배웠다. 그 이후로 죽음을 맞이하는 환자의 고통뿐 아니라, 작별을

맞는 가족들의 아픔을 들여다보게 되었다. 의사로서, 그리고 같은 인간으로서.

15

착한 사람에서
나쁜 남자로

"넌 참 착한 사람이야."

서로 다른 여자들이었지만, 사귀자는 내 고백을 거절할 때마다 늘 같은 말을 했다. 나는 남자인데, 그녀들은 항상 나를 '사람'이라고 했다. 이 말을 들은 날이면 밤마다 혼자 울었다. 어머니께서는 나를 '축구공'이라고 부르셨다. 고등학교 때부터 여자들에게 차이고 집에 와서 대성통곡을 하는 모습을 보시고는, **"맨날 차인다"**라고 붙여주신 별명이었다.

20대까지 축구공이었던 나는 어른이 되었다. 그리고 가끔은 나쁜 남자가 되어 여자를 울린다. 그것도 젊은 여자부터 할머니까지. 종합병원에서 근무하는 의사인 나는 아픈 환자도 보지만, 안 아픈 '손님'도 본다. 안 아픈 손님이란, 건강검진이나 채용 검진을 위해 병원에 온 사람들이다.

어느 날 손님 두 명이 동시에 진료실로 들어왔다. 초등학생아들과 30대 중반의 엄마였다. 엄마는 아들 학생검진을 하는 김에 자신도 건강검진을 받으러 왔다고 했다. 꽃무늬 원피스, 하얀 피부, 빨간 립스틱, 힐 달린 구두까지, 나들이에 더 어울릴 옷차림이었다. 무채색의 진료실이 그녀의 화장과 원피스 덕분에 화사해지는 듯했다. 하지만 그것도 내가 건강검진 문진표 뒤쪽을 보기 전까지였다.

〈6개월 전부터 10개비 미만의 흡연〉

많은 사람이 담배를 피운다. 대체로 여자보다는 남자가 많지만, 이유는 다양하다. 군대에서 배웠거나, 습관적으로, 주변에서 다 피우니 어울리려고, 혹은 피우다 보니 못 끊어서 등등. 그런데 건강검진을 하다 알게 된 사실이 있다. 여성이 담배를 피우면 비흡연 여성보다 우울증 경향이 높다는 점이다. 그것도 10대나 20대부터 피운 경우보다, 최근에 피우기 시작했다면 그 가능성이 더 높았다.

마침 건강검진에 포함된 정신건강검사 평가 도구, 즉 PHQ-9 (Patient Health Questionnaire-9)은 27점 만점(점수가 높을수록 우울증이 의심됨)인데, 준서 엄마 점수는 0점이었다. 우울증 경향이 전혀 없어 다행이라고 생각했다. 그래도 혹시 몰라 가볍게 짚고 넘어가려 했다. 아들이 옆에 있어서 직접 말하기 어렵기에, 나는 볼펜으로 흡연 항목을 동그라미 치며 대수롭지 않게 말을 꺼냈다.

"여자분들이 이런 경우(흡연)는 스트레스 때문에 시작하는 경우가 많더라고요. 그러니까 우울증 같은 거…"

"흑.."

내 말이 채 끝나기도 전에, 젊은 엄마가 울음을 터뜨렸다.
놀라서 그녀의 얼굴을 다시 보니, 본인도 당황했는지 손으로 얼굴을
가리고 "잠시만요. 휴지가 어디 있나요?"라며 휴지를 찾았다. 책상
위에 있는 휴지를 건네자, 그녀는 울음을 훔치고 다시 아무렇지 않은
척, 최대한 담담하게 말했다. 아무래도 아이 앞이라 슬픔을 보이기가
싫었을 것이다.

"안 그래도, 최근에 가장 가까운 지인이 세상을 떠나서 많이
힘들었어요."

"아, 네."

"사실 그래서 그것(담배)도 시작하게 된 거고요."

"네, 그렇죠. 가까운 사람이 돌아가시면 누구나 슬퍼하죠. 다만 너무
힘들거나 그 기간이 6개월 이상 이어지면 꼭 치료가 필요합니다."

"네, 알겠습니다."

아이 때문에 우울증이나 상담과 관련한 대화는 더 길게
나누지 못했다. 약간 마른 엄마와 달리 제법 통통한 준서는 엄마가
운 걸 알아차리지 못한 듯했다. 엄마와 아이의 검진이 모두 끝나,
둘은 함께 진료실을 나갔다. 환자가 아닌 한 여인의 눈물을 본
탓일까, 내 마음이 왠지 착잡해졌다. 그러던 차에, 밖으로 나갔던
엄마가 혼자 다시 들어왔다.

"선생님, 제가 심리 치료 같은 걸 받아봐야 할까요?"

준서가 바깥에서 기다리는 탓에 오래 이야기를 나누진
못했다. 나는 금연을 하고 정신과 진료를 꼭 받아보길 권했다.

결혼 후로 더 이상 여자 때문에 내가 울지는 않는다. 대신, 어쩌다 여자를 울리는 '나쁜 남자'가 되곤 한다. 불면증으로 온 중년 여성에게 **"혹시 우울하지 않으세요?"**라고 묻거나, 앞서 말했듯 담배를 피우는 여성에게 **"담배 피우는 여성분 중엔 우울증이 꽤 많아요"**라고 말할 때다. 여자가 내 앞에서 울음 터뜨리면, 그 순간 나는 '나쁜 남자'가 된다. 그리고 마음이 편치 않다. 차라리 예전처럼 **"착한 사람"**으로 거절당해 내가 우는 편이 더 나았나 싶다.

저녁 8시

현실

모두가 퇴근하는 그 시간, 병원은 여전히 살아 움직인다.

거리는 한산해지고 사무실의 불은 꺼지지만, 병원의 불은 꺼지지 않는다.

밤이 오면, 낮에 보이지 않는 빛과 어둠이 보인다.

죽어가는 사람과 살리는 사람, 울부짖는 보호자와 지친 의료진이 그 자리에 남아

있다.

환자도 사회 속의 한 사람이고, 의사도 사회 속의 한 사람이다.

결과가 좋으면 의사에게 감사가 돌아오고, 결과가 나쁘면 원망과 소송이 따른다.

책임에 대한 그 모든 결과가 눈앞의 한 사람에게 쏟아지는 것이 의사의 현실이다.

병원 밖, 삶의 자리

4

1

원격의료,
치킨의 추억

지인이 치킨 쿠폰을 보내왔다. 치킨이라면 사족을 못 쓰는 나에게
생일선물로 케이크 대신 보낸 건 아니었다. 직업이 의사이다 보니,
병원에서는 물론이고 병원 밖에서도 건강 상담을 자주 받는다. 긴
상담을 해주면, 가족이나 친한 지인은 **"고맙다"**로 끝난다. 연락처는
있지만 1년 동안 한 번도 연락하지 않았던 지인이나, 아예 연락처도
없는 고등학교 동문 등이 내 연락처를 수소문해 찾아낸 뒤 상담을
하기도 한다. 그러면 답례로 치킨이나 커피 쿠폰을 보내곤 한다.
아는 것도 없지만, 모르는 것도 없는 가정의학과 특성상 아이부터
어른까지 열, 외상, 암 등 병의 종류를 가리지 않고 도움을 청한다.
SNS에서도 종종 개인적으로 메시지를 보낸다. 내가 그나마 아는
의사이기 때문일 것이다.

상담은 크게 세 가지 유형이다.

첫째, 이미 진단받은 병에 대해 물어보는 경우다. 이럴 땐

상대적으로 간단하다.

한번은 외삼촌이 대상포진에 걸려 처방전을 사진으로 보내왔다.

"대상포진 약이고요, 항바이러스제와 진통제, 소화제입니다. 제가 처방해도 똑같이 처방하니 그대로 드시고, 너무 아프면 신경 차단술을 고려해 볼 수 있어요. 너무 몸을 혹사시켜서 그런 거니까 푹 쉬시고, 1년 후에 대상포진 접종하시면 됩니다."

교과서대로 원인과 치료, 예방법을 설명하면 된다. 아니면 검색해서 링크를 보내주기도 한다. 진단만 정확하면 원인, 증상, 치료, 결과, 예방법은 전 세계적으로 같다. 가끔 **"특별한 방법 없냐?"**라고 묻기도 하지만, **"의사인 저도 똑같이 처방하고, 똑같은 약 먹어요"**라고 하면 고맙다면서도 약간 실망스러워한다.

어느 날은 지인의 지인이 부모님이 동네 병원에서 폐암 진단을 받았다는 소식을 전해 왔다. 암 진단을 받으면 누구나 막막해진다.

"일단 가까운 대학병원 호흡기 내과에 가서서 조직 검사를 통해 암 종류를 확인하고, 추가 검사를 해서 폐암 병기를 먼저 확인하셔야 해요. 수술이 가능하면 그때부터 흉부외과 교수님을 찾으시면 됩니다."

당장 해야 할 일만 확실히 알려줘도 큰 도움이 된다.

둘째, 병원에서 특정 검사나 치료를 하자고 하는데 해야 하는지 묻는 경우다. 이른바 세컨드 오피니언을 구하는 상황인데, 이럴 땐 조심스럽다. 내가 환자 상태를 정확히 모르기 때문이다.

괜히 도와준다고 나섰다가 결과가 좋지 않으면 나도 원망을
들을 수 있다. 검사 결과나 진단명이 명확하지 않으면, "저는 잘
모르겠습니다"라고밖에 말할 수 없다.

셋째, 그냥 어디가 아프다고 묻는 경우다. 예를 들어
어머니께서 아침에 일어나 발을 디디면 발뒤꿈치가 아프다고
하셨다. 족저근막염이 의심됐지만 확실히 알 수 없었다. 통증 부위를
직접 만져보고 눌러봐야 정확히 진단할 수 있기 때문이다. 나는
정형외과에 한번 가보시라고 말씀드렸다. 실제로 족저근막염이었다.
또 어느 날은 갑자기 체중이 5킬로그램 빠졌다고 하시기도 했다.
고령자가 갑자기 살이 빠지면 당뇨나 암 등 무수히 많은 원인이
떠오른다. 나는 공복 상태로 다음 날 아침 일찍 근처 병원에
가시라고 했다. 당뇨였다. 어머니가 아프다고 해도, 내가 직접 볼 수
없을 때 의사인 아들이 할 수 있는 말이 "병원 가서 진찰받아 보세요"
가 전부였다.

한번은 함께 일했던 간호사가 연락을 해 왔다. 둘째를 출산한
지 얼마 안 됐는데, 아이가 계속 운다는 것이었다. 우는 아이를 찍은
긴 동영상까지 보내줬는데, 내 눈엔 괜찮아 보였다. 아이가 우는 건
흔한 일이니까. 아니, 아이는 우는 게 정상이다. 일단 전화로 열은
없는지, 코가 막히는지, 기침을 하는지, 젖을 잘 빠는지, 체중은 잘
느는지, 잠은 잘 자는지를 물었다. 젖을 빨 때만 힘들어한다고 해서,
갓 태어난 아이들은 코로 숨을 쉬며 입으로 젖을 빨 수 없어 그럴
수 있다고 설명했다. 청진을 전혀 할 수 없는 상황에서 할 수 있는

최선이었다. 그래도 혹시 모르니 계속 그런 증상이 이어지면 병원에
데리고 가라고 했다.

전화를 끊은 뒤 간호사는 고맙다며 치킨 쿠폰을 보내왔다.
덕분에 그날 저녁 가족과 맛있게 치킨을 먹었다. 그런데 다음 날,
병원에 간 간호사에게 연락이 왔다. 아이 심장 박동수가 200회를
넘었다고 했다. 발작성 심실 빈맥(PSVT, Paroxysmal Supraventricular
Tachycardia)이었다. 다행히 대학병원에서 잘 치료받아 큰 문제는
없었다고 했다.

PSVT는 심전도를 찍어야만 진단할 수 있다. 그런데
갓난아이에게 심전도를 찍는 일은 쉽지 않다. 설령 내가 직접
진찰했다 해도, 이 질환을 즉시 알아차리긴 어렵다. 하지만 청진기를
대보기만 했다면, 심박수가 과도하게 빠르다는 사실을 파악할 수
있었다. 심박수가 비정상적으로 빠르면 즉시 심전도를 찍게 되고,
심전도만 찍으면 바로 진단되는 병 중 하나가 PSVT다. 그러나 원격
진료의 특성상 가장 기본적인 청진조차 할 수 없어, 진단은커녕
의심조차 못 했다. 아무 생각 없이 지인이 보내준 치킨을 맛있게
먹으며 즐거워했던 내가 부끄러웠다.

진찰의 기본은 보고, 듣고, 만지고, 두드리는 '시청탁촉'이다.
하지만 나는 아이에게 가장 기본적인 청진조차 하지 못했기에,
청진만 했어도 금방 감별할 수 있었던 질환을 놓쳤다. 분명히
오진이었다. 그날 이후, 지인들이 다른 의사에게 진료를 받고 특정
진단명이 나온 경우를 제외하면, 어디가 아프다 해도 내 대답은 늘

똑같다.

배가 아프다고? 병원 가라.

기침을 한다고? 병원 가라.

열이 난다고? 병원 가라.

치킨을 먹을 때마다 그 일이 떠오른다. 내게는 감추고 싶은
치킨의 추억이다.

2

전국구
의사

"전국구야."

"전국구?"

"말 그대로 전국에서 알아주는 사람."

"어, 그래. 고맙다."

나는 지방에서 의과대학을 졸업하고, 서울에서 가정의학과 레지던트 수련을 받은 뒤, 지금은 경기도에서 살고 있다. 그래서인지 고향 친구들이 **"이 질환이나 이 수술은 어느 의사가 제일 잘하냐?"**라고 묻는 일이 종종 있다.

예를 들어, 내가 서울에서 중국집을 운영한다고 치자. 누군가 **"대한민국에서 제일 맛있는 짜장면집이 어디냐?"**라고 물으면 대충 몇 군데 추천할 수는 있을 것이다. 하지만 만약 내게 **"우리나라 최고의 프랑스 레스토랑이 어디냐"**라고 묻는다면 대답하기가 몹시 난처해진다.

의사도 비슷하다. 나는 외과 계열도 아니고, 설령 외과라고
해도 머리·척추를 수술하는 신경외과, 가슴을 여는 흉부외과,
복부를 다루는 일반외과, 그리고 성형외과, 정형외과 등으로 수십
개 분야가 나뉜다. 같은 외과라 해도 일반외과 안에서 유방, 갑상선,
위, 간·담도, 대장 등으로 더 세분화된다. 자기 분야가 아니라면 누가
최고인지 알기 어렵다.

얼마 전, 오랜만에 연락한 고등학교 친구가 갓 태어난
아이에게 선천성 기형이 있다며 **"이 분야에서 제일 뛰어난 교수를
아느냐"**라고 물었다. 내 모교에 있는 ○ 교수님이 어떤 분인지,
아니면 서울로 가야 할지 궁금하다는 것이었다.

졸업한 지 17년이 지났지만, 교수님 이름을 듣는 순간 얼굴이
선명히 떠올랐다. 하지만 그 교수님의 수술 실력까지는 몰랐다.
사람들은 방송에 나온 '명의'를 찾아가지만, 수술 실력은 방송이
아니라 수술방 안에서 드러난다. 그리고 그 실력은, 같은 방에서
함께 수술한 동료 의사만이 진짜로 알 수 있다. 마침 운이 좋게도,
내게는 언제든 연락할 수 있는 의대 동기 네 명이 있었는데, 그중
한 명이 모교에서 정형외과를 하고 있었다. 자연스럽게 그 동기에게
전화를 걸어 ○ 교수님 실력을 물어봤다.

"친구야, ○○○ 교수님 있잖아. 수술 실력 어떻노?"

"전국구다."

그 한마디면 충분했다. 같은 과에서 수술을 함께하는
동료 의사가 한 '전국구'라는 말보다 더 확실한 보증은 없었다.

전국구라는 말 자체가 특정 지역을 넘어 전국적으로 이름이 알려진 인물을 뜻한다. 더 묻는 것은 의미가 없었다.

"오케이. 고맙다."

나는 그렇게 대학교 동기에게 들은 말을 고스란히 고등학교 친구에게 전했다. 그리고 얼마 지나지 않아, 전국구 교수님께 진료를 본 고등학교 친구에게서 연락이 왔다.

"근데 교수님, 좀 그렇더라."

그 교수님은 원래 그런 분이었다. 과거에도 지금도 정형외과는 돈을 잘 버는 과로 유명해 경쟁이 치열하다. 전문의 자격을 따면 누구도 대학에 남으려 하지 않는다. 그런데도 그 교수님은 대학에 남아서, 반드시 필요하지만 아무도 하려 하지 않는 선천성 소아 기형을 맡아왔다. 누구보다 실력이 뛰어났고, 그만큼 사명감이 넘쳤으며, 정형외과 학회 회장까지 지낸 그 분야 최고 권위자이기도 했다.

하지만 친절한 분은 아니었다. 환자나 보호자, 심지어 동료 의사에게도 무뚝뚝하고 불편한 태도로 유명했다.

"원래 그 교수님이 좀 그래. 근데 실력은 알아줘."

나는 나름대로 교수님을 변호했지만, 친구는 잠시 말이 없다가 말했다.

"서울로 가기로 했어."

"그래. 잘했다. 수술 잘 받고. 혹시 궁금한 거 있으면 언제든 물어보고."

"그래도 알아봐 줘서 고마워. 무슨 일 있으면 또 연락할게."

친구는 결국 내가 자신 있게 추천해 준 지역의 '전국구' 의사 대신 서울의 의사를 찾아갔다. 내가 **"전국구"**라고 했지만, 친구에게는 그 말보다 더 중요한 것이 있었다.

첫째, 그 의사가 지방에 있다는 점.

둘째, 그 교수의 태도가 불친절했다는 점.

만약 그 교수가 서울에 있었다면 어땠을까? 아마 친절하지 않더라도 다른 선택지가 없으니 그대로 수술을 받았을 것이다. 하지만 지방에 있다는 이유로, 친구는 서울이라는 대안을 선택할 수 있었다. 아이에게 최고의 진료를 받게 하고 싶은 부모의 마음은 당연하다. 서울에서 한 번 진료를 볼 때마다 길에서 하루를 허비하더라도, 그것은 부모이기에 감내해야 하는 희생이었다.

3

보통의
환자

병원에는 아픈 사람만 온다. 몸이 아프거나, 마음이 아프거나, 혹은
둘 다 아프다. 세상에는 여전히 치료할 수 없는 수많은 질병이
있지만, 의사로서 가장 힘든 건 불치병이 아니다.

　의사를 가장 괴롭게 만드는 것은 병이 아니라 사람이다.

　인터넷이 발달해 편의점과 식당 등에서 마주치는 '진상'
이야기들이 널리 퍼져 있다. 하지만 경찰서와 병원만 할까 싶다.
13세기에 살았던 단테는 그의 저서인 『신곡』에서 지옥을 9층으로
묘사했다. 만약 그가 21세기의 병원과 경찰서를 보았다면, 두 층을
더해 지옥을 11층으로 썼을 것이다.

　"당장 의사 나오라고 해."

　대학병원 응급실이 떠나가도록 소리치던 사람은 의식을 잃은
중증 환자가 아니라, 멀쩡히 걸어서 들어온 50대 중년 아저씨였다.
새벽에 두 손으로 왼쪽 볼을 붙잡고 혼자 병원 문을 열고 들어온

짧은 키의 그는, 어떻게든 아프지 않게 해달라며 고래고래 소리를 질렀다. 안내 직원이 접수 여부를 묻자, 자신이 아파 죽겠는데 무슨 형식이 필요하냐며 목소리를 더욱 높였다. 그의 문제는 충치로 인한 단순 치통이었다.

Everybody lies.

모든 사람은 거짓말을 하지만, 병원에 오는 사람은 좀 더 많이 하는 것 같다. 비가 오는 월요일이면 학생들이 몰려온다. 늦잠을 자다 지각해서 학교 대신 병원으로 향하며 **"배가 아파요"** **"머리가 아파요"**라며 어설프게 아픈 척을 하고, 진료 확인서를 받으려는 것이다. 연기라도 하면 그나마 낫다. 진료실에 들어오자마자 **"진료 확인서를 받으러 왔어요"**라고 대놓고 말하는 학생도 있다. 어른들은 더하다.

병원에 오지도 않은 아이의 진료 확인서를, 그것도 어제 날짜로 떼어달라고 요구하기도 한다. 아예 보험금을 타기 위해 걸리지도 않은 병에 걸렸다고 진단서를 써달라고 억지를 부리기도 한다. 특정 병명과 자신이 원하는 치료 기간까지 요구하기도 한다. 이미 심각한 질환을 놓치지 않으려 신경이 곤두서 있는데, 여기에 꾀병까지 보태지면 진단은 더욱 어려워진다.

이런 일이 반복되면 가끔 이런 의문이 든다.

"이 환자는 정말 아픈 걸까, 아니면 거짓말을 하는 걸까?"

진료실에 들어오는 사람이 아픈 환자가 아니라, 나를 속이려는 사기꾼처럼 보일 때가 있다.

어제 하루를 돌아본다. 수십 명의 환자가 다녀갔다. 기억나는 건, 고함을 질렀던 사람, 무리한 요구를 했던 사람, 독특했던 사람들 뿐이다. 나머지 대부분은 평범해서 이름도, 얼굴도 흐릿하다. 나는 평범한 사람들 대신 예외적인 환자들만 기억하며 **"의사는 힘들다"**라고, **"진상이 많다"**라고 말하며 스스로를 위로해 왔다.

　　그러나 사람을 대하는 모든 직업이 그렇다. 하루에도 수십 명, 1년에 수만 명을 상대하다 보면 별의별 사람을 만나기 마련이다. 그런데도 나는 예외적인 몇몇 사례를 일상으로 여기며 다수를 차지하는 보통의 환자를 잊고 있었다. 매달 날짜를 맞춰 병원에 오는 고혈압·당뇨 환자 김한솔 씨나, 긴 대기 시간에도 묵묵히 차례를 기다리는 평범한 환자들 말이다. 나는 그들을 잠시 잊고 있었다.

　　얼마 전, 내가 심근경색으로 진단해 순환기내과로 의뢰했던 60대 김병철 씨가 다시 병원을 찾았다. 그는 교과서에 나올 만큼 전형적인 심근경색 환자였기에, 누구라도 같은 진단을 내렸을 것이다. 나는 의사로서 당연히 해야 할 일을 했을 뿐이지만, 그는 **"덕분에 무사히 시술받고 나왔다"**라며 손에 선물을 들고 인사하러 왔다.

　　세상엔 나쁜 사람도 있지만 이렇게 좋은 사람들도 있다. 결국 빼고 더하다 보면, 세상은 그저 '보통'일지도 모른다.

4

24시간 외과 전문 병원의
진실

정부는 필수의료 부족 현상을 해결하겠다며 의대 정원 확대와 그로 인한 낙수효과를 기대하고 있다. 하지만 나는 산책을 하던 중, 우리 집 근처에서 진짜 해법을 찾았다. 바로 24시간, 그것도 의사들이 기피하는 외과 수술 전문 병원이 있었기 때문이다. 이 병원(A)은 독특하다. 일단 건강보험이 적용되지 않는다. 국가가 가격을 일방적으로 정하는 B 병원과 달리 자신들이 가격을 정한다. 대략 B 병원의 4배 정도로 비싸다.

게다가 A 병원은 의료 사고로 환자가 사망해도 형사처벌을 받지 않는다. 같은 의료사고가 발생하더라도, B 병원은 수억 원의 배상금을 물지만, A 병원에서는 고작 수백만 원만 배상하면 끝이다. 그러니 아무도 하지 않는다는 '24시간 외과 수술 전문'이 가능해진 것이다. 단, A 병원은 B 병원과 달리 사람을 치료하지 않는다. A 병원이 치료하는 건 오직 동물뿐이다. 그렇다. A 병원은 동물병원이다.

필수의료에서 모든 가격은 정부가 정한다. 국가가 강제로 정한 사람 대상 검사비는 시장에서 책정된 동물 대상 검사비의 4분의 1 수준에 불과하다.

게다가 동물을 진료한 수의사는 사고 시 180만 원에서 440만 원 수준의 배상으로 끝나지만, 사람을 진료하는 의사는 9~17억 원의 민사 소송 배상금에 더해 형사소송으로 범죄자가 될 수 있다. 즉 보상은 4분의 1에 불과하지만, 위험은 400배 배상금+형사 처벌로 매우 높다. 그러니 당연히, 동물을 살리는 수의사와 동물병원은 늘어나지만 사람을 살리는 의사와 병원은 줄어든다.

한 기자가 내게 정부의 의대 증원 정책에 반대만 할 게 아니라, 필수의료를 살릴 대안을 제시해 달라고 했다. 그래서 나는 늘 하듯, '하이 리스크, 로우 리턴(High risk, Low return, 고위험 저수익) 분야에는 아무도 안 뛰어들고, '로우 리스크, 하이 리턴(Low risk, High return, 저수익 고위험) 분야에는 사람이 몰린다'고 점잖게 대답했다. **"적어도 사람을 개처럼만 대우해 줘도 필수의료 문제는 자연히 해결됩니다"**라는 말을 차마 꺼내진 못했다.

5

아이 얼굴은
누가 꿰매나

"여기서 꿰매시겠어요?"

아이들은 자주 넘어진다. 나이가 어릴수록 머리가
상대적으로 크고 무거워 중심을 잡기 힘들다. 손을 짚기도 전에
얼굴부터 땅에 부딪히기 일쑤다. 멍으로 끝나면 다행이고, 턱이나
눈썹이 찢어져 응급실에 오는 경우도 많다.

네 살짜리 아이가 눈썹이 2센티미터 찢어진 채 어머니의
품에 안겨 응급실에 왔다. 상처는 깊지 않았고, 나는 안절부절못하는
30대 중반의 어머니에게 두 가지 선택지를 제시했다.

"제가 여기서 최선을 다해 꿰매겠지만, 흉터가 남을 수 있습니다."

"24시간 안에 성형외과에서 봉합을 받아도 됩니다."

나는 산청군 의료원에서 응급실 1년, 인턴 시절 응급실
4개월, 가정의학과 1~2년 차 때도 응급실 커버를 하며 웬만한
단순 봉합은 다 해봤다. 술 취한 아저씨 얼굴, 넘어져 찢어진 머리,

칼에 베인 손가락 등. 봉합할 일이 없으면, '누가 좀 찢어져서 오면 좋겠다'고 생각할 정도였다.

그런데 이번만은 꿰매고 싶지 않았다. 환자가 많아서도, 상처가 깊어서도 아니었다. 얼굴이었고, 게다가 아이였기 때문이다. 네 살짜리 아이를 꿰매려면, 봉합하는 의사인 나 외에도 최소 3~4명이 붙어 아이를 붙들어야 한다. 협조가 안 되므로 몸을 잡고 고정해야 한다. 포크랄(Pocral, 먹는 수면 유도제) 같은 약이 있긴 하지만, 머리를 다쳐 CT 등을 찍어야 할 때는 유용해도, 봉합할 때 쓰기에는 효과도 약하고 번거로웠다. 그래서 보통은 이불로 아이를 둘둘 감싼 뒤 재빨리 꿰매는 게 최선이다.

어떻게 꿰매든 이미 상처가 난 이상 흉터는 피할 수 없다. 흉터가 남으면 부모가 **"의사 실력이 부족하다" "성형외과로 갈걸 그랬다"**라고 비난할 수도 있다. 괜히 힘들고 욕먹는 게 싫어서, 내심 부모가 성형외과를 선택하길 바랐다.

마침 아이 흉터를 최소화하고 싶었던 부모는 이튿날 성형외과로 가겠다고 했다. '아싸.' 나는 상처가 더 벌어지지 않도록 스테리 스트립(Steri-Strip)이라는 특수 반창고를 붙여 상처가 벌어지는 것을 최소화하고 응급처치를 마쳤다.

진료를 마쳤다. 단 한 가지, 내가 굳이 설명하지 않은 사실이 있었다. 바로 비용이었다. 이곳에서 내가 꿰매면 접수비와 봉합비 포함해 총 5~6만 원 선이고, 환자 본인 부담금은 2만 원 정도다. 반면 성형외과에선 각종 비급여 항목을 포함해 1센티미터당 최소

10만 원 이상 받는다. 국가가 정한 가격보다 몇 배나 비싸지만, 아무도 문제 삼지 않는다. 부모는 아이의 흉터를 줄이기 위해 기꺼이 비용을 지불하고, 의사는 그에 걸맞은 보상과 시간을 받고 봉합한다. 결국 생산자와 소비자 모두 만족하는 '시장 가격'인 셈이다.

이런 이유로 응급실에선 누구도 아이 얼굴 봉합을 선뜻 맡지 않는다. 의사 입장에선 돈은 적고(급여 기준) 위험(민원, 흉터 분쟁)은 커서 기피하게 된다. 환자 입장에서도 비싸더라도 흉터를 줄이는 쪽(성형외과)을 선택한다. 서로가 원하는 최선의 서비스다. 정부는 최근 의료를 '필수의료'와 '비필수의료'로 나누겠다고 한다. 그렇다면 성형외과는 필수인가, 비필수인가? 구개열 같은 선천성 기형을 다루는 성형외과는 필수인가, 비필수인가?

나는 의료를 이렇게 구분한다. 국가가 가격은 물론 침대 간격까지 정하는 '국가 의료'와, 국가가 관여하지 않는 '시장 의료'.

출산과 분만을 하는 산부인과, 응급실, 외상 수술을 하는 외과는 '국가 의료'다. 반면 쌍꺼풀 수술이나 피부 미용은 '시장 의료'다.

정부의 잘못된 정책으로 '국가 의료'인 '급여'에는 아무도 아이 얼굴을 꿰매려 하지 않는다. 하지만 국가가 관여하지 않는 '시장 의료'인 '비급여'에는 아이 얼굴을 봉합하려는 의사도 있고, 부모 또한 기꺼이 비용을 지불한다. 명백한 '국가 의료'의 실패다. 개혁 대상은 의사가 아니라 정부다.

천부적인 투자 재능을
가진 의사

소화기내과 교수인 친구가 의대 동기 단체 창에 사진과 함께 글을
올렸다.

    **"엘라(내 별명)··· 돈 잃는다고 니는 이런 거 먹지 마라. 저거 씹어서
삼키셨다."**

    나는 친구들 사이에서 '마이너스의 손'으로 유명하다.
손만 대면 금이 되는 '마이더스의 손'이 아니라, 손대는
족족 손해를 본다는 '마이너스의 손'이다. 주식은 물론이고,
금·채권·달러·원화·선물·천연가스·석유 등 안 해본 투자가 없다.
    주식계에 **"무릎(저점)에서 사서 어깨(고점)에서 팔라"**라는 격언이
있지만, 나는 늘 물구나무서 있는 상태로 고점에서 사고 저점에서
판다. 그래서 친구들은 나를 '주식계의 유지태'라고 부른다. 영화
〈올드보이〉의 명장면인 유지태가 물구나무선 모습처럼, 내가 시장
꼭대기에서 사서 바닥에서 팔기 때문이다.

2020년 4월 20일, 역사상 처음 원유 선물 가격이 마이너스를 찍던 그날 나는 원유 선물을 들고 있었다. 하루 만에 수익률 -70%. 나를 잘 아는 친구들은 늘 이렇게 말한다.

　　"네가 살 때 꼭 말해라. 네가 사면 나는 팔고, 네가 팔면 나는 산다."

　　그렇게 손해만 보는 나를 안쓰러운 듯 걱정해 주며, 친구가 사진을 보내온 것이다. 그런데 사진을 보는 순간 웃음보다 아찔함이 먼저 들었다.

　　'저걸 삼켰다고? 대체 저건 뭐지?'

　　젊었을 땐 돌도 씹어 삼킨다지만, 환자는 이미 70대 고령이었고 삼킨 이물질은 돌이 아니라 날카로운 금속이었다.

　　'저걸 내시경으로 꺼냈다고?'

　　감탄이 절로 나왔다. 식도의 지름은 고작 2센티미터 남짓이고, 음식물을 삼키지 않을 때는 붙어 있어 실제로는 더 좁다. 그런 식도를 통해 가로 3센티미터, 세로 2센티미터가 넘는 날카로운 금속을 내시경으로 꺼낸다는 건 엄청난 실력이 필요하다.

　　"저거 꺼내다가 식도 찢어지면 어쩌냐?"

　　"그래서 무섭지."

　　점막, 점막하층, 근육층, 장막 4겹으로 둘러싸인 위벽과 달리, 장막이 없어 3겹뿐인 식도의 벽은 훨씬 약하다. 날카로운 금속을 꺼내다 식도가 찢어지면 가슴을 여는 대수술이 필요하고, 식도 주변으로 염증이 퍼지는 종격동염이라도 생기면 생사를 장담할 수 없기에, 의사들도 혀를 내둘렀다.

"대단하다."

"멋지다."

"한 사람 살렸다."

친구들의 칭찬에 기분이 좋아진 그는, 내시경으로 꺼낸 온갖 이물질 사진을 보여줬다. '내시경이 세 번째 손'이라 할 정도로 숙련돼 있었다. 그러다 누군가 물었다.

"근데 시술료(시술 비용)는 얼마고?"

한 친구가 농담 삼아 대답했다.

"한 18만 원?"

확인해 보니 거의 비슷했다. 19만 750원이었다. 참담함에 단톡방이 조용해졌다. 한 친구가 한마디 덧붙였다.

"저걸 배도 안 째고 빼줬는데, 최소 500만 원은 받아야 되는 거 아니가? 19만 원이라니. 자동차 프리미엄 실내 세차보다 싸네."

자신이 사람을 살렸다는 자부심에 들떠 있던 친구는, 자기 시술료가 '자동차 프리미엄 세차비보다 싸다'는 말에 어떤 기분이었을까. 만약 내시경으로 금속을 빼내지 못했다면, 환자는 배를 개복해 위를 열고 이물질을 꺼냈어야 한다. 금속 크기가 꽤 커서 복강경으로 꺼내기에도 애매하니 직접 개복하는 게 안전하다. 그러면 최소 일주일은 입원해야 하는데, 소화기내과 의사가 내시경으로 성공적으로 제거해 당일 퇴원할 수 있었다.

그렇다면 내시경 시술 중 날카로운 금속이 식도를 찢었다면 어떻게 됐을까? 식도는 배가 아닌 가슴 쪽에 있어 수술이 훨씬 까다롭고, 합병증도 심각하다. 거기다 보호자나 환자가 **"당신이 시술하다 잘못했으니 책임지라"**라고 하면 어쩔 텐가. 최악의 경우 종격동염으로 중환자실에 갔다가 사망할 수도 있는데, 그런 상황이라면 유족이 수억 원대 민사소송과 형사소송을 걸어올 가능성도 크다.

'마이너스의 손'인 나는 투자에 실패해도 남을 탓하지 않는다. 투자란 본래 고위험 고수익 아니면 저위험 저수익이다. 고수익을 기대한다면 높은 위험을 감수해야 하고, 그게 싫다면 은행 적금에 넣으면 된다. 나 역시 높은 수익률을 기대하며 주식에 투자했으니 손실도 감수하는 것이다. 저위험 고수익이 있다면 누구나 몰리겠지만, 그런 건 대개 사기에 가깝다.

그런데 친구의 내시경 시술은 어떤가? 십수 년간의 훈련 끝에 성공해도 19만 원, 실패하면 억대 소송과 형사처벌 가능성이 뒤따른다. 이는 고위험 고수익이 아니라, 초고위험 초저수익이다.

만약 은행에서 이런 상품을 판다면 누가 돈을 맡길까?

"이자 3% 드릴게요. 대신 원금도 날아갈 수 있고, 잘못하면 민사소송으로 수억 원 배상하고 형사소송으로 범죄자가 될 수 있습니다."

아무도 가입하지 않을 것이다. 요즘 내과·흉부외과·외과·신경외과·소아과·산부인과 같은 '생명을 살리는 필수 진료과'에 의사가 부족한 이유가 바로 이것이다.

7

외상센터의
고통

**"때려치워. 이 ××야. 꺼져. 인간 같지도 않은 ×× 말이야. 나랑 한판
붙을래 너?"**

　　"아닙니다. 그런 거…"

　　충격적이게도, 이것은 아주대학교병원 의료원장과 이국종
교수 사이에 실제로 오갔던 대화다. '생명을 살리는 영웅'이라는
국민적 이미지와 달리, 그가 몸담았던 병원 내부에서의 상황은
전혀 달랐다. 이국종 교수와 아주대학교병원의 갈등은 오래전부터
있었다.

　　조직에서는 '옳다, 그르다'와 무관하게, 공(功)이 생기면
윗선이 가져가고 실(失)이 생기면 아랫선이 책임지는 경우가 흔하다.
문제가 생기면 이른바 '꼬리 자르기'로 말단이 책임지고, 공적은
상사가 가져간다. 그런데 이국종 교수의 경우는 정반대였다. 온갖
공과 스포트라이트는 이국종 교수에게 집중되었고, 헬기 소음으로

인한 민원, 병원 경영 적자, 인력 충원 문제, 다른 과의 불평불만 등 자질구레한 문제는 대부분 아주대학교병원 몫이 되어버렸다. 그러니 병원 입장에서는 이국종 교수만 부각되는 현실이 못마땅했을 수도 있다.

나는 이국종 교수님처럼 살지는 못한다. 명예를 떠나, 환자에 대한 그분의 열정은 따라갈 수 없다. 그의 책 『골든아워』를 읽으면, 마치 극지방을 탐험하는 탐험가 같은 열정과 희생정신을 느낄 수 있다. 다만 응급의료센터라는 조직은 이국종 교수 혼자만으로는 운영되지 않는다. 외상 환자의 응급수술에는 마취과는 물론이고, 신경외과, 흉부외과, 정형외과 등 수많은 과의 협조가 필요하다. 손이 많이 가는 외상 환자를 돌봐야 하는 간호부도 극심한 어려움을 겪었을 것이다.

문제는, 이국종 교수님이 대단히 사교적인 분이 아니라는 점이다. 본인도 주변 사람들과 시간을 보내고 싶었을 테지만, 현실적으로 여유가 없었을 것이다. 나는 『골든아워』를 읽으면서도 혹시 모를 긴장과 걱정을 느꼈는데, 정부 비판은 그렇다 치더라도 (나 또한 정부와 조직, 시스템을 비판하곤 한다) 자신이 몸담은 아주대학교병원에 대한 직설적 비판이 대단히 거침없었기 때문이다. 게다가 언론은 이국종 교수 개인에게만 스포트라이트를 집중시켰다.

수술 중엔 환자의 혈압·맥박·호흡·체온 같은 바이탈을 마취과가 책임진다. 수술 중 환자가 사망하면, 보통은 집도의에게 책임이 쏠리지만, 사실상 마취과도 책임에서 자유롭지 않다. 그래서 마취과는 '수술실의 내과의사'라고도 불린다. 집도의를 도와 환자의 호흡, 혈압, 체온 등을 전담하는 것이 마취과의 역할이기 때문이다.

그런 마취과 입장에서는, 바이탈이 이미 불안정한 환자를 **"당장 밀고 들어오는"** 이국종 교수가 불편했을 법하다. 마취과 의사가 가장 피하고 싶은 상황 중 하나가 상태가 매우 좋지 않은 응급수술로, 수술 도중에 환자가 사망하는 '테이블 데스(Table death)'는 끔찍한 악몽과 같다. 마취과뿐 아니라, 응급 동반수술(co-op)을 해야 하는 다른 과들도 마찬가지로 쉽지 않다. 한밤중에 급하게 달려와야 하고, 상태가 좋지 않은 중증외상 환자를 받아야 하니, 협력하는 입장에서도 쉽지 않았을 것이다. 간호사들도 부담이 컸으리라.

결국 어떤 이들은 속으로 이렇게 생각했을 수 있다.

"이국종만 아니었다면, 우리가 이렇게 고생하진 않았을 텐데."

"고생은 본인이 한다지만, 왜 우리가 이런 고생까지 해야 하지?"

이런 마음이 누적되다 보면 갈등은 커질 수밖에 없다. 만약 이국종 교수가 더 적극적으로 동료들에게 **"여러분들 덕택에 제가 여기 있을 수 있습니다. 정말 감사합니다"**라고 감사를 표했다면 조금은 나았을지도 모른다. 사람은 언제나 이성적이기보다 감정적인 존재이기 때문이다.

그러나 책이나 인터뷰 등에서 그는 소속 병원인 아주대학교병원에 대해서도 맹렬히 비판했다. 나는 관련 글을 읽는 내내 **"이 정도로 폭로해도 되나?"** 싶어 마음이 조마조마했다.

결과적으로 『골든아워』 덕분에 이국종 교수는 국민적 지지와 응원을 얻었지만, 병원과 조직 내에서는 적을 늘리고 적대감을 키웠다. 아군과 적을 동시에 얻은 셈이다.

아주대학교병원 측에서는 **"공은 홀로 챙기고 실은 전부 병원과 사회에 던져놓는다"**라며 이국종 교수를 못마땅하게 여길 수도 있다. 그런 감정이 쌓이고 쌓여 결국 문제가 폭발한 것이라는 추측도 가능하다.

"행사 주최로 경기도가 올라와 있고, 아주대학교의료원은 행사 주관에서 빠져 있자 의료원장이 불쾌감을 드러냅니다."
(아주대학교의료원장)

"행사 지원만 해드리고 저를 포함해 우리(의료진)는 참석하지 말아야겠네. 우리 행사가 아닌데." (아주대학교의료원장)

"150명 올라가서 누구 하나 떨어져 죽으면 누가 책임져요? 경기도 책임이죠 그거는? 우리 책임 아니에요, 우리 행사 아니니까."
(아주대학교병원장)

"지금 민원이 폭주하고 있어요. 저한테도 직접 연락이 오는데, 요즘 민원 들어오면 반드시 답을 해야 돼요. 그래서 저희가 답안을 어떻게 만들까 고민 중입니다." (아주대학교병원장)

병원과 이국종 교수의 갈등에는 또 다른 이유가 있다. 보건복지부 의뢰로 한국보건산업진흥원이 2018년에 작성한 '손익현황 분석 연구'에 따르면, 2017년 아주대병원 권역외상센터의 연 매출은 210억 원이었지만 지출이 310억 원에 달해 99억 원의 손실을 봤다고 한다. 매출이 210억 원인데 99억 원의 적자가 났으니, 일반 기업이었다면 이미 망했을 상황이다. 전국적으로 유명해 환자가 몰리는 권역외상센터가 적자라니, 말이 안 되는 것 같지만 정부가 수술 및 치료비를 낮게 책정해 놓았기에 생긴 결과다. 이국종 교수가 『골든아워』에서 지적한 대로, 외상수술을 하면 할수록 병원은 더 손해를 본다.

수많은 정치인이 병원을 찾고 이국종 교수와 사진을 찍으며 **"정책적으로 지원하겠다"**라고 강조하지만, 국고보조금을 감안하더라도 매년 60억 원의 적자가 이어진다. 이국종 교수는 왜 병실이 남아도는데 중증외상 환자를 못 받게 하느냐고 병원을 비판한다. 그러나 병원 입장에서는 일반 환자를 받으면 그나마 0.3% 이익이 생기지만, 외상센터 환자를 받으면 -24% 손해가 발생한다. 당연히 병원 경영진으로선 환자를 많이 받을수록 적자가 커지는 중증외상 환자를 달가워하지 않을 수밖에 없다. 이국종 교수는 병원이 빈 병상이 있어도 외상센터에 내주지 않는 걸 답답해하고, 병원 측은 환자를 볼수록 적자가 커진다고 하소연한다.

정부도 이 문제를 모르는 건 아니다. 연구보고서는 다음과 같이 말한다.

1. 3개 병원 외상센터 평균 손익률은 −23.0%로 해당 병원의 100병상 입원부문 손익률 −1.9%에 비해 손실이 매우 큰 것으로 분석됨. 일반환자 진료를 통해 얻는 수익성보다 외상환자 진료를 통해 얻는 수익성이 낮기

때문에 장기적으로 볼 때 병원은 외상센터에 대한 투자를 기피할 수 있음.

2. 손익분기점 분석 결과, 아주대의 경우 현재 환자수보다 34% 증가되어야만 손익의 균형을 맞출 수 있는 것으로 분석됨.

하지만 정부는 돈을 들여 보고서까지 써놓고 아무런 대책을 내놓지 않았다. 결국 비정상적인 제도 탓에 병원장도 이국종 교수도 피해자가 되고, 가장 큰 피해자는 '골든아워'를 놓쳐 제때 수술받지 못하고 방황하다 사망하는 환자들이다.

그렇다면 이런 비정상적인 수가 체계에서 과연 누가 이득을 볼까? 먼저 일부 정치인이나 고위 행정직이 이득을 본다. 중증외상 환자 1명에게 1억 원을 쓰는 것보다, 200명에게 50만 원씩(예: MRI 급여화 등) 혜택을 주는 편이 표나 인기를 얻기 훨씬 쉽기 때문이다. 우파든 좌파든 이 기조는 크게 다르지 않다. 결과적으로 중증외상 환자의 생명은 값싸게 취급되고, 정치인들은 이 문제에 직접 책임을 지지 않는다. 가끔 이슈가 될 때면 유명한 '이국종'을 찾아가 한 장 사진을 찍고 **"지원하겠다"**라는 말 한마디로 끝내기 일쑤다.

또 하나는 현실을 잘 모르는 다수의 국민이다. 병원을 자주 이용하면서 본인부담이 적다고 느끼면 당장 기분은 좋다. 중증외상 환자가 자신과는 별 상관이 없을 거라는 생각 때문이기도 하다. 하지만 이러한 제도가 지속되면 누가 피해를 보게 될까? 가장 큰 피해자는 바로 소수의 환자, 특히 중증외상 환자들이다. 이들은 정말 도움이 절실한데도 정작 적절한 치료를 받을 병원을 찾지 못해 떠돌다 사망하기도 한다. 경제적으로 어렵고 사회적 영향력이 적은 이들에게 그 피해가 더 심각하다. 반면 고위 관료나 권력자들은 병원에서도 VIP 대우를 받는다.

권역외상센터가 있는 병원과 그곳에서 일하는 의료진 또한 큰 피해를 본다. 말 그대로 사명감 하나로 버티지만, 수익은커녕 적자만 누적되고, 병원 측에서도 환영받기 어렵다. 결국 이러지도 저러지도 못하는 상황에서 현장을 떠나버리는 인력들이 늘어나게 된다.

그렇다면 이런 권역외상센터 문제를 어떻게 해결할 수 있을까? 하나의 방법은 보조금을 늘리는 것이다. 그러나 보조금은 정치인과 공무원의 '칼자루'가 되어, 병원들이 중증외상 환자를 돌보는 것보다 권력자의 비위를 맞추느라 더 애를 쓰게 된다. 국가가 직접 운영하는 방식도 있지만, 막대한 적자를 감수해야 하고 현재 국공립 의료원의 형편을 보면 제대로 운영될지 의문이 든다. 또 다른 방법으로는 수가를 시장에 맡기는 방법이 있다. 그러면 가격 폭등이 불 보듯 뻔하고, '빅5' 병원들이 첨단 기술로 경쟁해 아예 119보다 병원 헬기가 먼저 갈 수도 있겠지만, 환자 1명당 병원비가 수천만~수억 원에 이를 수 있다. 결국 진료비 수가를 적절히 인상하는 방법이 남지만, 정치인들이 표와 인기가 떨어질까 봐 세금 인상을 기피하기 때문에 현실화 가능성이 작다.

결국 개인 차원에서는 **"절대로 크게 다치지 말라"**라는, 웃지도 못할 결론에 도달한다. 지금의 의료 체계 안에서는 누군가 크게 다쳤을 때 마땅히 받아줄 병원을 찾기가 결코 쉬운 일이 아니다.

덧붙이는 이야기

2025년, 이국종 교수를 모티브로 한 드라마 〈중증외상센터〉가 인기를 끌었다. 그러나 정작 2025년 외상학 전문의 자격 갱신 대상 58명 중 80%에 해당하는 46명이 갱신을 포기했다. 이는 수많은 의사가 현실적 한계와 절망을 느끼고, 어렵게 배운 의술을 포기했다는 뜻이다. 46명이 느낀 참담함은 얼마나 클까. 국민은 드라마를 보며 짜릿한 희열을 느끼지만, 의사는 현실에서 좌절한다. 환상이 달콤할수록 현실은 비참하다.

8

시한폭탄과
응급실 의사

그는 이미 시한폭탄이었다. 43세 남자 환자로 콩팥이 망가질 대로
망가져서 조만간 혈액 투석을 시작해야 하는 말기 신부전이었다.
콩팥은 단순한 여과 장치가 아니다. 산과 염기 균형을 맞추고,
전해질을 교정하며, 독소를 배출한다. 콩팥이 망가지면 전해질
이상과 대사성 산증이 생기고, 부정맥으로 인한 급사의 위험이
높아지며, 감염에도 취약해진다. 보통 사람의 사망 원인은 1위가 암,
2위가 심장 질환이지만, 말기 신부전 환자는 1위가 심장 질환, 2위가
감염이 되는 이유다.

　　그는 일주일 전부터 하루 열 차례 설사를 했다. 응급실에
도착했을 때 체온은 40도였고, 호흡은 분당 38회로 이미 전신 감염이
심각한 수준이었다. 패혈성 쇼크였다. 패혈성 쇼크의 사망률은
25~50%에 이른다. 게다가 일주일 동안의 잦은 설사로 저혈량
쇼크까지 동반된 상태였고, 이틀 전에는 호흡 곤란 증상까지 있었다.

폐렴이나 말기 신부전으로 인한 요독증, 폐 부종까지 의심되는
상황이었다.

언론은 그가 '걸어서 들어왔다'고 보도했다. 그러나 그것은
사실의 일부일 뿐이었다. 실제로는 의식 저하와 호흡 곤란 상태였고,
그의 몸은 이미 무너지고 있었다. 말기 신부전으로 면역이 떨어진
데다, 대사성 산증과 전해질 이상, 심각한 탈수, 전신 감염으로 인한
패혈성 쇼크까지 겹쳐 있었다. 언제 터질지 모르는 시한폭탄과
같았다.

이런 환자가 오면 의사에게는 쉴 틈이 없다. 이미 의식
저하와 호흡 곤란이 왔으니 기관삽관과 인공호흡기 설정이 급하고,
중심정맥관 삽입과 수액 투여, 항생제 투여, 전해질 및 산-염기
교정, 응급 혈액 투석 준비까지 동시에 진행해야 한다. 마치 전장의
지휘관처럼, 그는 동시에 여러 전선을 지휘해야 했다. 기관삽관,
인공호흡기, 중심정맥관, 항생제, 수액, 투석 준비… 수백 가지
오더를 실시간으로 내리고 결과에 따라 즉각 대응해야 했다. 의사는
기관삽관에 성공했다. 그리고 기관삽관을 마친 지 15분 만에 심장이
멎었다. 잘 모르는 사람이라면 기관삽관이 잘못되어 호흡부전으로
심장이 멎었다고 생각하기 쉽다. 실제로 변호사와 환자 보호자는
이를 문제 삼았지만, 법원은 이 부분에 대해서는 의료진의 과실이
없다고 판단했다.

기관삽관은 단순히 관을 기도로 넣은 것으로 끝나지 않는다.
호흡수, 산소량, 압력 등을 맞춰야 하고, 몸에는 각종 줄을 연결해

환자의 상태를 주시해야 한다. 그러는 상황 속에 갑자기 폭탄이
터졌다.

패혈성 쇼크만으로도 사망률이 20~50%에 이른다. 여기에
말기 신부전까지 겹쳤다면 사망률은 50% 이상일 수도 있다.
시한폭탄이 얽힌 형국이다. 패혈성 쇼크는 혈관 투과성을 증가시켜
혈액이 빠져나가고, 저혈량 쇼크는 이를 더욱 악화시키며, 말기
신부전은 면역을 떨어뜨려 쇼크를 더 심각하게 만든다. 전해질
이상과 대사성 산증이 부정맥을 유발해 심정지 확률을 높인다.

의료진의 심폐소생술로 환자의 심박동을 되살렸지만, 환자는
식물인간 상태가 되었다. 보호자는 13억 원을 요구했고, 법원은 5억
7,000만 원을 배상하라고 판결했다.

영화 속 시한폭탄은 선 하나만 잘라 내면 되지만, 의학은
다르다. 기관삽관, 항생제, 전해질 교정, 수액 투여와 혈액 투석 등
하루에도 수백 가지 처치를 해야 하고, 중환자실에서 몇 주간 사투를
벌여야 겨우 살릴 수 있다. 그러나 이런 폭탄이 어떻게 터지는지
모르는 사람들은 **"왜 멀쩡했던 환자가 갑자기 죽었느냐?"**라며 따지고
든다. 그리고 법원은 폭탄을 만든 사람이 아니라, 완벽하게 해체하지
못한 의사를 처벌한다. 결국 시한폭탄의 타이머조차 확인이 안 되는
위험천만한 환자를 맡지 않는 것, 그게 의사의 최선이 되어버렸다.
폭탄이 터지면 의사 역시 '같이 죽을' 수밖에 없기 때문이다.

이번 판결을 내린 판사와 **"멀쩡하게 걸어 들어온 환자가
식물인간이 됐다"**라는 기사를 쓴 기자는, 폭발물 처리반과 같았던

의사들마저 날려버렸다. 이제 남은 것은 시한폭탄뿐이다. 이를 해체할 의사는 없다. 조만간 시한폭탄들이 이곳저곳에서 터져 나가기 시작할 것이다.

9

저거 하나 빼줄
의사가 없다

누구나 한 번쯤 코피를 흘린다. 코를 풀다가, 자다가, 혹은 아무 이유 없이. 대부분은 금세 멈춘다. 코 앞쪽 혈관이 터지는 '전방 비출혈'로, 간단히 지혈이 가능하다. 하지만 어떤 코피는 그렇지 않다. 응급실 의사들이 '터지기 직전의 폭탄'이라 부르는, 그런 코피도 있다.

　　코피가 잘 멎지 않는 경우는, 코 안쪽 깊숙한 곳의 혈관에 문제가 생기는 '후방 비출혈'이다. 대체로 고령 환자이며, 고혈압이 있거나 항응고제 등을 복용 중인 경우가 흔하다. 후방 비출혈은 전방 비출혈에 비해 혈관이 크고, 코 안쪽 깊숙이 위치해 치료가 훨씬 어렵다. 어렵게 지혈에 성공해도 재출혈 위험이 높아, 심지어 이비인후과 전문의라도 꺼리게 된다.

　　○○ 병원 응급실로 코피를 흘리는 환자가 왔다. 70대 여성으로 심장 문제로 피를 묽게 만드는 약(항응고제)을 먹고 있었다. ○○ 병원에 이비인후과 의사가 없어, 응급실 의사는 일단

콧속에 지혈 튜브를 넣어 출혈을 막은 뒤, 다음 날 다른 병원의 이비인후과에서 지혈 튜브를 제거하고 이상이 없는지 확인하라고 안내했다.

다음 날 환자는 코피가 멈추지 않아서가 아니라, 지혈 튜브를 제거해 줄 병원을 찾지 못해 낮에 다시 응급실을 찾았다. 이비인후과 의원을 세 곳을 방문했으나, 모두 **"지혈 튜브를 빼다가 후방 비출혈이 재발하면 감당하기 어렵다"**라며 제거를 거부했다. 결국 환자는 처음 지혈 튜브를 넣어준 병원의 응급실로 되돌아왔다.

실제로 이비인후과에서 단순히 지혈 튜브를 제거하면 '비내이물제거술' 수가인 1만 3,810원만 받을 수 있다. 환자가 피를 묽게 만드는 약을 복용 중이어서 재출혈 위험이 크고, 앞서 언급한 후방 비출혈 가능성도 높다. 설령 10여 분간 노력 끝에 지혈에 성공해도 '비출혈지혈법' 수가는 3만 2,140원에 불과하다.

더 큰 문제는 법적 책임이다. 고령 환자, 항응고제 복용, 후방 비출혈이 겹치면 의사에겐 그야말로 '폭탄'이 될 수 있다. 후방 비출혈은 코 뒤쪽에서 출혈이 일어나 목으로 피가 넘어가기 쉬워, 흡인성 폐렴이나 호흡곤란을 일으킬 수도 있다. 만약 단순 패킹으로 지혈에 실패하면 내시경 결찰술이나 동맥 결찰술, 동맥 색전술 등을 시도해야 하는데, 이 과정에서도 실패할 수도 있고 부작용 위험이 있다.

더구나 만약 지혈을 위해 항응고제를 중단했다가 뇌경색이나 심근경색이 생기면 의사는 소송을 피하기 어렵다. 실제로 맹장염

수술 전 항응고제를 끊었는데 환자에게 뇌경색이 발병하자, 법원이 의사에게 1억 1,000만 원을 배상하라고 판결한 사례가 있다. 맹장염처럼 수술하지 않으면 생명에 지장이 있는 질환도 이런데, '코피' 때문에 항응고제를 끊었다가 뇌경색이나 심근경색이라도 생긴다면 수억, 어쩌면 수십 억 원대의 배상 책임을 질 수도 있다. 귀지를 제거하다 피가 났다는 이유로 보호자가 2,000만 원을 청구하며 소송을 거는 게 한국의 현실이다.

이런 사정을 잘 아는 이비인후과 의사 입장에서는, 이른바 '폭탄'인 지혈 튜브를 건드리지 않는 게 최선일 수밖에 없다. 그래서 이비인후과 의원 세 곳이 모두 지혈 튜브 제거를 거부했고, 환자는 돌고 돌아 처음 지혈 튜브를 꽂아준 병원의 응급실로 올 수밖에 없었다.

사실 가장 안전한 선택은 처음부터 이런 환자를 보지 않는 것이다. 하지만 응급실 의사는 환자를 봤고, 지혈 튜브를 넣었으며, 그 '죄'로 결국 다시 튜브를 빼야 하는 상황에 놓였다. 정부는 낮은 수가를 정해놓고, 법원은 언제든 터질 '폭탄'을 키웠다. 이런 이유로 생명과 직결된 바이탈과와 필수과가 몰락한다. 이번에 애써 환자를 돌본 응급실 의사는 똑같은 상황이 오면 또 환자를 보려 할까? 당신이라는 어떻겠는가? 누가 헐값에 자기 목숨까지 담보로 폭탄을 제거하려 하겠는가?

"개인의 선의에 바탕을 둔 정책은 유지될 수 없다."

이건 내가 한 말이 아니다. 유명 유튜버가 한 말이다.

의사라면 바이탈과 대신 비(非)바이탈로 가는 게 정답일 수밖에 없다. High Risk, Law Return. And Then There Were None. (하이 리스크, 로우(법적) 리턴. 그리고 아무도 없었다.)

10

낙수 의사

2024년 2월, 바이탈과 부족 현상과 지방 의료 기피에 대한
해결책으로 의대 정원을 2,000명 증원을 발표했다. 필수 의료
분야에서 일하는 '바이탈(생명) 의사'라는 말은 사람을 살린다는
사명감과 자부심을 함축한다. 비록 상대적으로 소득이 적고 업무
강도가 높지만, '바이탈 의사'라는 칭호는 의사들 사이에서도 존경의
의미를 담고 있다. 그러나 '하이 리스크, 로우 리턴' 구조 탓에 이런
의사들은 점점 줄어들고 있다. 정부 대책은 단순하다. 의사를 많이
뽑으면 경쟁에서 밀려난 의사들이 울며 겨자 먹기로 바이탈과를
선택하리라는 '낙수 효과'를 기대하는 것이다. 문제는 의사 수만
늘어난다고 필수 의료 문제가 해결되지는 않는다는 점이다.

　　이 상황에서, 한때 리오넬 메시와 함께 최고의 라이벌이었던
크리스티아누 호날두가 떠올랐다. 2023년 초 호날두가 사우디
리그의 알 나스르로 이적했을 때 많은 팬들이 비난했다. 축구

리그에는 분명 서열이 있다. 흔히 '5대 리그'라 부르는 잉글랜드의 프리미어 리그, 스페인의 라리가, 독일의 분데스리가, 이탈리아의 세리에, 프랑스의 리그 1은 세계 최고 무대로 꼽힌다. 이들 '빅 리그'에는 명문 구단들이 모여 있다.

호날두는 맨체스터 유나이티드, 레알 마드리드, 유벤투스 등 최고의 리그, 최고의 팀에서 뛰었던 선수다. 그런데 2부도 아닌 3부 수준으로 평가받는 사우디 리그로 이적하며 연봉 2억 유로(약 2,849억 원)를 받았다. 돈 때문이었다. 이전에 이탈리아에서 받던 연봉 4,932만 파운드(약 738억 원)보다 약 4배 높아졌다. 많은 팬과 축구 관계자들이 그를 비난했지만, 2,849억 원이라는 거액은 누구라도 고민하게 만들 만한 액수였다.

나는 소위 '호날두 사태'를 보며 다른 의문도 생겼다. 현재 전성기인 손흥민 같은 선수는 왜 사우디나 중국으로 가지 않을까. 현재 연봉의 3배 이상은 받을 수 있을 텐데도 말이다. 이유는 간단하다. 최고 리그에서 뛴다는 자부심 때문이다. 정상급 선수들은 최고의 무대에서 경쟁하는 것을 명예로 여긴다. 이는 단순히 돈으로 환산할 수 없는 자부심이라는 가치다.

특정 팀이 최고의 선수를 영입하려면 세 가지 방법이 있다.

첫째, 엄청난 자금을 투입한다. 2000년대 초 레알 마드리드는 천문학적인 비용을 들여 최고의 선수들을 영입했다. 일명 '갈락티코(Galáctico)', 은하수라는 별칭이 붙을 만큼 브라질의 호나우두, 라울, 지네딘 지단, 데이비드 베컴, 루이스 피구, 호베르투

카를루스, 이케르 카시야스 같은 걸출한 선수들을 모두 모아 한 시대를 풍미했다.

"가장 비싼 선수가 실제로는 가장 싼 선수다."

당시 레알 마드리드 페레스 회장의 말이었다. 이렇게 최고의 선수들을 모아 명문 구단이 되었다.

레알 마드리드의 라이벌인 FC 바르셀로나는 전혀 다른 전략을 썼다. 자체 유소년 시스템인 '라 마시아(La Masia)'를 통해 리오넬 메시, 사비, 안드레스 이니에스타 같은 선수들을 키워냈다. 훌륭한 교육 시스템 속에서 성장한 이들은 바르셀로나를 최고의 팀으로 만들었다.

"라 마시아를 거친 선수는 다른 선수들과 뭔가 다릅니다. 어릴 때부터 바르셀로나 셔츠를 입고 경쟁했기 때문이죠."

전 바르셀로나 감독인 펩 과르디올라의 말이다. 바르셀로나는 '교육'으로 최고의 팀을 만들었다. 돈이든 교육이든 최고의 클럽이 되면, 그곳에 몸담는 것 자체가 선수들에게 엄청난 자부심이 되기에 세계 최고 선수들이 몰려들고, 이는 다시 선순환을 낳는다.

결국 최고의 선수들을 모으려면, 첫째 천문학적 투자를 하거나, 둘째 훌륭한 교육 시스템을 구축하거나, 셋째 팀 자체가 최고의 위상과 자부심을 제공해야 한다.

하지만 필수 의료를 살리겠다며 정부가 해온 정책은 정반대였다. 여느 나라와도 비교 불가능한 낮은 수가 정책에,

자부심 대신 작은 실수나 나쁜 결과가 생기면 형사·민사소송으로 '범죄자'가 되어버리는 구조다. 그 결과 소아과 같은 바이탈과 레지던트 지원율이 급감했다. 예컨대 2017년 113.2%, 2018년 113.6%, 2019년 101.0%로 경쟁을 보이던 소아과 레지던트 지원율은 '이대목동병원 신생아 사망 사건' 이후 2020년 78.5%, 2021년 37.3%, 2022년 27.3%, 2023년 15.9%로 떨어졌다. 실제 국내 의사의 기소 건수는 일본 대비 14.7배, 영국 대비 580배라는 통계도 있다. 여기에 정부는 갑자기 의대 정원을 2,000명 늘리겠다고 하면서, 이들을 '낙수 의사'로 만들어 바이탈과로 몰아넣으려 한다. 말이 참 씁쓸하다. 바이탈 의사들 사이에서는 **"우리가 돈이 없지, 가오가 없냐!"**라는 농담이 있을 정도인데, 지금 정부 정책은 바이탈 의사를 '낙수 의사'로 전락시켜, 의사 가슴에 가오 대신 낙오를 찍은 것이다. 심지어 의대 교육을 책상 몇 개만 놓으면 되는 것처럼 여겨 어떤 준비도 없이 정책을 밀어 붙여 미래 교육마저 망쳐버렸다.

필수과를 살리려면 결국 거부할 수 없는 보상을 마련하거나, 해당 과에 대한 자부심을 심어주거나, 탄탄한 교육 시스템으로 훌륭한 의사를 키워내야 한다. 사실 돈은 리그가 1부나 2부일 때 투입해야 효과가 있지, 3부 리그 수준에서는 아무리 많은 돈을 쏟아부어도 한계가 있다. 중국 축구는 오래전부터 천문학적 투자를 했지만 결과는 부진했다. 사명감 없이 돈만 보고 온 선수들은 최선을 다하지 않았고, 이른바 '먹튀'가 속출했다. 필수 의료를 살리겠다며 필수과를 '낙수과'로 만들어 버린 지금, 돈으로도 해결이 어려워졌다.

게다가 대다수 환자는 어느 병원에서든 최고의 의사에게
최고의 진료와 수술을 받길 원한다. 모두가 서울로 몰리는 이유다.
설령 정부 뜻대로 '낙수 효과'가 작용해 지방에 '낙수 의사'가
생긴다 쳐도, 본인이나 가족이 암에 걸렸을 때 누가 **"경쟁에서 밀려
지방으로 간 '낙수 의사'에게 맡기자"**라고 할까? 아무도 그러지 않는다.
애초부터 실패가 예정된 정책이다.

결국 필수 의료를 살리려면, 그 분야를 '명문 구단'으로
만들고 최고의 의사들이 자발적으로 찾아오도록 해야 한다. 낙오가
아니라 가오가 살아야, 명예와 자부심이 살고, 생명도 산다.

11

환자의
진정한 인권

응급실에서는 의식(意識) 여부로 환자의 중증도를 판단한다. 대게 의식이 없으면 중환, 의식이 있으면 경환으로 분류한다. 그러나 정신과에서는 이와 달리 병식(病識), 즉 본인이 아프거나 이상하다는 사실을 자각하는지를 기준으로 중증도를 판단할 수 있다.

병식이 있는 환자는 자신이 불안·우울·강박 등으로 어려움을 겪고 있음을 스스로 인지하며, 치료받으려 한다. 이를 신경증 혹은 비정신증성 정신질환이라 부르고, 불안 장애, 공포증, 우울증, 외상 후 스트레스 장애(PTSD) 등이 이에 속한다. 반면, 병식이 없는 경우는 정신증으로 분류한다. 심한 망상이나 환각을 겪는 정신증 환자는 자신이 아프다는 사실을 전혀 받아들이지 못한다. 그만큼 환청이나 환각이 생생하고, 피해망상이나 관계망상("**누군가 나를 해치려 한다**" "**타인들이 내 생각을 읽고 있다**")이 심각해 폭력적 행동까지 유발되기도 한다. 대표적으로 조현병이나 마약 중독 금단 증상이

이에 해당한다. 정신증 환자는 병식이 없으므로 스스로 병원을 찾는 일이 거의 없다.

의식이 없는 환자가 119를 통해 응급실로 이송되듯, 병식이 없는 정신증 환자도 대개 가족이나 주변인에 의해, 혹은 이상 행동으로 경찰·119를 통해 병원에 오게 된다. 따라서 정신과에서 '병식 유무'는 단순 중증도를 넘어 예후에도 깊이 영향을 미친다.

2016년 5월, 의정부지방검찰청은 정신병원 16곳을 압수수색하고, 정신과 의사 53명을 기소했다. **"강제입원 절차를 위반했다"**라는 것이 검찰 측 주장이다. 공교롭게도 한 달 전, 〈날, 보러와요〉라는 영화가 개봉했는데, 정상인이 가족 문제 등으로 정신병자 취급을 받아 강제 입원되는 내용을 다뤘다. 이 영화는 박스오피스 1위를 차지하며 큰 이슈가 됐고, 그러한 사회 분위기에 편승해 검찰은 '인권' 명목으로 대규모 수사에 돌입했다. 정치인과 언론도 선정적 보도로 가세해, **"3년 이상 환자를 가둔 곳도… 검찰, 정신병원 대규모 수사"** 같은 기사가 쏟아졌다.

그러나 검찰이 내세운 핵심은 사실상 행정 절차상의 문제였다. 강제입원을 하려면 보호자 동의와 가족관계증명서가 필요한데, 주로 환자의 상태가 악화되는 시간대가 주로 밤이거나 주말이었다. 인터넷으로 서류를 뗄 수 있다지만, 보호자가 고령이거나 공인인증서 사용이 어려운 경우가 많았다. 결국 병원들은 **"선(先) 입원, 후(後) 서류"** 방식으로 환자를 먼저 입원시키고 다음 날 서류를 보완하는 식으로 대처했다. 검찰은 이를 위법이라며,

반국가 단체 수사하듯 정신병원들을 압수수색하고 의사들을
기소했다.

이 소송은 3년이나 걸렸고, 2019년 대법원은 결국 모든
정신과 의사에게 무죄를 선고했다.

하지만 그사이 언론·여론·정치권이 한목소리로 '인권'을
외쳤고, 국회는 졸속으로 법 개정을 추진했다. 2017년 5월, 이른바
정신건강복지법이 신설되면서 강제입원에 관한 규정이 크게
바뀌었다. 주요 내용은 다음과 같다.

1. 강제입원 시 보호자 동의가 기존 1인에서 2인 이상으로
   늘어남.
2. 계속 입원이 필요할 경우, 서로 다른 기관에 속한 정신과
   의사 2인의 일치된 소견 필요.

정신과 의사들은 즉시 반대했다. 중증 정신질환자, 특히
조현병 환자는 가족관계가 파탄난 경우가 흔해 보호자 2명을 쉽게
찾기 어렵다. 또 **"서로 다른 기관에 속한 정신과 의사 2인의 일치된
소견"**이라는 조건도 현실성이 떨어진다.

그럼에도 불구하고 현장 의견은 무시됐다. 법이 개정되자
병식이 없는 환자의 입원은 거의 불가능해졌고, 병원은 법적
사고를 피하기 위해 정신과 병동을 축소했다. 결과적으로는 '제대로
치료받아야 할 환자들'이 입원을 못 해 사회로 방치됐다. 그 여파는
참혹했다.

- 2016년 강남역 살인 사건: 조현병 진단 후 치료 중단

- 2019년 진주 아파트 방화 살인 사건: 가족이 입원시키려 했으나 실패
- 2023년 대전 고교 교사 피습 사건: 조현병 진단 후 치료 중단
- 2023년 분당 서현역 흉기 난동 사건: 2015~2020년 정신과 치료 및 투약 중단

정신과 환자의 강제입원 문제는 단순 행정 절차가 아니다. 지금 필요한 것은 국가의 적극적 돌봄이지만, 현실은 정부가 병식 없는 환자를 '인권'이라는 이름 아래 치료를 가로막고 방임하고 있다. 환자의 진정한 인권은 치료다. 정부는 환자의 인권을 지켜주고 보호해야 한다.

12

고속철도와
골든아워

KTX를 처음 탔을 때, 나는 두 번 놀랐다.

첫 번째는 속도. 시속 300킬로미터에 도달하자 창밖 풍경이 면이 아니라 선처럼 스쳐 갔다.

두 번째는 역 이름. 천안, 대전은 익숙했지만 오송? 처음 듣는 이름이었다.

"이 도시에 KTX가 꼭 서야 하나?" 싶은 의문이 들었다.

KTX는 애초 서울과 부산을 1시간 40분, 즉 100분 안에 주파하도록 설계되었다. 하지만 어느 순간부터 역이 하나둘 늘어나고, 정차 횟수도 많아졌다. 역이 늘어날수록, 정차하지 않더라도 안전상의 이유로 속도를 줄여야 하기에 결국 시간은 늘어났다. 계획과 달리 '2시간 이내'는커녕, 2024년 2월 20일 기준 최소 2시간 24분에서 최장 3시간 23분이나 소요된다. 1시간대 주파는 이미 꿈도 못 꾸는 일이 됐고, 평균 3시간대에 달할 정도로 고속열차라는 말이 무색해졌다.

이처럼 원래의 설계와 달리 역들이 점점 늘어난 이유는 모두가 잘 안다. 지역 주민들이 자기 지역에 역을 만들어 달라고 요구했고, 지방자치단체장과 정치인이 발벗고 나선 결과다. KTX는 '고속'의 의미가 희미해졌다. 소수는 이익을 보고, 다수는 손해를 입는 상황이 되었다. 심지어 대구와 부산 사이에도 밀양·구포에 이어 물금역까지 생길 예정이니, 더 느려질 일만 남았다. 기차는 느려져도 사람은 죽지 않는다. 하지만 '골든아워'를 다투는 외상센터라면 얘기가 다르다. 이국종 교수는 이미 2005년 「중증 외상센터 설립 방안」이라는 논문에서 다음과 같은 것들이 필요하다고 주장했다.

1. 최소 4곳의 대수술실과 2곳의 소수술실
2. 40병상의 중환자실, 120병상의 일반 전용 병상
3. 최소 7명 이상의 외상외과 전문의, 외상외과 전문의 1인당 연간 35명의 입원 환자

그는 예전부터 **"중증외상센터는 환자와 의료진을 집중 배치하여 규모의 경제를 이뤄야 한다"**라고 강조해 왔다. 그러나 일명 '이국종법'이 만들어지면서, 정작 그의 의견과는 전혀 다르게 흐르고 말았다. 이국종 교수를 포함해 대부분의 전문가들이 **"소규모로 분산된 외상센터는 환자 집중 수용이 불가능하다"**라고 반대했지만, 실제 정책에서는 반영되지 않았다.

결국 권역외상센터는 전문가의 의견이었던 대략 5개 정도의

대형센터 대신 정치 논리에 따라 전국에 크고 작은 16개가 세워졌다.
그 기준은 다음과 같다.

> 1. 최소 2곳의 대수술실
>
> 2. 20병상의 중환자실, 40병상의 일반 전용 병상
>
> 3. 전담 전문의로 외과·흉부외과·정형외과·신경외과
>   각 1명 이상, 겸임 가능 응급의학과 전문의 1명 이상,
>   마취과·영상의학과 전문의 각 1명 이상 총 7명

규모나 인력 면에서 대폭 축소되었다. '이국종법' 안에 정작
이국종은 없었다. 권역외상센터는 전문가 견해 대신 정치인들의
이권만 가득했다. 선한 의도로도 성공 여부가 불투명한데,
욕심이 더해지니 실패는 처음부터 예정된 길이었다. 실제로
권역외상센터에서는 예상된 문제가 터져 나왔다.

인지도가 높은 아주대학교 권역외상센터는 환자가
넘쳐났지만 인력이 부족했다. 반대로 지방의 일부 외상센터는 환자
자체가 적었다. 게다가 외상 치료 수가는 워낙 낮아, 환자가 많아도
적자, 없어도 적자인 상황이 발생했다. 환자가 몰린 아주대병원은
적자 때문에 병상 확충 요구(이국종 교수의 요구)를 거절했고, 반대로
환자가 적은 원광대병원은 전담 의사들에게 규정에 어긋나게 일반
환자도 보도록 지시했다. 이에 외상센터 전담 의사들이 반발해
2020년 원광대 외상전문의 7명 전원 사표라는 파국이 일어났다.

2023년 6월 현재, 원광대 권역외상센터 전담 의사는
외상외과, 신경외과, 정형외과, 응급의학과 총 4명에 불과하다.

이국종 교수가 말했던 **"최소 7명 이상의 외상외과 전문의"**는커녕,
외상외과 의사가 단 1명뿐인 셈이다. 그 혼자 365일 24시간 복부
외상을 책임져야 한다. 신경외과·정형외과 의사 등도 마찬가지로
각각 1명씩이라, 누군가 병가나 휴가·학회를 가면 외상 환자를 아예
볼 수 없다. 복부 외상 환자를 1명 수술하는 동안 다른 복부 환자가
오면 수용이 불가능하다. 사실상 처음부터 규모가 잘못 설계된 탓에
365일 24시간 상시 진료가 힘들어졌고, 혼자서 모든 걸 감당해야
하는 의료진은 엄청난 피로도와 압박에 시달린다. 병원 입장에서도
적자가 누적되니 전담 의사에게 일반 환자 진료까지 요구하게 되고,
의사들은 더 버티기 어려워져 모두가 사표를 쓰게 되었다.

　　이처럼 정치적 논리에 치우친 시스템의 실패가 '응급실
삥뺑이' 사태로 이어졌다. 이미 17개의 권역외상센터(그사이 또
늘어났다)가 있음에도, 70대 교통사고 노인이 이 병원 저 병원
전전하다 구급차 안에서 사망하고, 4층 높이에서 추락한 10대
여학생이 헛되이 시간을 잃다 숨지는 등 '수용 거부'가 아니라 '수용
불가' 상태가 벌어지고 있다.

　　정치적 논리로 KTX 역이 많아지면 고속열차 본연의 의미가
사라지는 것처럼, 권역외상센터를 정치적으로 남발하면 골든아워를
지켜야 할 의료 체계가 무너진다. 열차가 늦어져도 승객은 결국
목적지에 도착하지만, 골든아워를 놓친 환자는 되돌릴 수 없는
상황에 처한다.

　　그럼에도 '응급실 삥뺑이' 사태가 터지자, 잘못된 시스템을

만든 정치인들은 반성은커녕 책임을 현장의 의료진에게 돌리고 있다. 몸과 마음도 지쳐버린 의사들은 조용히 사직서를 낸다. 그렇게 의사가 떠난 텅 빈 응급실을 떠도는 건 환자뿐이다.

참고로, 2014년부터 2024년까지 10년간, 응급의학과 전문의가 2,201명에서 4,458명으로 102.5% 증가했다.

13

삼천만 원에서
삼억 원으로

'3,000만 원'이라는 금액에 의사는 몸서리를 친다.

첫째, 소위 '무과실 삼천만 원 법' 때문이다. 의사의 과실이 없어도 분만 과정에서 결과가 나쁘면, 산부인과 의사는 국가와 함께 3,000만 원을 배상해야 했다. 2023년 12월 개정으로 100% 국가가 배상하게 되었지만, 이 법은 처음부터 모순덩어리였다. 분명 의사는 과실이 없는데도 배상을 해야 했다. 거기다 '무과실 삼천만 원 법'은 의사가 과실이 없더라도 환자와 보호자는 배상을 받을 수 있기에, 결과가 나쁘면 무조건 소송을 거는 '무조건 소송법'으로 변질되었다. 결국 소송이 두려워진 산부인과 의사는 분만을 포기하는 비극이 시작되었다.

둘째, 의사가 과실이 없음에도 단순히 '설명의 의무'를 다하지 않으면, 법원이 배상하라고 하는 금액도 늘 '3,000만 원'이었다. 실제 판례(출처: https://mdmorenews.com/news/

view.php?bIdx=7612)에 따르면, 수술·경과관찰 과실은 없었으나 합병증 설명이 미흡했다고 본 법원은 3,000만 원을 배상하라고 판결했다. 의사 입장에서는 모든 약, 시술, 수술의 부작용을 일일이 다 설명하기란 불가능하다. 예를 들어, 약국이나 편의점에서도 살 수 있는 타이레놀조차 부작용 설명서가 두 장을 꽉 채운다. 하지만 결과가 나쁘면, 법원은 의료 과실이 없어도 설명이 부족했다며 3,000만 원 배상 판결을 내린다.

정부는 2025년 3월, 산부인과 무과실 배상금액을 3,000만 원에서 3억 원으로 올리겠다고 발표했다. 정부는 이를 통해 산부인과 의사의 소송 부담을 줄이겠다고 했지만, 실제로는 소송과 배상이 폭증할 가능성이 높다.

예를 들어, 분만 중 산모나 태아가 사망하거나 신생아가 뇌성마비에 걸렸다고 해보자. 의료진의 과실이 없어도 기존 3,000만 원이 아니라 3억 원을 받게 된다. 내가 환자 보호자라면, 의료진에 과실이 없더라도 3억 원을 받을 수 있기 때문에 무조건 의료분쟁위원회에 조정·중재 신청을 하려 할 것이다.

그뿐만이 아니다. 소송 과정에서 의사의 과실은 없지만, 단순히 의료진 설명이 부족했다고 하면 얼마를 배상해야 할까? 기존에는 설명 부족에 대한 배상금이 3,000만 원 수준이었지만, 이제 무과실이 3억 원이기에 설명 부족이면 3억 원에 3,000만 원을 더해 최소 3억 3,000만 원 이상이 될 게 뻔하다.

여기서 끝이 아니다. 만약 과거 손해배상 청구액이 10억 원이었을 때 10% 과실이라면 1억 원을 배상하라고 했던 것을, 이제 무과실이 3억 원으로 깔리게 되니 3억 원＋과실분 1억 원으로 최소 4억 원 이상의 배상이 이뤄질 수 있다. 게다가 무과실 기준이 3,000만 원에서 3억 원으로 올랐으니, 애초에 배상 요구 금액도 기존 10억 원이 아니라 30억 원으로 뛰어오를 가능성이 크다.

이 문제는 산부인과에만 국한되지 않는다. 산부인과 배상금이 10배 뛰면, 다른 과도 그대로 영향을 받아 배상금이 덩달아 오른다. 마치 중국집에서 3,000원 하던 짜장면이 3만 원이 되면, 4,000원 하던 간짜장은 4만 원 이상으로, 옆 식당 3,000원짜리 된장찌개도 3만 원으로 올리는 것과 다를 바 없다.

결국 '무과실 산부인과 삼억 원 법'은 '무조건 소송법'에 더해 '배상금 폭등법'이 되고 말고 말 것이다. 의사의 부담을 줄이기는커녕 오히려 10배 더 무겁게 만든다. 이는 산부인과만의 문제가 아니라 다른 바이탈과 역시 붕괴로 이어진다.

정부는 이 법이 시행되면 소송이 줄어들 거라는 장밋빛 전망을 내놨지만, 실제로는 의료 배상액만 폭등할 것이다. 다만 의료 소송 건수 자체는 줄어들 수도 있다. 왜냐하면 환자나 보호자가 소송을 걸기도 전에, 소송 걸 의사 자체가 사라질 테니까.

14

주치의 제도의
이상과 현실

친한 친구와 가족을 합하면 대략 20명 정도다. 낮이든 밤이든,
의사인 나에게 전화를 마음 놓고 할 수 있는 사람 수다. 나는 사실상
이들의 비공식적 주치의다.

네이버 지식인이나 커뮤니티에 넘쳐나는 질문이 있다.

"병원에서 ○○ 검사를 하자는데 꼭 해야 하나요?",

"○○ 치료를 하라는데 믿어도 될까요?",

"어느 병원이 잘하나요?"

나 역시 가장 자주 받는 질문이다.

사람들은 자신만의 믿을 만한 주치의가 있기를 바란다.
아프거나 궁금할 때, 언제든지 물어볼 수 있고 실력도 믿을 수 있는
의사 말이다. 그러나 냉정히 말하자면, 의사의 실력은 같은 의사라도
같은 특정과(특정 전문과) 내에서 실제 시술이나 수술 장면을 보지
않으면 평가하기 어렵다. 게다가 24시간 언제든지 상담, 나아가

진료까지 가능한 개인 주치의를 공식적으로 두고 있는 사람은 우리나라에서 대통령 정도밖에 없고, 비공식적으로는 가족이나 친한 지인이 의사인 경우뿐이다. 심지어 의사라도 자기 전공 분야가 아니면 잘 모른다.

공식적으로 주치의가 모든 국민에게 있는 나라가 있다. 대표적인 사례가 영국이다. 1948년 설립된 영국의 국가보건서비스(NHS)는 세 가지 원칙을 따른다. 첫째, 모든 이의 필요에 부응한다. 둘째, 치료 시점에 무상으로 제공한다. 셋째, 환자의 지급능력이 아니라 의료적 필요에 따라 제공한다.

하지만 아름다운 목표와 현실 사이에는 깊은 괴리가 있다.

6개월 이상 영국에 거주하는 모든 국민은 주치의(GP, General Practitioner, 일반의)에게 등록할 수 있다. 그리고 아프면 예약을 하고 주치의(일반의)를 방문한다. 심지어 진료비도 무료다. 문제는 당일 진료는커녕 '예약' 자체가 어렵다는 점이다. 국가 관점에서 주치의(일반의)의 역할은, 한 환자를 오래 깊게 봐서 맞춤 진료를 제공하려는 데 있는 것이 아니라 '관문 역할'을 하는 데 있다. 예를 들어 머리가 아파 암이나 뇌경색 등을 걱정한 환자가 신경과 전문의를 만나 MRI까지 찍어 '정상'이라는 걸 확인하고 싶어 한다고 치자. 영국에서는 진료비가 무료인지라 수요가 무한정으로 늘어날 수 있지만, 전문의와 MRI 검사는 비용이 비싸다. 그래서 주치의(일반의)가 환자 상태를 보고 '굳이' 필요하지 않다고 판단하면 전문의(Specialist)에게 보내지 않는다. 필요한 환자에 대해서만 의뢰서(referral)를 써준다. 참고로 영국에서 전문의 진료를 받으려면 몇 달이 걸리는 일도 흔하다.

결국 환자 입장에선 주치의(일반의)를 예약하는 데 2~3일, 전문의를 만나는 데 2~3개월이다. 영국에서 주치의는 환자의 건강을 오랫동안 지켜보는 '신뢰의 의사'가 아니다. 국가 재정의 '문지기' 역할에 가깝다. 영국은 주치의 제도를 통해 의료 수요와 이용을 철저히 제한한다.

"안드레아는 딸이 사망하기 전 6개월 동안 아파서 주치의(일반의)에게 스무 번이나 연락했고 네 명의 의사를 만났지만 누구도 딸의 증상을 심각하게 받아들이지 않았다고 말했다."

"자신이 알아본 내용을 주치의(일반의)에게 이야기해 검사를 받아보고 싶다고 했지만, 뇌종양에 걸리기에는 나이가 너무 어리다는 이유로 루시의 말을 무시했다."

"지난 5월에만 5~6번의 특이 증상을 보고했는데도 결국 뇌 MRI 촬영을 받을 수 없었다."

이처럼 언론에서 종종 보도되는 '말도 안 되는 오진' 사례 대다수가 영국에서 벌어진 주치의(일반의)들의 오진이다.

단순한 CT 검사로 진단이 가능한 질환조차, 주치의의 '의뢰 제한' 때문에 놓치게 되었다.

"첫째, 모든 이의 필요에 부응한다."

"둘째, 치료 시점에 무상으로 제공한다."

"셋째, 환자의 지급능력이 아니라, 의료적인 필요에 따라

| 제공한다.”

이상은 아름다웠지만, 현실은 비참했다. 그 결과 영국은
'의료 천국'이 아니라 '오진 천국'이 되어버렸다.

다만 영국에서도 돈이 있으면 이야기가 달라진다. 무료인
국가보건서비스(NHS)가 아니라, 유료 사립 클리닉(Private
Clinic)을 이용할 수 있다. 그러면 대기 시간이 거의 없고 즉시
전문의를 만날 수 있다. 결국 영국 전체 국민 중 대략 12%(가디언지
정확히는 11.8%)인 468만 명이 민간 보험을 추가로 들었는데,
세금(국가건강보험료)과 별도로 연간 수백만 원 이상 드는 민간
보험료를 내야 한다. 거기에 진료·검사·치료비도 우리나라의 10배가
넘는다.

결국 영국의 의료 현실은 '모든 이의 필요'는 '정부의 필요'로
'무상 치료'는 '무한 대기'로 '지급능력'에 따라 '차별 의료'가
제공되고 있다.

무상의료와 주치의 제도를 갖춘 스웨덴도 영국과 비슷하다.
스웨덴은 중앙정부와 광역지방정부(란드스팅, Landsting), 그리고
기초지방정부(코뮨, Kommun) 3개 단위로 구성되는데, 의료는
광역지방정부가 담당한다. 먼저 스웨덴을 6개의 의료권역으로
나누어 그 안에서만 진료를 받을 수 있기에, 우리나라처럼 지방
사람이 서울 병원에서 진료받는 일은 거의 불가능하다.

더 충격적인 것은 2010년 광역지방정부 의료 정책 목표인
0-7-90-90이다.

- 0 : 아픈 당일 간호사와 상담 및 1차 진료소 의사(주치의, 일반 의사) 예약

- 7 : 7일 이내 주치의 상담

- 90 : 90일 이내 전문의 상담

- 90 : 전문의 상담 이후 90일 이내 치료 시작

"착하게 살자"라는 목표가 실제론 인생을 나쁘게 살았음을 의미하듯, 이런 목표가 있다는 건 실제론 지키기 어렵다는 뜻이기도 하다. 즉 7일 이내 주치의를 만나지도 못하고, 90일 이내 전문의를 만나지도 못하며, 전문의를 만나도 치료까지 또 90일이 걸린다는 뜻이다.

일부 언론이 무상 의료와 공공의료, 주치의 제도를 마치 만병통치약처럼 내세우지만(결국 비용은 세금이거나 국민이 내는 의료보험료다), 현실은 영국이나 스웨덴처럼 긴 대기 시간과 의료 불평등을 낳고 있다. 오히려 한국은 **"오늘 아프면 오늘 병원에 가서 곧바로 전문의를 만나 당일 CT나 MRI, 심지어 시술이나 수술까지 가능"**하다는 점에서 세계적으로도 유례없는 의료 접근성을 지닌다. 그 결과, 전 세계 의료 만족도 1위가 한국이다.

종종 의사 수가 부족하다는 OECD 통계가 인용된다. 하지만 조금만 깊이 생각하면 이상함을 느낄 수 있다. 2022년 기준 인구 1,000명당 임상의사(한의사 제외)가 2.6명으로, OECD 평균 3.7명에 비해 3분의 2 수준이다. 그런데도 한국은 OECD 평균보다 2.6배 많은 외래 이용에 더해 당일 전문의 진료가 가능하고,

국내총생산(GDP)에서 의료비가 차지하는 비중도 OECD 평균과 비슷하다. 어떻게 이런 일이 가능할까? 국가가 강제로 정한 의료 수가가 너무 낮기 때문이다. 그 덕분에 적은 비용으로 높은 접근성을 누리는 기형적 구조가 만들어졌다. 그러나 정부와 정치인, 관료는 '세계에서 가장 싼 의료 수가'라는 이 불편한 진실은 언급하지 않고, '의대 정원 확대'나 '무상의료', '주치의 제도', '공공의료'처럼 듣기 좋은 말만 되풀이한다.

영국과 스웨덴은 주치의 제도를 도입했지만, 결과적으로는 의료 접근성은 떨어지고 의료 불평등은 심해졌다. 한국은 당일 전문의 진료가 가능한 세계적 강점을 이미 갖고 있지만, 정부는 되레 이 강점을 무너뜨리려고 한다.

결국 중요한 것은 현실적인 균형이다. 의도가 선해도 결과가 악일 수 있다. 이상이 현실에 뿌리를 두지 않는다면, 그 이상은 환상이자 망상에 불과하다.

15

입원하러
왔습니다

오래전, 추운 겨울이 막 시작되던 밤이었다. 응급실 문이 열릴
때마다, 사람과 함께 바람이 훅 밀려 들어왔다.

나는 아직 미숙한 의사였고, 환자도 추위도 모두 무서웠다.

입고 있던 하얀 가운은 두려움을 막아주지 못했다.

그래서 응급실 문이 좌우로 열릴 때마다, 추위와 긴장에 몸과
마음이 함께 떨렸다.

그날도 문이 열렸다. 찬 바람과 함께 절어버린 땀 냄새, 술
냄새가 들이쳤다. 인상을 잔뜩 찌푸린 50대 아저씨가 직접 걸어
들어왔다. 등에는 큰 검은 비닐봉지를 짊어지고 있었는데, 자신보다
더 큰 봉투였지만 그리 무거워 보이진 않았다. 냄새 때문인지, 추위
때문인지, 아니면 아저씨의 표정 때문인지, 나도 모르게 얼굴이
찌푸려졌다.

"배가 아파요."

그는 배가 아프다고 했지만, 심각해 보이지는 않았다. 문제는 배가 아니라 삶이었다. 50킬로그램 남짓한 체중에서 배어 나오는 술 냄새는 그의 최근 생활이 어떠했는지 짐작케 했다. 알코올 중독에 빠지면, 어느 순간부터 밥도 먹지 않고 하루 종일 술만 마시게 된다. 자연스레 영양 부족으로 살이 빠질 수밖에 없다. 술로만 연명하니 위가 쓰리고, 결국 몸과 마음, 생활 전부 무너져 있었을 것이다.

다행히 진찰과 혈액검사 결과는 크게 나쁘지 않았다. 상황에 따라 위내시경을 고려할 순 있겠지만, 지금 당장 급할 정도는 아니었다. 그보다는 정신병원 입원과 함께 장기간 재활 치료가 필요한 상황이었다.

"입원시켜 주세요."

"속 쓰린 건 나중에 위내시경을 해볼 수 있지만, 지금 응급으로 할 정도는 아닙니다. 검사 결과에서도 특별한 이상이 없어, 내일 아침에 오셔서 내시경을 받아보세요."

"입원하러 왔다니까요."

"입원할 정도의 상태가 아니고, 정말 입원을 원하신다면 일반 병원보다는 알코올 중독 치료를 전문으로 하는 정신병원에서 하시는 게 더 낫습니다."

하지만 내 설명에도 그는 계속 입원시켜 달라고 고집했다. 의사인 나는 단호하게 거절했다. 내과나 외과적으로 해줄 수 있는 게 없었고, 입원을 시켰다간 술 문제로 더 큰 소동이 일어날 가능성도 컸기 때문이다. 몇 번의 실랑이 끝에 그도 뜻을 접었다.

수액이 다 들어가 링거를 뽑자, 그는 등에 검은 비닐봉지를 지고 몇 시간 전 들어왔던 그 응급실 문을 다시 열었다. 그러자 그의 입에서 뱉어지던 말과 함께 차가운 공기가 또다시 훅 하고 밀려왔다.

"날도 추운데, 집에 기름은 없고…"

나는 못 들은 척, 괜히 하얀 가운의 옷깃만 매만지며 그가 두고 간 추위를 쫓으려 애썼다.

의사란
무엇
인가

새벽 2시

진심

모두가 잠든 새벽 2시, 의사는 잠들지 못한다.

심정지에 이은 심폐소생술, 연명치료 중단 결정.

생과 사의 경계에서 의사와 환자, 보호자는 그 어디쯤에 머문다.

집착과 최선, 희망과 절망.

생명을 살리는 일만큼 죽음을 받아들이는 것도 의사의 역할이다.

때로는 생명의 선이 이어지고, 때로는 그 선이 끊어진다.

그 과정에 의사의 진심이 담긴다.

생과 사의 경계

5

범인
잡기

의사는 형사와 같다. 『셜록 홈스』를 쓴 코난 도일이 의사였던 것도
우연이 아니다.

> 1. 범죄(통증)가 발생한다.
>
> 2. 형사(의사)가 출동(진찰)하여 현장(몸)을 살핀다.
>
> 3. 용의자(가능성 있는 질환) 목록을 만든다.
>
> 4. 심문, 알리바이 확인, 결정적인 단서(진찰 및 각종 검사)를
>   통해 용의자를 추려내고, 그 가운데 진범을 찾아낸다.

"어디가 아파서 왔어요?"

이 말에, 대부분 사람들은 특정 장기나 부위를 말한다.
그런데 얼굴에 짙은 안개가 낀 듯한 30대 이나경 씨는 다짜고짜
범인을 지목했다.

"편두통 때문에 왔어요."

질문은 중요하다. 답변은 질문을 벗어날 수 없기 때문이다.

스무고개를 할 때는 큰 질문부터 해야 좁혀나가야 한다.

'살아있나요?' '네.'

'동물인가요?' '네.'

'땅에서 사나요?' '네.'

그런데 시작부터 '사자인가요?'라고 물으면, 아주 희박한 확률로 맞힐 수도 있지만 대부분 아까운 기회를 낭비한다. 마찬가지로, 피해자(환자)가 처음부터 특정 용의자(질병)를 강하게 주장하면, 형사(의사)의 수사(진료)가 꼬이기 시작한다.

"그 사람은 범인이 확실해요."

영화 역사상 최고의 반전 중 하나로 손꼽히는 〈유주얼 서스펙트〉의 기법은 이렇다. 처음부터 한 명을 유력한 용의자로 몰아서 독자를 완전히 믿게 만든 뒤, 마지막에 전혀 예상 못 한 범인이 등장해 관객에게 큰 충격을 준다. 하지만 영화광인 내가 이 수법에 쉽게 속을 리 없다. 게다가 중국집 사장이 짬뽕을 모를 수 없듯이, 의사라면 편두통을 모를 리 없다.

이미 스무고개의 한 번의 기회를 놓쳐 아쉽긴 했지만, 내색하지 않고 환자가 지목한 '편두통'이라는 용의자의 알리바이부터 살펴보기로 했다.

"의사가 편두통이라고 하던가요?"

"아니요. 편두통이면 머리가 아픈 거 아니에요?"

환자의 말은 절반은 맞고, 절반은 틀리다. 사자는 네 발 달린 동물이다. 하지만 네 발 달린 동물이 모두 사자는 아니다.

마찬가지다. 편두통이면 머리가 아프지만, 머리가 아플 수 있는 이유는 국제두통질환 분류 3판(ICDH-3)에 따르면 진단명만 13페이지에 달한다. 뇌진탕이나 뇌출혈 같은 외상부터, 과음으로 인한 숙취까지 무수히 많다.

나는 피해자이자 목격자인 환자에게 자신이 겪은 것을 최대한 자세히 말해달라고 요청했다. 언제부터 아팠는지, 얼마나 자주 아팠는지, 어떻게 아픈지, 어디가 아픈지, 구토나 복시(사물이 겹쳐 보이는 증상)가 없었는지 등 질문은 계속된다.

그런데 이런 질문 과정에서 **"왜 형사처럼 꼬치꼬치 캐묻느냐?"**라며 버럭 화를 내는 분도 가끔 있다. 사과드린다. 의사인 내가 잠시 형사가 된 기분을 냈나 보다. 하지만 증거가 많을수록 범인을 추리기 쉽고, 불필요한 검사도 줄일 수 있다. 결국 환자의 시간과 비용을 절약하고, 고통을 빨리 해소해 줄 수 있다. 그러니 부디 적극적으로 협조해 주길 바란다.

질문이 이어지던 중, 이나경 씨가 문득 미심쩍다는 듯 되물었다.

"진짜 편두통 아니에요?"

이럴 때면 의사인 나는 형사가 부러워진다. 형사라면 용의자의 알리바이를 조사해, **"사건 당일 편두통은 하와이에 있었기에 범인이 될 수 없습니다"**라고 말하면 끝이다. 그러나 의사는 편두통의 진단 기준을 하나하나 설명해 줘야 한다.

나는 편두통 진단 기준을 검색해 직접 보여준다.

- 최소 5번 이상 발생

- 4~72시간 지속

- 두통이 아래 중 최소 두 가지 이상에 해당

  - 일측성

  - 박동성

  - 중증도 이상의 통증

  - 일상적인 육체활동에 의해 악화되거나, 두통 때문에 이를 피하게 됨

- 두통이 있는 동안 최소 한 가지 이상

  - 구역 또는 구토

  - 빛이나 소리에 대한 공포증

- 다른 질환에서 기인하지 않음

"이게 편두통의 국제 기준이에요. 전 세계가 다 이렇게 봅니다. 그런데 이나경 님은 구역이나 구토가 없고, 빛이나 소리에 예민한 반응도 없으니 편두통 진단에 해당되지 않습니다."

이렇게 설명해도 계속 **"정말 편두통 아니냐"**라고 하면, 나는 '공격이 최선의 방어'라는 말처럼 공격에 나선다.

"편두통 말고 머리가 아플 수 있는 다른 병 아시는 거 있으면 말씀해 보세요."

그러면 100명 중 99명은 조용히 입을 다문다.

처음 얼굴에 짙은 안개가 낀 그녀가 양쪽 관자놀이를 만지며 들어왔을 때부터, 내 머릿속에는 진범이 누구인지 떠올랐다. 바로

긴장형 두통이다. 말 그대로 긴장하거나 스트레스를 받아서 생긴 두통으로, 여성 환자에게 흔하고, 두통을 호소하는 10명 중 7명이 긴장형 두통일 정도로 흔하다. 반면 편두통은 6명 중 1명꼴로 적다.

나는 단지 절대로 놓치면 안 되는 위험한 범죄자, 그러니까 심각한 질환을 놓치지 않으려 확인 질문을 한 것뿐이다.

물체가 두 개로 보이거나 팔다리 한쪽에 힘이 빠지는 증상, 자다가 깰 정도의 심한 두통, 외상, 점점 심해지는 증상 등이 있다면 MRI 같은 정밀 검사가 필요하다. 뇌암이나 뇌출혈, 뇌경색 등일 수 있기 때문이다.

하지만 간단한 몇 가지 질문으로 정밀 검사가 불필요함을 확인해, 환자의 시간과 돈을 아꼈다.

"두통의 이유는 무수히 많습니다. 머리가 아프다고 하면, 의사는 먼저 '즉시 CT나 MRI를 찍어야 하나, 아닌가'를 구별합니다. 50대 이상이고 첫 두통이거나, 자다가 깰 정도의 심한 통증, 물체가 두 개로 보이는 증상, 심한 구토나 실신 등 동반 증상, 외상 이력, 한쪽 팔다리 마비 등이 있으면 위험 신호이기에 곧장 CT나 MRI를 찍습니다. 그런데 이나경 님은 해당 사항이 전혀 없어요. 스트레스받을 때 양쪽 관자놀이가 아프다는 걸 보면 긴장형 두통일 가능성이 높습니다. 혹시 이마 쪽 혈관이 만져진다면 혈관염일 수도 있지만, 그런 소견도 없네요. 제가 드리는 약을 드시고, 스트레칭이나 마사지도 해보세요. 다음번에 또 같다면, '아 내가 스트레스받고 있구나' 하고 여유를 가지시면 됩니다. 원인을 알기만 해도 절반은 좋아집니다. 다만 앞서 말했듯 물체가 두 개로 보이거나 팔다리 힘이

빠지거나, 자다가 깰 정도로 심해지거나, 점점 악화되면 즉시 응급실로
가세요."

바로 이 지점에서 의사와 형사가 갈린다. 형사는 용의자를
체포해 재판에 넘기면 끝이지만, 의사는 다르다. 진범에 따라,
뇌출혈이나 암이면 수술을 권하고, 긴장형 두통처럼 쉽게 떼어 낼 수
없는 질환은 함께 살아가는 법을 알려줘야 한다.

형사는 피해자 편에 서서 가해자를 잡으려 하고, 의사는 환자
편에 서서 질병과 싸우려 한다. 하지만 범죄는 피해자와 가해자가
서로 다른 존재지만, 진료는 환자와 질병이 한 몸이라 한쪽을 지워낼
수도, 적으로만 돌릴 수도 없다. 문제는 의사와 환자가 사실은 같은
편인데도, 질병이 낫지 않거나 결과가 좋지 않으면 서로를 적으로
몰고 다투는 경우다. 질병을 탓해야 하는데, 오히려 환자는 의사를
탓하고 의사는 환자를 탓한다.

어느 날, 오랫동안 병원을 다니던 환자가 내 지인인 정신과
의사에게 이렇게 털어놓았다.

"정신과 의사 속이기 참 쉽네요. 전 괜찮은 척했을 뿐이에요."

영화 〈유주얼 서스펙트〉보다 더 충격적인 반전이었다.
하지만 결말은 달랐다. 영화 주인공인 절름발이 '버벌'은 형사를
속여 유유히 빠져나갔지만, 의료 현장에서 환자가 의사를 속이면
결국 의사와 환자 모두에게 비극이 된다.

2

기적은
없다

의사는 친척에게서 걸려 오는 전화가 두렵다. 정도의 차이는 있지만, 어디가 아프거나 특정 질환에 걸려서 나를 찾기 때문이다. 게다가 친척들은 내가 의사이니 뭔가 특별한 것을 해줄 거라고 기대한다.

"의사가 이런 약 처방해 주던데, 무슨 약이야?"

"이러이러한 약이고, 저도 똑같이 그 약을 씁니다. 잘 드시고 좋아지시면 됩니다."

"병원에서 무슨무슨 검사 하자는데?"

"저라도 그 검사를 권합니다."

좀 더 자세한 설명을 하긴 하지만, 궁극적으로는 "해야 하나?"라는 물음에 "예, 하셔야 합니다" "안 해도 되나요?"라고 물으면 "하는 게 좋을 듯합니다"가 된다. 그리고 결국 결론은 "담당 의사가 하자는 대로 하십시오"로 끝이 난다. 현대 의학은 진단이 확실하면 대체로 치료 방법이 정해져 있어, 나 같은 평범한 의사가 해줄 수 있는 '특별한' 치료는 없다. 마치 '산타 할아버지'의 정체가 부모라는 사실을 아이가 아닌, 어른 친척에게 매번 들려주는 느낌이랄까.

이번에도 비 오는 수요일 밤, 아버지뻘 되는 고모부에게 전화가 왔다. 1년 전, 고모가 갑자기 쓰러져 심폐소생술을 받았고 다행히 심장은 돌아왔으나, 심각한 뇌 손상을 입어 식물인간 상태가 되었다. 그 후 고모의 치료 과정을 전부 알고 있던 나는, 각종 검사 결과와 의사 차트는 물론 간호 정보지와 119 출동 내역까지 몇 차례에 걸쳐 꼼꼼히 살펴보았고, 사촌 형과도 여러 차례 이야기를 나눴다.

고모부 말로는 중환자실에 누워 있는 고모가 몸을 조금씩 움직이는 것 같고, 이름을 부르면 반응을 보이는 것 같기도 하다고 했다.

처음 고모가 쓰러졌을 때, **"앞으로 어떻게 될까?"**라고 묻는 고모부에게 나는 이렇게 대답했다.

"일주일, 한 달, 1년⋯ 가능하면 빠른 시기에 회복되면 좋겠지만, 시간이 지날수록 회복 가능성은 낮아집니다."

그 말을 한 지도 벌써 2년 가까이 지났지만, 상태 변화는 없었다. 아니, 병실에 누워 있는 채로 세월이 흐르다 보니 서서히 더 나빠지고 있다는 표현이 맞을 것이다. 이런 상황이 조금씩 지속되다가, 어느 날 갑자기 좋지 않은 일이 생길 가능성이 크다.

고모가 쓰러지고 한 달쯤 지났을 때, 아버지가 문병을 다녀오신 후 비슷한 이야기를 하셨다.

"고모가 이름을 부르면 눈을 움직이고, 다리를 만지니 움찔거리는 것 같다."

그러나 나는 아버지께 이렇게 딱 잘라 말씀드렸다.

"그럴 리 없어요. 착각일 뿐입니다. 그런 변화를 의사나 간호사가 놓칠 가능성은 거의 없어요. 대신, 고모부께는 아무 말씀 마세요. 괜히 실망만하게 될 테니까요."

그렇게 말한 지도 상당한 시간이 흘렀다.

"고모부, 고모가 쓰러진 지도 1년 하고도 2년이 다 되어갑니다. 저도 간절히 회복되길 바라지만, 말씀드렸듯이 시간이 지날수록 좋아질 가능성은 훨씬 줄어들어요. 지금 시점에서는 가능성이 매우 낮습니다. 마음은 이해하지만, 크게 기대하지는 마십시오. 설령 상태 변화가 있었다면, 의사나 간호사가 이미 놓치지 않았을 거예요."

"그래도 이번에는 뇌파 검사하고 MRI도 찍었어."

"그렇다면 검사 결과를 확인하시면 됩니다. 담당 의사가 상세히 설명해 줄 거예요."

"근데 신경과 선생님 말하고 내가 보는 거랑은 너무 다른데."

"신경과 선생님 말씀이 맞을 겁니다."

"예전엔 검사해 봐야 마찬가지라고 해서 안 했는데, 이번엔 뇌파 검사까지 했다고."

"고모부께서 계속 말씀하시니, 혹시나 해서 확인 차원에서 해본 거겠죠. 만일 분명한 변화가 있었다면, 의사 쪽에서 먼저 검사하자고 했을 거예요. 고모부께서 어떤 대답을 듣고 싶어 하시는지는 알겠지만, 검사가 끝나면 결과 알려주십시오. 다만 큰 기대는 하지 않으시는 게 좋겠습니다.
저도 좋은 말씀 드리고 싶지만…"

"그래, 고맙다."

전화를 끊고도 한참 동안 휴대폰을 손에서 놓지 못했다.
고모부는 친척인 내게서 **"분명 좋아지고 있어요" "어느 순간
깨어날 수도 있어요"** 같은 긍정적인 말을 듣고 싶었을 것이다.
그러나 의사로서 나는 **"결과를 봐야 알겠지만, 그럴 가능성은 매우
낮습니다"**라고 솔직히 대답했다. 고모부는 희망을 간절히 바라지만,
나는 현실을 전해야 한다. 고모부는 '좋은 소리 한 번 안 해주는'
내가 불만일 테고, 나는 '현실을 외면하는' 고모부가 답답했다. 그날
우리의 대화는 마치 영원히 만날 수 없는 두 기차 선로처럼 평행선을
그으며 끝나버렸다.

나쁜 소식을 받아들이는 데에는 시간이 필요하다. 보통
사람이 죽음을 받아들이는 다섯 단계(부정, 분노, 타협, 우울, 수용)가
있다고들 말한다. 하지만 평생 부정과 분노에만 머무는 사람도
있다. 어쩌면 고모부가 그럴지도 모른다. 아내를 잃어가는 시간을
부정하고 분노하며, 결국 평생을 그렇게 살아갈 수도 있을 것이다.

나는 의사이지만 사람이기도 하다. 의사로서는 냉혹할
정도로 진실을 말하면서도, 인간으로서는 매번 내 말이 틀리길
바란다.

'내가 틀렸으면 좋겠다.'

'정말로 깨어나면 좋겠다.'

내가 틀렸다는 이유로 누군가에게 비난받아도 좋으니, 고모가 일어나 주기만 한다면 그것으로 충분하다. 그러나 매번 그렇게 바라면서도, 나는 안다. 기적은 없다는 사실을.

3

명의는 항상
뒤에 있다

"우리 아파트 앞에 있는 병원 의사는 완전 돌팔이야."

　　형은 조카 지은이가 집 앞 병원을 벌써 두 번이나
다녀왔는데도 기침이 낫지 않는다며 투덜거렸다. 지은이는 어렸을
때부터 기관지가 약해 늘 기침을 달고 살았는데, 형은 아파트 상가에
있는 병원에 갈 때마다 그 의사를 돌팔이라고 욕했다. 그러면서
처방전을 찍어 나에게 보여줬다.

　　선수가 선수를 한눈에 알아보듯, 의사는 다른 의사의
처방전만 봐도 그 의사가 무슨 생각으로 그 약을 썼는지 대략 짐작할
수 있다. 그런데 그 처방전엔 특별한 것도, 이상한 것도 없었다. 만약
형 집 앞 소아과 의사가 돌팔이라면, 전국 소아과 의사의 95%가
돌팔이가 될 정도로 흔한 처방이었다.

　　다행히 지은이는 큰 병을 앓거나 입원한 적이 없다. 다만
다른 아이들처럼 기침이 오래가거나 이유 없이 열이 나는 일이

잦을 뿐이다. 형은 집 앞 소아과에 다니다가 호전이 없으면 좀 더 먼 병원으로 옮겼고, 거기선 금세 나았다고 했다. 나는 그 애길 들으며 웃을 수밖에 없었다.

아이들은 이유 없이 열이 나는 경우가 많다. 맨 처음 아이가 열이 나서 병원에 가면, 의사는 보통 **"목이 부었습니다"**라고 한다. 실제로 목이 부은 경우도 있지만, 상당수는 그렇지 않다. 열의 정확한 원인을 못 찾더라도 **"목이 부었다"**라고 하면 보호자와 의사 모두 한시름 놓기 때문이다.

대부분 열은 며칠 내로 저절로 떨어진다. 하지만 48시간 정도가 지나도 떨어지지 않으면 보호자는 다시 병원을 찾는다. 독감이 유행이면 독감 검사를, 코로나19가 유행이면 코로나 검사를 한다. 두 번째 방문에서도 원인이 불분명하면, 의사는 항생제를 쓰거나 처방을 바꾸기도 한다. 그래도 열이 계속되면 보호자는 다시 병원에 가는데, 보통 세 번째쯤은 같은 곳이 아니라 조금 멀리 떨어진 다른 병원을 찾게 된다. 대략 아이가 열이 난 지 5일 전후 시점이다.

이때가 분수령이다. 5일쯤 지나면 그 전까지 보이지 않던 발진이 갑자기 올라오는 '돌발진'이 나타나거나, 가와사키병은 애초에 열이 5일 이상 이어져야 진단이 가능하다. 5일째가 넘어가도 원인을 찾지 못하면, 의사도 긴장하여 가슴(흉부) 엑스레이나 혈액 검사, 소변 검사 등 본격적인 검사를 시작한다. 이 과정에서 폐렴이나 요로 감염, 심각한 면역 결핍증 등이 밝혀지기도 한다.

그러나 부모 입장에서는 **"왜 처음부터 검사를 안 했느냐.
첫 병원에서 진작 꼼꼼히 봤다면 이렇게 고생할 일 없었을 텐데"**라고
생각하기 쉽다. 하지만 열나는 아이들 대부분은 시간이 지나면
저절로 낫고, 반대로 처음부터 각종 검사를 권하면 부모가 먼저
기겁을 한다. 그래서 결과적으로, 마지막에 아이를 본 의사가
'명의'가 되어버린다. 상황을 잘 모르는 사람들은 제일 먼저 본
의사를 돌팔이라 부르고, 가장 나중에 본 의사를 명의로 여기는
것이다.

어른 환자도 비슷하다. 처음 병원에 갔을 때 증상이 심하지
않으면, 의사는 대개 한두 번은 증상 완화제만 주며 지켜보자고
한다. 환자도 굳이 비싼 검사를 받기보다는 **"큰 문제 없다"**라는 말을
듣고 안심하길 바라기 때문이다. 그런데 소수의 환자는 차도가
없으면, 처음 의사를 돌팔이라 여기고 **"일주일째 아픈데도 동네 의원
약이 안 듣는다. 정밀 검사하고 싶다"**라며 다른 병원이나 대학병원을
찾는다. 환자가 검사를 강하게 원하면, 뒤늦게 진료하는 의사는
비교적 부담 없이 검사를 진행할 수 있다. 검사를 통해 무언가
발견되면, 앞의 의사는 검사를 놓친 돌팔이가 되고, 뒤늦게 그걸
밝혀낸 뒤 의사는 명의가 된다.

의사들 사이엔 이런 유명한 일화가 있다. A 아파트 앞엔
A 의원, B 아파트 앞엔 B 의원이 있는데, A 아파트 주민들은 **"(가까운)
A 의원은 돌팔이고 (먼) B 의원이 명의"**라고 말하고, B 아파트 주민들은
"(가까운) B 의원은 돌팔이고, (먼) A 의원이 명의"라고 한다. 이유는

간단하다. A 아파트 사람은 처음엔 가까운 A 의원을 찾다가 안 나으면 번거롭지만 먼 B 의원으로 가서 **"그곳에서 병명을 찾아줬다"**라며 B 의원을 칭찬하고, 반대로 B 아파트 사람들은 가까운 B 의원을 다니다 낫지 않으면 먼 A 의원으로 옮겨 **"역시 A 의원이 낫다"**라며 높이 평가하는 식이다.

한국에는 **"삼세번"**이라는 말이 있다. 어떠한 일이라도 적어도 세 번은 기회를 줘야 한다는 뜻이다. 하지만 의사는 그런 기회를 거의 못 얻는다. 그래서 언제나 '돌팔이'는 가까이에 있고, 늘 '명의'는 멀리 있다.

4

돌팔이와 명의를
동시에

애매모호할 때가 가장 어렵다. 분명히 어딘가 아프다고 하는데, 그 '어딘가'가 정확하지 않을 때 말이다. 한번은 60대 후반 최영숙 씨가 우측 유방이 아프다고 찾아왔다. 가슴과 배는 손이나 발과 달라서, 손가락이나 발가락은 눈을 감고도 '어느 쪽 몇 번째 마디가 아프다'라고 정확히 지목할 수 있지만, 가슴과 배는 그저 **"아프다"**고밖에 말하기 어렵다. 게다가 최영숙 씨는 키가 작고 체중이 많이 나가는 탓에, 배뿐 아니라 유방까지 아래로 처져 있었다. 그녀가 호소하는 통증이 정말 유방인지, 가슴인지, 갈비뼈인지, 아니면 간이나 담도인지조차 분명하지 않았다.

나는 머릿속에서 '용의자 목록'을 작성하여 추려 내기 시작했다. 그래도 다행인 건 왼쪽이 아니라 오른쪽 통증이라 심장 문제일 가능성은 상대적으로 낮았다는 것이다. 그런데 최영숙 씨는 가슴이 아니라 '유방'이 아프다고 강조했다. 중년 여성이라는 점과,

환자가 직접 유방이라고 말한다는 점을 보면 유방암을 비롯한 유방 쪽 질환을 의심해야 했다. 또 통증 부위가 우측 가슴과 배 사이여서 간과 담도도 포함했다.

　　문제는 이미 할 수 있는 검사를 다 해봤다는 사실이었다. 일주일 전 일반외과에서 유방암 검사를 했고, 내과에서 혈액검사와 함께 폐·복부 CT도 찍었다. 비교적 최근에 한 건강검진의 위내시경 결과 역시 정상. 며칠 전에는 내과 의사에게 진통제와 역류성 식도염약을 처방받아 먹었으나 차도가 없었다.

　　① 피부를 포함한 근골격계

　　② 유방(일반외과에서 검사)

　　③ 심장과 대동맥(우측 통증이라 가능성 낮음)

　　④ 폐(폐 CT 상에서 이상 없음)

　　⑤ 위식도 및 간, 담도 기타(위내시경 및 복부 CT에서 이상 무)

　　⑥ 기타(마음: 불안, 스트레스, 우울 등).

　　결국 남은 건 피부·근골격계와 마음(불안, 스트레스, 우울 등) 정도뿐이었다.

　　약을 먹어도 낫질 않고, 할 수 있는 검사란 검사는 모두 했는데도 원인을 찾지 못하자 최영숙 씨는 걱정스러운 얼굴이었다. 대부분은 **"가슴이 아프다"**라고 말하지만, 그녀는 굳이 **"유방이 아프다"**라고 집어서 말했다. 주위에서 유방암에 걸린 사람이 있었거나, 유방암에 대한 두려움이 있는 듯했다.

　　"언제부터 그러셨어요?"

"딱 일주일 됐어요."

"혹시 어디 부딪히거나 다친 적은 없으세요?"

"아뇨, 없어요. 그런데 어제 목욕할 때 보니가 피부에 뭔가 생겼더라고요."

"그래요? 그럼 한번 볼까요."

겨울이라 옷을 여러 겹 껴입어서 벗고 올리는 데 시간이 꽤 걸렸다. 그리고 윗도리를 올리자, 남자인 나에게 가슴 부위를 보여주기 부끄러웠는지 그녀는 얼굴을 붉혔다. 약간 처진 가슴과 함께, 우측 유방 3시 방향에 손바닥 절반 크기쯤 되는 붉은 병변과 수포(물집)가 보였다. 난처해하는 최영숙 씨와 달리, 나는 안도의 미소가 지어졌다.

"대상포진입니다. 예전에 몸속에 들어와 있던 수두 바이러스가 면역력이 약해지니가 활동을 시작한 거예요. 항바이러스제 7일 복용하면 나아집니다. 물집도 며칠 지나면 호전될 거예요."

이번엔 최영숙 씨가 활짝 웃었다.

"정말인가요?"

"그럼요. 딱 보면 알아요. 대상포진은 피부에 물집이 생기기 전까지는 어떤 검사를 해도 찾기 어렵거든요. 물집이 나타나야 확실히 진단이 됩니다."

며칠 뒤, 병원 접수실이 소란스러웠다. 전날 응급실 진료를 받았던 김정애 씨가 병원비 환불을 요구하며 소동을 벌이는 중이었다. 사정을 들어보니, 50대인 김정애 씨는 고혈압, 당뇨,

고지혈증에 복부비만이 심한 편이었다. 흉통으로 응급실에 왔으니, 의사는 가장 치명적인 심근경색이나 폐색전증부터 의심했다. 그래서 여러 혈액검사와 심전도, 조영제 CT 같은 검사를 했지만 모두 정상이었다. 심장과 폐 문제를 배제한 의사는 소화제만 처방하고 귀가시켰다.

그런데 다음 날 아침, 김정애 씨 등 뒤에 수포가 생겼다. 동네의원에서 대상포진이라는 진단을 받고, 다시 대학병원으로 달려온 그녀는 크게 화가 나 있었다.

"어제 그렇게 비싼 검사만 잔뜩 해놓고도, 동네 병원선 보자마자 알 수 있는 대상포진도 못 찾았다니, 이게 무슨 대학병원이야? 당장 돈 돌려줘요!"

수포가 생기기 전까지는 그 어떤 의사도 대상포진을 진단하기 어렵다. 그래서 대상포진은 처음 본 의사를 '돌팔이'로, 나중에 본 의사를 '명의'로 만들어 버리는 대표적 질환이다.

5

수술대에서 죽거나,
침대에서 죽거나

나이가 예순을 훌쩍 넘은 딸이 아이처럼 손톱을 물어뜯고 있었다.
한 의사는 **"어머니가 수술을 받지 않으면 평생 침대에서 일어나지 못한
채 돌아가실 것"**이라고 했고, 다른 의사는 **"수술을 받으면 수술대에서
죽을 가능성이 매우 높다"**라고 했다. 내가 보호자라도 그 말을 듣고
당황했을 것이다. 주치의인 나로서도 결코 쉬운 상황이 아니었다.

　박화순 할머니는 아흔을 넘긴 고령이었다. 무릎과 허리는
퇴행성 관절염으로 이미 많이 닳아 있었고, 약간의 치매도 있었지만
여전히 혼자 생활해 왔다. 그런데 평소처럼 하루에도 몇 차례 오가던
집 안 화장실에서 불행이 찾아왔다. 젖은 바닥에 발이 미끄러져
그대로 넘어져 버린 것이다.

　장도리를 닮은 허벅지뼈, 즉 대퇴골은 원시 시대에는 무기로
쓸 정도로 인체에서 가장 튼튼한 뼈다. 젊은 나이에 대퇴골이
부러지려면 스키를 타다가 세게 부딪히거나, 몇 미터 높이에서

떨어지는 등 엄청난 충격이 필요하다. 그러나 박화순 할머니의 뼈는 수차례의 출산, 폐경, 그리고 누구도 피해 갈 수 없는 세월에 약해질 대로 약해져 있었다. 그저 제자리에 주저 앉았을 뿐인데, 허벅지뼈가 무너져 내렸다.

고령자가 넘어졌을 때 흔히 생기는 3대 골절은 손목 골절, 척추 골절, 대퇴골 골절이다. 손목 골절이 심하지 않으면 뼈만 잘 맞추면 되고, 척추(압박) 골절은 척추뼈가 내려앉아 허리가 굽는다. 심한 경우 골시멘트를 넣어 척추를 어느 정도 교정하기도 한다. 그중 가장 치명적인 건 대퇴골 골절, 박화순 할머니가 겪은 바로 그 상황이었다.

당시 나는 정형외과 파견 근무를 하며 박화순 할머니를 담당하고 있었다. 문제는 원래 고혈압이 있었지만, 검사 결과 심부전이 있었다. 전신마취를 하면 폐와 연결된 심장에 부담이 가다 보니, 수술 전 심장내과 협진을 통해 심장기능 검사를 했다. 결과는 수술 고위험 판정. 즉 수술 도중 심장문제로 사망할 가능성이 상당히 높다는 뜻이었다.

대퇴골 골절 환자의 평균 1년 사망률은 대략 20~35% 정도다. 하지만 박화순 할머니처럼 고령이고 심부전까지 있다면, 그 위험은 훨씬 더 높아진다. 큰 뼈가 부러지면 몸 안에서 출혈이 생기고, 대퇴골 골절은 전체 혈액의 10~15%가 손실된다. 여기에 수술을 진행하면 추가 출혈까지 더해져, 심장이 감당해야 할 부담이 커진다. 이로 인해 '수술 중 사망' 위험이 높아진다. 전신마취 대신 척추마취도 고려했지만, 워낙 허리 협착증 등이 심해 이를 시도하기 어려웠다.

수술실에서 집도의를 맡은 정형외과 의사는 수술 부위에만 집중하지만, 환자의 호흡과 혈액순환을 비롯한 전신 상태는 모두 마취과 의사가 책임진다. 마취과 의사 입장에서는 수술 도중 환자가 사망하는 상황, 일명 테이블 데스는 가장 피하고 싶은 악몽이다. 결국 마취과 교수님은 **"심장질환 때문에 수술 중 사망할 가능성이 크다"**라고 보호자인 딸에게 충분히 설명했고, 딸은 어머니가 돌아가실까 두려워 수술을 취소했다.

다음 날 아침, 수술이 취소된 걸 안 정형외과 교수님은 다시 딸을 설득했다. **"물론 수술 도중 문제가 생기면 돌아가실 수 있다. 그렇지만 수술을 포기하면 앞으로는 절대 다시 걸을 수 없다"**라는 것이다. 침대에만 누워 지내면 욕창, 변비, 흡인성 폐렴, 요로 감염까지 각종 합병증이 줄을 잇게 된다. 여기에 치매와 더불어 우울증, 섬망 등 정신적 문제도 악화된다. 실제로 대퇴골 골절을 수술하지 않으면 1년 내 사망률이 무려 71%에 달할 정도로 심각하다. 이런 사정을 딸도 이해해, 결국 다시 수술에 동의했다.

그런데 다시 마취과 교수가 **"수술해도 반드시 걸을 수 있게 된다는 보장은 없다. 수술 도중 심장 문제가 생길 수 있는 위험도 여전하다"**라고 다시 경고했고, 이에 혼란스러워진 딸은 수술을 취소하고 아예 병원을 옮기고 싶다고 했다.

정형외과 의사와 마취과 의사 모두 틀린 말을 하지 않았다.

수술을 하면 걸을 수도 있고, 못 걸을 수도 있다. 수술하다 숨질
수도 있지만, 수술하지 않아도 장기침대 생활로 결국 돌아가실 수
있다. 문제는 누군가가 결정을 내려야 한다는 점이었다. 경도 치매가
있는 박화순 할머니는 판단이 어려웠고, 딸은 그 선택의 결과를
책임지기가 두려웠다.

만약 수술해서 잘 회복하고 걷게 되면 모두에게 최고의
시나리오다. 하지만 수술 중 돌아가시면 **"내가 괜히 수술을 결정해
어머니를 죽게 했다"**라는 죄책감이 남을 것이고, 반대로 수술을 하지
않아 누워만 지내다 각종 합병증으로 증상이 악화되면 **"차라리
수술을 했어야 했나"** 하고 또 후회할지 모른다.

이렇듯 모두가 불확실한 상황에서 환자와 보호자, 정형외과
의사, 마취과 의사 누구도 '정답'을 알 수 없었다. 다만 무거운
선택과 그에 따른 책임만이 그들 앞에 놓여 있을 뿐이었다.

6

세 번의
충격

"선생님, 충격받지 마세요."

　　요양원 가는 첫날, 이미 여러 요양원을 다니며 방문 간호를
해온 정영순 간호사가 내게 건넨 첫마디였다. 나는 요양원에
계신 어르신들이 병원에 오기 힘드니, 대신 의사가 2주에 한
번 규칙적으로 요양원을 방문하여 진료하는 '촉탁의사'를 맡게
되었다. 일종의 왕진이었다. 20년 가까이 의사로 살며 응급실부터
중환자실까지 거치면서 단맛, 쓴맛, 똥맛, 피맛까지 다 봐온 내가
환자를 보고 충격을 받을 리 없을 거라 생각했다.

　　병원에서 차를 타고 20~30분쯤 달리자, 하얀 비닐하우스와
녹색 벼가 심어진 논이 이어지는 한적한 시골 풍경이 펼쳐졌다.
'이런 시골에 요양원이 있을까?'라는 생각이 들었다. 하지만 얼마
지나지 않아 도착한 요양원 풍경에 눈을 의심했다. 나지막한 야산
중턱에 5층 높이의 커다란 건물이 하나도 아니고, 무려 열 곳이 넘게

몰려 있었다. 하얗고 노란 요양원 건물 주위로는 푸른 나무와 풀, 그리고 황토뿐이라 이질감이 더욱 컸다.

'여기가 모두 요양원이라고?'

'요양원이 이렇게 많다고?'

효, 우리, 실버, 푸른, 스위트, 그린, 케어, 해피, VIP, 프라임, 건강, 사랑, 희망, 행복 등 좋은 이름만 가득했다. 각 요양원마다 대략 40~50명 전후의 어르신이 있으니, 이 단지에만 600명이 넘는 어르신이 계셨다. 이것이 내게 첫 번째 충격이었다.

먹고, 싸고, 씻는 것. 이 세 가지는 일상을 누리는 데 필요한 기본이다. 이 기본적인 일상을 혼자 할 수 있느냐, 남의 도움이 필요하냐에 따라 독립, 도움, 의존의 3단계로 나뉜다. 나이가 든다고 모두가 타인의 도움을 필요로 하는 건 아니다. 하지만 몸이 아프고 거동이 불편해지면 상황이 달라진다. 이때 이용할 수 있는 제도가 있다.

혼자서 식사와 배변 처리는 할 수 있지만, 몸을 씻거나 외출하기가 어려우면 '방문 요양 서비스'를 이용할 수 있다. 국가에서 하루 2~3시간 정도 방문 요양 서비스를 제공한다.

좀 더 많은 도움이 필요하다면 '주야간보호센터', 즉 데이케어센터가 있다. 일명 '노인 유치원'으로, 아침 8시부터 밤 10시까지 운영이 가능하지만 대부분은 아침 8시부터 저녁 5시까지 주 5일 문을 연다. 유치원에 스쿨버스가 있듯이 주간보호센터에서도 승합차 등으로 어르신을 태우고 데려다주기 때문에, 거동이 조금 불편해도 이용에 큰 문제가 없다.

하루 종일 누군가에게 의존해야 한다면, 24시간 돌봄이 가능한 '요양원'이다. 치매가 심해서 혼자 둘 수 없거나, 혼자 밥을 먹거나 대소변을 볼 수 없는 경우가 해당된다. 요양병원은 치료가 주목적이어서 의사가 상주하지만, 요양원은 요양이 목적이라 촉탁 의사가 2주에 한 번꼴로 방문할 뿐이다.

정리하면, 평일 2~3시간 과외처럼 집으로 찾아오는 방문 요양 서비스, 평일 아침 8시부터 오후 5시까지 여는 유치원과 같은 주야간보호센터(데이케어센터), 24시간 기숙사처럼 운영되는 요양원이 있다.

이 모두는 65세 이상이면서 몸 상태에 따라 1~5등급으로 '노인장기요양등급'을 받은 이들이 이용할 수 있다. 비용은 개인이 0~15%, 국가가 85%에서 최대 100%까지 부담한다. 이 중 내가 방문하게 된 곳이 요양원이었다.

○○ 요양원에는 하루 종일 유유자적하게 유화를 그리는 김정훈 할아버지도, 매일 꼬박꼬박 큰 글자 성경책을 읽는 박순남 할머니도 있었다. 또 상태가 좋지 않아 병원 치료가 필요해 보이지만, 보호자가 적극적인 치료를 원치 않아 요양원에 계시는 김정자 할머니도 계셨다. 내일이라도 돌아가셔도 이상하지 않을 정도로 위중한 분이었다.

요양원에 계신 어르신들은 대부분 어느 정도 치매가 있었다. 치매라고 하면 단순히 기억력이 떨어져 사람을 못 알아보는

정도라고 생각하기 쉽다. 하지만 치매가 진행되면 당연한 일이
당연하지 않게 된다. 예를 들어 치매 환자가 '벽에 똥칠을 하는'
이유는 똥이 더럽다는 인식 자체가 무뎌지기 때문이다. 면회를 온
가족을 자신을 괴롭히러 온 사람으로 여기고 손톱으로 할퀴는 등
공격성을 보이기도 한다. 망상과 함께 공격성이 심해지면, 어쩔 수
없이 항정신성 약과 신경안정제를 쓸 수밖에 없다. 거동이 가능하면
그나마 낫지만, 뇌경색·뇌출혈 또는 허리·골반 골절 등으로 거동이
불편하면 상황은 훨씬 심각해진다. 몸을 못 움직이는 노인의 시간은
점점 마르고, 닳고, 부서진다.

　　85세 김정출 할아버지의 경우, 뇌경색에 심한 치매가 겹쳐
있었다. 몇 년째 요양원에서 누워 지내 근육은 거의 사라지고 뼈와
피부만 남은, 말 그대로 피골이 상접한 상태였다. 그를 괴롭히는
문제는 세 가지였다. 첫째, 뇌경색으로 음식을 삼키지 못해 코와
위를 연결한 비위관(일명 콧줄)으로 영양분을 공급해야 했다.
그러나 콧줄은 이물감과 고통이 심해 본능적으로 뽑으려 하므로
손을 묶어야 했다. 둘째, 음식물이나 침이 폐로 넘어가는 흡인성
폐렴이 자주 발생했다. 뇌경색으로 재채기조차 제대로 못 하다 보니
중환자실에서 기관절개까지 했고, 목에는 기관절개튜브가 꽂혀
있었다. 셋째, 전립선 비대증으로 소변을 보기가 어려워 소변줄을
꽂은 채 지내야 했는데, 이 소변줄을 통해 세균이 침입해 요로
감염이 잦았다.

　　콧줄과 소변줄, 그리고 결박. 이 요양원 3종 세트는 다시

요양원 3대 질병인 흡인성 폐렴, 요로 감염, 욕창을 일으켜 김정출 할아버지를 계속 괴롭혔다. 중환자실에서 퇴원한 뒤로 보호자는 적극적인 치료도, 면회도 오지 않았다. 할아버지는 하루 종일 팔다리가 묶인 채 뼈만 남은 몸으로 '으으으' 소리만 낼 뿐이었다. 누가 뭐라 해도 그는 죽어가고 있었다. 거기에 남은 것은 행복이 아닌 고통, 삶이 아닌 죽음뿐이었다.

김정출 할아버지만이 아니었다. 요양보호사 한 명이 최대 노인 2.1명을 돌보도록 되어 있지만, 실제로는 24시간 근무할 수 없으므로 3~4교대가 이루어진다. 그 결과, 한 명의 요양보호사가 8~9명의 어르신을 돌보게 되는 경우가 흔했다. 언제나 낮보다 긴 밤이 문제였다. 치매가 심한 노인이 소리를 지르거나 난동을 부리면, 현실적으로 선택지는 두 가지뿐이었다.

첫째는 신경안정제를 쓰는 것이다. 단, 거동이 불편한 노인분들에게 신경안정제를 쓰면 정신이 흐릿해져서 낙상의 위험이 커졌다. 팔을 짚으면 손목뼈가, 엉덩이로 주저앉으면 골반뼈가 부러지는 식이었다. 골반뼈가 골절되면 수술을 해도 다시는 못 걸을 가능성이 높다. 누워 지내야 하니 욕창은 물론이고 치매가 더 심해지기 일쑤다.

둘째는 강박, 즉 결박이다. 팔과 다리를 묶으면 자해나 낙상을 줄일 수 있지만, 몸을 움직이기 어려워 욕창과 변비가 잘 생긴다. 그렇다고 약이나 강박 없이, 요양보호사 한 명이 그 많은 노인을 감당하기는 불가능에 가깝다. 그래서 상당수 환자가 수면제와 신경안정제를 복용하고 있었고, 나 역시 부작용을 알면서도 처방할 수밖에 없었다. 수많은 요양원 건물에 이어서, 내가 받은 두 번째 충격이었다.

요양원 환자는 또 다른 호스피스 환자 같았다. 차이가 있다면 그 '속도'였다. 호스피스 환자는 길어야 몇 달, 짧으면 며칠 단위로 생의 끝을 향해 가지만, 요양원 환자는 짧으면 몇 달, 길면 몇 년이었다. 무엇이 최선인지, 나는 무엇을 해야 할지 알 수 없었다. 결국 이미 요양원 촉탁의를 오래 해온 선배 의사 선생님을 찾아가 고민을 털어놓았다. **"무엇을 어떻게, 어디까지 해야 할지 모르겠다"**라고 하소연하자, 선생님은 다 이해한다는 표정으로 고개를 끄덕이며 간단하면서도 확실한 답을 주셨다. 그리고 그 말은 내게 세 번째 충격이었다.

"내려놓으세요."

마치 선문답 같았지만, 내 머릿속에서 얽히고설킨 번뇌와 고민이 단번에 풀렸다. 2주에 한 번 방문하는 의사인 내가 할 수 있는 건 사실상 거의 없었다.

"선생님이 너무 잘하려고 하시면, 오히려 요양원 측에서 싫어해요. 그리고 의사를 바꿔달라고 하는 경우도 있어요. 적당히 하시면 됩니다."

이것이 현실이었다. 5층 콘크리트 건물 안에는 78명의 고령 치매 환자, 그분들을 돌보는 또 다른 고령의 간병인 수십 명, 그리고 세 명의 간호조무사가 있었다. 아침저녁으로 회진을 도는 병원도 아니고, 2주일에 한 번 오는 의사로서 내가 할 수 있는 것은 사실

많지 않았다.

아이가 태어나면 24시간 부모 도움이 필요하다. 먹이고, 기저귀를 갈고, 씻기고, 재우기까지 해야 한다. 생후 3~5개월이 지나야 겨우 뒤집기 시작하고, 6개월쯤 되면 기기 시작하며, 돌 무렵이 돼야 두 발로 서서 걷는다. 18개월 무렵부터는 조금씩 뗀다. 처음에는 젖이나 분유만 먹던 아기가 4~6개월부터 이유식을 시작해도 여전히 떠먹여 주고 닦아줘야 한다. 기저귀는 두세 돌이 돼야 뗄 수 있지만, 그래도 씻겨주어야 한다.

아이가 어린이집·유치원을 거쳐 초등학생이 되면 어른의 도움이 점차 줄지만, 여전히 목욕이나 외출 시 손길이 필요하다. 성인이 돼서야 비로소 스스로 모든 일을 한다. 독립이다.

어느 순간 시간은 거꾸로 흐른다. 어른은 나이가 들어가며 다시 아이가 된다. '나이 든 아이'다. 처음에는 초등학교 저학년처럼 목욕과 외출할 때만 도움이 필요하다가, 언젠가는 유치원생처럼 낮에도 보살핌을 받아야 한다. 그다음에는 정말 아이처럼 먹여주고, 기저귀를 갈아주고, 재워줘야 한다. 사람 옆에는 결국 사람이 있어야 삶이 시작되고 완성된다. 그래야 나이 든 아이가 다시 시작점으로 돌아갈 수 있다.

"아, 좋습니다."

"웃으시는 모습이 너무 좋아 보이십니다."

"항상 건강하십시다."

아이가 태어나 처음 눈을 뜨는 순간, 아이는 울지만 가족은 웃는다. 노인이 죽으면, 가족은 울기만 할 뿐 아무도 웃지 않는다. 그래서 회진을 돌 때마다 나는 늘 웃으려 한다. 그래야 어르신도 웃고, 나도 웃을 수 있다. 가족이 우는 마지막 순간에 어르신이 웃으며 눈을 감을 수 있기를 바라는 마음에서다.

7

나를 위한
진료 의뢰서

그의 왼쪽 엄지손가락은 검은 가지만큼 굵었다. 손을 내미는 순간,
거친 손끝에서 짙은 회색 먼지, 끈끈한 기름, 그리고 땀 냄새가 났다.

"유압기 작업을 하다 손가락을 찔렀어요."

"유압기요?"

"기름을 쏘는 총 같은 거예요."

그러니까 엄지손가락 안으로 기름이 들어가 부풀어 오른
상태였다. 50대 중후반인 그는 나에게 삼촌뻘이었다. 저녁 시간에
응급실로 온 그는 기름과 땀으로 젖은 작업복을 입고 있었다.
충혈된 붉은 눈에는 피로만큼이나 당혹감이 가득했다. 손가락이
그렇게 부풀어 오른 것을 50세가 넘은 그는 생전 처음 보았겠지만,
의사로 살아온 나는 몇 번 본 적이 있었다. 대부분 뱀 때문이었다.
한번은 뱀에 손가락을 물린 60대 할아버지의 검지손가락이 옛날
분홍 소시지만큼 굵어져 왔다. 신체 말단이 심하게 부풀어 오르면,

과도한 압력 탓에 피가 공급되지 않아 결국 괴사에 이를 수 있다. 구획증후군(Compartment Syndrome)이다. 피를 공급받지 못한 조직이 썩지 않도록 압력을 낮춰 혈류를 다시 흐르게 하는 것이 치료의 핵심이다. 피부는 물론이고 근육을 둘러싼 근막까지 절개해 압력을 낮춰야 한다. 나는 바늘을 찔러 넣어 압력을 측정했다.

압력의 정상 범위는 13 이하, 30 이상이면 구획증후군이다. 환자는 무려 45mmHg. 기준치를 훨씬 넘어 있었다. 이대로 두면 손가락이 썩는다. 이미 사건이 발생한 지 2시간이 지났다.

나는 정형외과 교수님께 연락을 드린 뒤, 환자에게 최대한 쉽게 설명했다.

"지금 손가락 안쪽의 압력이 너무 높아서 피가 공급되지 못하고 있어요. 압력을 낮춰서 피가 다시 들어가도록 해야 하는데, 그러려면 절개가 필요합니다. 그러지 않으면 괴사 위험이 있으니 당분간 입원 치료도 받으셔야 해요."

내 말이 끝나도 아저씨는 아무 말이 없었다. 대신 얼굴만 더욱 어두워졌다. 그는 출장 중이었고, 집도 이 근처가 아니었다. 며칠간 입원해야 한다는 사실이 더 걱정된 듯했다. 그리고 마침내, 조용하지만 단호한 목소리로 말했다.

"저… 다른 병원 가볼게요."

이번에는 내가 할 말을 잃었다.

'아니, 지금 내 말을 못 믿는 건가?'

'다른 병원으로 가면 또 시간을 허비할 텐데.'

'손가락을 썩게 만들 작정인가?'

'그런데… 진짜 다른 병원에 가긴 할까?'

나는 당황스럽고 화가 나서 겉으로는 가만히 있었지만, 속으로는 혼잣말을 계속 늘어놓았다. 잠시 뜸을 들인 뒤, 최대한 차분하게 다시 한번 같은 내용을 설명했으나 어조는 좀 격앙됐다.

"아니, 무조건 치료받으셔야 해요. 이대로 가면 손가락 피가 안 통해서 썩을지도 몰라요."

내 높아진 목소리와 달리, 환자는 차갑게 침묵했다. 환자 상태를 연락받고 달려온 정형외과 교수님도 함께 설득했지만, 환자는 고집과 침묵으로 일관했다.

결국 나는 진료 의뢰서를 썼다.

원래 '진료 의뢰서'는 한 의사가 환자를 다른 의사에게 진료를 의뢰하기 위해 쓰는 서류다. 대개는 의사가 더 정밀한 검사가 필요하거나, 긴급한 조치나 수술이 필요해 상급 병원으로 보낼 때 작성한다. 물론 가끔은 다른 목적으로 쓰기도 한다.

"상기 환자, 특이 소견 없는 분으로 오후 4시 30분경 유압기에 왼쪽 엄지손가락을 찔려 손에 액체류가 들어간 후 손이 부풀어 올라 내원하신 분으로, 측정 압력이 45mmHg로 구획증후군이 강력히 의심됩니다. 압력을 낮추기 위한 절개 등 치료가 즉시 필요한 상태이며, 이를 하지 않을 경우 조직 괴사 등이 우려되어 여러 번 설득하였으나, 타 병원 진료를 원하시어 진료 의뢰드립니다."

나는 환자의 멀쩡한 오른손에 이 진료 의뢰서를 쥐여주었다.

"저나 저희 병원을 못 믿으셔도 상관없습니다. 그렇지만 제발, 다른 병원에 가셔서 꼭 치료받으세요."

하지만 그는 허탈해진 나와 정형외과 교수님을 뒤로하고 말없이 병원을 나갔다.

의사를 하다 보면, 느낌이 온다. 이 환자가 내 말을 들을지, 듣지 않을지. 실제로 더 큰 병원으로 갈지, 그대로 돌아갈지. 나는 안다. 그는 아마 다른 병원에 가지 않았으리라. 아마 밤새 '자고 나면 괜찮아지겠지'라는 낙관과 '손가락이 썩으면 어쩌지'라는 불안을 왔다 갔다 하며 지새웠을 것이다. 그리고 눈을 떴을 때 혹시라도 검게 변한 왼쪽 엄지손가락을 붙들고 뒤늦게 다른 병원에 달려갔을 수도, 혹은 운 좋게 자연스레 호전됐을 수도 있다.

그에게는 당장의 생계가, 부풀어 오른 왼손 엄지손가락보다 더 절실했는지도 모른다. 내 설명이 부족했거나, 날 믿지 않았거나, 그가 처한 상황을 부정하고 싶었을 수도 있다.

그래도 나는 다행이라고 생각했다. '자의퇴원각서'가 아니라 '진료 의뢰서'를 썼으니까. 보통 환자가 치료를 거부하면, 병원은 자의퇴원각서를 받는다. 자가 추가 검사나 치료를 원치 않아도 **"환자가 자의로 퇴원함에 있어 퇴원 후 발생하는 경과나 합병증·후유증에 관해 병원에 민형사상 이의를 제기하지 않겠다"**라는 식의 자의퇴원각서는 재판에서 의사를 전혀 보호해 주지 못한다.

법원은 **"환자의 자기결정권은 인간의 존엄과 가치 및 행복추구권에 기초한 가장 본질적 권리이므로, 특별한 사정이 없으면**

환자 의사를 존중해야 한다"라고 하면서도, 실제 판례들에서는 생명이 위급한 응급환자의 경우 환자의 자기결정권보다 의사의 환자 생명 보호 의무가 우선한다고 판결해왔다. 심지어 의사에게, 보호자가 거부해도 강제로라도 치료해야 할 의무가 있었다며 책임을 묻는 사례가 여럿 있다. 그 대표적인 것이 이른바 '보라매 사건'이다. 뇌출혈로 응급실에 온 환자를 보호자가 치료를 원치 않는다고 퇴원시켰고, 의사는 자의퇴원각서를 받고 돌려보냈지만 환자는 사망했다. 법원은 의사에게 실형을 선고하며 살인방조죄를 적용했다. 유사한 판례도 많다. 하지만 경찰도 아닌 의사가, 치료 거부 환자를 억지로 붙잡아 치료할 권한은 전혀 없다.

그래서 나는 자의퇴원각서 대신 진료 의뢰서를 선택했다. 환자가 혹시나 마음을 돌려 다른 병원이라도 간다면, 진료를 이어받아 치료해 줄 최소한의 연결 고리가 될 테니까. 동시에 의사인 나 자신도 보호할 수 있다. 설사 그가 다른 병원에 가지 않아 문제가 생기더라도, "나는 환자가 다른 병원에 가겠다고 했기에, 진료 의뢰서를 제공했다"라고 말하면 되기 때문이다.

나는 환자를 위해서이기도 했지만, 사실은 나 자신을 위해서 진료 의뢰서를 썼다. 다만 그 종이가 나를 위한 문서가 아니라, 환자를 위한 진짜 진료 의뢰서가 되길 바랄 뿐이다.

8

위는
괜찮은가요?

건강검진을 하면서 깨달은 점이 있다. 검사 결과에 **"의사와 상담하십시오" "진료를 보십시오"**라고 적혀 있어도, 통증이나 증상이 없으면 대수롭지 않게 여겨 병원에 오지 않는 사람이 많다는 것이다.

    몸에 이상이 있다는 것과 아픈 것은 다르다. 손톱 밑에 가시가 박히면 당장 엄청 아프지만, 실제로 생명을 위협하지는 않는다. 하지만 간(liver)은 70%가 망가져도 남은 30%가 기능을 유지하기에 증상이 없는 경우가 많다. 둑이 무너지듯 한계를 넘어서야 비로소 통증이나 이상이 생긴다. 고혈압은 증상이 없지만, 뇌출혈 위험을 몇 배로 높이므로 약물로 미리 관리해야 한다. 간이 '침묵의 장기'라 불리고, 고혈압이 '침묵의 살인자'라 불리는 이유다.

    앞서 폐암을 의심할 만한 상황에서도 병원에 오지 않았던 김상석 씨 같은 환자를 겪은 뒤, 나는 건강검진 결과를 일일이 확인하며 종종 병원 직원에게 **"○○○ 환자에게 검사 결과를 꼭 들으러**

오시라고 해주세요"라고 부탁한다. 주로 간 수치나 고지혈증, 당뇨가 높은 환자들이다. 그러면 병원 직원이 환자에게 직접 전화를 걸어 진료를 보도록 안내한다. 그런데 어떤 경우에는 내가 직접 전화를 하기도 한다. 당장 정밀 검사나 추가 진료가 필요한 환자이기 때문이다.

"**김정권 씨 되시죠?**"

"**네, 맞는데요.**"

"**안녕하세요? 가정의학과 의사 양성관입니다. 며칠 전 저희 병원에서 건강검진 받으셨죠?**"

"**예, 그런데요.**"

"**폐 검사에서 이상이 보여 정밀 검사가 필요합니다. 가능하면 빨리 병원으로 내원해 주십시오.**"

70대 초반으로 특이 병력이 없던 김정권 씨의 흉부 엑스레이에는 좌측 폐에 5센티미터 크기의 혹이, 그것도 하나가 아니라 무려 두 개나 보였다. 2년 전 사진에는 없었던 것이었다. 하나는 계란 크기로 경계가 균일해 양성 종양일 가능성이 높았고, 다른 하나는 사방으로 가시를 뻗는 성게 같은 모습이라 악성 종양(암, cancer)일 가능성이 높았다. 나는 긴장했지만, 김정권 씨의 목소리는 덤덤했다.

"**돈 없어요.**"

그 예상치 못한 대답에 순간 머리가 하얘졌다. 대개 이런 전화를 하면, 환자들은 "**많이 안 좋나요?**" "**심각한가요?**" 같은 질문으로 잔뜩 걱정하는 편이다. 그런데 그는 돈이 없다고 했다. 어떤 체념 같은 게 느껴지는 목소리였다.

"검사 꼭 하셔야 해요."

"얼마나 드는데요?"

의사인 나도 검사비용을 정확히 알지는 못한다. 폐 CT 검사에 의료보험이 적용된다 해도 대략 9만 원쯤 들지 않을까 생각했다. (나중에 확인해 보니, 조영제를 쓰는 폐 CT는 대략 18만 원으로 본인 부담금은 10만 원 전후였다.)

"한 9만 원 정도로 예상됩니다."

"돈 없어서 검사 못 해요."

"…."

강한 훅을 맞은 듯 정신이 아찔해졌다. 그러나 의사로서 본분을 잊지 않으려 애썼다.

"꼭 검사하셔야 합니다."

"검사하면, 나을 수 있나요?"

그 말을 듣는 순간 화가 치밀었다. 검사를 해봐야 치료가 가능한지 알 텐데, 검사도 안 하고 '나을 수 있냐'고 묻다니. 건강검진 설문에는 그가 하루에 담배 한 갑과 소주 한 병을 마신다고 답해놓았던 걸 기억했다. 며칠만 줄여도 검사비는 나올 텐데, 그는 돈이 없는 게 아니라 쓰지 않겠다고 결심한 것이었다.

"검사를 해야 알 수 있죠."

"난 검사 안 하렵니다."

"아니, 안 괜찮으십니다. 검사 안 하면 큰일 납니다."

"괜찮습니다. 근데요…"

"네?"

"위는 괜찮아요?"

나는 할 말을 잃었다. 의사인 나는 엑스레이에서 강하게 의심되는 폐암을 걱정하는데, 환자인 그는 매일 술을 마셔 쓰린 위를 더 걱정하고 있었다. 커다란 해일이 몰려오는데, 신발 젖을까 봐 발만 보는 격이었다.

내 예상대로라면, 지금 당장 최선의 치료를 받아도 완치 여부는 장담하기 어렵다. 하지만 이대로라면 며칠, 길어봐야 몇 달 뒤에는 피를 토하거나 숨을 못 쉴 지경이 되어 병원에 올 게 뻔하다. 그걸 뻔히 알기에 포기할 수 없었다.

"위염이 있기는 한데, 지금 문제는 그게 아니에요. 폐가 훨씬 더 심각합니다."

"괜찮아요. 전화해 주셔서 감사합니다."

그렇게 대화는 조용히 멈췄다. 침묵이 길어지자, 다음 환자가 기다리던 나는 전화를 끊을 수밖에 없었다.

"꼭 검사받으세요."

"감사합니다."

영화나 드라마처럼 "제가 공짜로 해드릴 테니 오세요"라고 말하거나, 직접 환자 집을 찾아가 간곡히 설득하는 장면 같은 건 일어나지 않았다. 며칠 망설이다 겨우 다시 전화했지만, 결과는 마찬가지였다. 우리 둘의 대화는 이전보다 더 짧게 끝났다.

그 후로도 나는 변함없이 매일 수십 명의 환자를 보고, 김정권 씨는 매일 술을 마시고 담배를 피울 것이다. 달라지는 건 오직 그 폐 속의 암뿐이다. 암은 점점 커져 언젠가 그를 통째로 삼킬 것이다. 나는 그저 무기력하게 몇 줄의 기록만 남길 수 있을 뿐이다.

9

하얀
저승사자

꽃이 피는 봄날, 나는 사람이 스러지는 광경을 지켜보고 있었다.

'너는 의사가 아니라 장의사야.'

바로 위 연차 의사가 어제에 이어 오늘도 환자가 세상을
떠나자, 주치의였던 나를 "**장의사**"라고 놀려댔다. 그냥 웃고
넘겼어야 했는데, 그날은 그러지 못했다.

입원 환자가 퇴원할 때면 의사로서 보람을 느끼곤 한다. 그
보람은 특별한 자부심보다는 맡은 일을 끝냈다는 성취감에 가깝다.
내가 아닌 다른 의사라도 같은 치료로 그 사람을 살릴 수 있었을
것이기 때문이다. 여기서는 모든 환자가 죽어 나갔다. '내가 조금만
더 잘했으면 살릴 수 있지 않았을까' 같은 자기 반성은 이곳에서는
무의미했다. 호스피스 병동이었기 때문이다. 하지만 환자가 죽어서
병원을 나갈 때마다 나는 패배자가 된 기분이었다. 김현식 씨도
그중 한 명이었다. 60세를 바라보는 그에게 새겨진 주름에는

강인한 의지가 서려 있었다. 어려운 환경에서 자라 수많은 위기를
견디며 작은 회사를 성공적으로 운영했고, 아들과 딸도 이름난
대학에 진학시켰다. 췌장암을 진단받았을 때, 일반적으로 수술이
가능한 경우는 고작 20% 남짓이다. 하지만 그는 자신이 반드시 그
20% 안에 들 거라 믿었다. 운도 따라줘서, 수술이 가능한 5명 중
1명으로 선정되어 국내 최고 권위의 췌장암 명의를 찾아가 무려
10시간에 달하는 긴 수술을 견뎌냈다. 수술 후에는 중환자실 신세를
졌지만, 회복도 빨랐다. 결국 암 환자에서 다시 사장으로, 두 아이의
아빠이자 한 가정의 든든한 가장으로 돌아갔다.

　　하지만 췌장암은 운 좋게 수술을 해도 10명 중 8명 가까이
재발한다. 안타깝게도 그에게 두 번째 행운은 오지 않았다. 일상으로
복귀한 지 2년이 지나고 3년이 되어갈 즈음, 촬영한 CT에서
사라졌던 암 덩어리가 다시 나타났다. 췌장암이 재발한 것이었다.
평균 5년 생존율이 10% 전후, 재발 시엔 한 자릿수로 떨어지는 게
췌장암의 현실이다. 사실상 사형선고나 다름없었다. 의사가 고개를
젓는 앞에서 그는 이를 악물었다. 여전히 기적이 있으리라 믿었다.
죽기엔 아직 젊고, 해야 할 일도 많았기 때문이다. 자식들 결혼은
물론, 손자까지 보겠다고 마음먹었다. 국내 최고의 병원에서 받을
수 있는 치료는 모두 해봤지만, 암은 마치 잡초 같았다. 잠시 약효로
크기가 줄어드는 듯하다가도 그의 몸 구석구석으로 퍼져나갔다.
그래도 그는 포기하지 않고 싸웠다. 다가오는 죽음을 막으려 애썼다.
　　처음에는 통증조차 참아낼 수 있으리라 믿고, 진통제 쓰는

걸 꺼렸다. 하지만 배를 후비듯 찌르는 고통이, 꽉 다문 입술 사이로 울음 대신 비명이 새어 나오게 했다. 그제야 진통제 주사를 맞았다. 통증이 점차 심해지면서 흔한 진통제에서 마약성 진통제로, 또 용량이 계속 늘어 주사 형태로 바뀌었다. 고통은 시시때때로 덮쳐 왔고, 급기야 물조차 제대로 삼킬 수 없게 되자 그는 이 싸움에서 이길 수 없다는 사실을 받아들였다. 삶이라는 희망이 사라지고 죽음이라는 절망이 파고들자, 그는 한순간에 무너졌다.

내가 그를 처음 봤을 때, 그는 침대에서 앉아 있을 힘도 없어 몸을 파묻고 있었다. 의사는 먼저 진단과 치료 계획을 세워 환자를 살리려 노력한다. 하지만 내가 그의 주치의가 되어 가장 먼저 한 일은 **"그가 얼마나 더 살 수 있을까"**를 예측하는 것이었다. 즉 그의 남은 시간을 알아야 비로소 남은 순간에 어떤 의미를 담을지 함께 고민할 수 있었기 때문이다. 하지만 그의 시간은 길지 않았다.

일주일도 힘겨워 보였다. 의식은 낡은 백열등처럼 깜빡깜빡했다. 잠깐 정신을 차리면 고통이 들이닥쳤다.

이미 마약성 진통제를 고용량으로 투약하는 중이었다.

"718호실 김현식 님, 산소 포화도가 90으로 떨어지셨어요."

일반 환자라면 온갖 검사를 하고 당장 기관삽관까지 준비해야 하지만, 그에게는 해당되지 않았다.

"일단 산소만 드릴게요."

나는 병실로 갔다. 코로 연결된 관으로 100% 농도의 산소가 들어갔지만, 폐가 산소를 받아들이지 못했다. 산소포화도는 파란색이어야 정상인데 붉은 경고음이 울렸고, 산소 양을 더 높여도 소용없었다. 굳이 요란스러운 기계음이 없더라도 그의 죽음이 임박했음을 느낄 수 있었다. 나는 의미를 잃은 모니터의 알람을 꺼버렸다.

"아마 오늘을 넘기기 어려울 듯합니다. 가족분들, 가능한 한 빨리 모두 오시라고 하세요."

이 말은 반드시 필요한 동시에 위험한 말이었다. 환자 가족에게 임종 준비 시간을 주는 것은 의사의 중요한 역할이다. 사랑하는 사람의 마지막을 함께하지 못해 남는 죄책감을 막아주기 위해서다. 그렇지만 내 예측이 어긋나면, 가족들은 허탈감과 불편함을 감수해야 한다. 예측과 책임 사이에서 의사는 늘 갈등한다. 그래도 남은 이들이 후회 없는 마지막을 지키도록 돕는 것이 내가 할 수 있는 최선이었다. 그 말을 건네는 순간, 내 마음도 무거워졌다.

병실은 다인실에서 1인실로 옮겼다. 다인실에서 누군가가 세상을 떠나면, 아직 살아 있으면서 살고 싶어 하는 다른 환자들이 불안해한다. 생명은 활활 타오르는 촛불 같아도, 꺼져갈 때는 재처럼 스러진다. 가만히 보면 불꽃이 붙어 있는지, 이미 꺼졌는지조차 모호할 정도다. 그래서 환자가 죽어갈 때, 정작 환자는 침묵하지만 기계와 의료진은 더욱 소란스러워진다.

김현식 씨는 호스피스 전용 병동이 아닌 내과 병동에 계셨다. 내과 간호사들은 산소 포화도가 계속 떨어지는데도, 내가 적극적인 조치를 하지 않으니 더욱 불안해했다. 전화가 울릴 때마다 나는 병실로 갔다. 그곳에서 내가 하는 일이라고는, 조용히 고개 숙여 김현식 씨를 바라보다가 유가족에게 가볍게 목례한 뒤 다시 나오는 게 전부였다. 간호사들에게도 늘 같은 말을 되풀이했다.

"지켜볼게요."

처음엔 의아해하던 간호사들도, 내가 같은 행동을 반복하자 어느덧 마음을 조금 놓은 듯했다. 산소 포화도가 내려갈수록, 내가 병실을 찾는 빈도는 점점 더 잦아졌다. 2시간에서 1시간, 1시간에서 다시 30분 단위로.

그리고 마침내, 그날 나는 그의 병실을 마지막으로 찾았다.

"김현식 님, 20○○년 4월 ○일 16시 40분 돌아가셨습니다."

나는 살짝 떠진 그의 두 눈을 천천히 감겨드렸다. 마지막까지 희미하게나마 앞을 볼 수 있었다면, 그는 나를 의사가 아니라 저승사자로 여겼을지도 모른다. 죽음이 가까워질수록 나는 더욱 자주 나타났으니 말이다. 또, 아마 속으로 이렇게 생각했을지도 모르겠다.

'예전 저승사자는 검은 옷을 입고 온다더니, 요즘은 흰옷을 입고 오네.'

나는 그의 이마를 잠시 바라본 뒤, 조용히 병실을 나왔다. 그리고 이 자리를 빌려 다시 한번 고인의 명복을 빈다.

10

살리는 일이 아니라,
죽음을 받아들이는 시간

"어떻게든 살려만 주세요."

50대 아주머니는 막냇동생뻘인 의사의 하얀 가운을 붙잡고 매달렸다. 담당 신경외과 의사는 고개를 저었다. 살아도 사는 것이 아니기 때문이다.

고혈압이 있던 50대 이충열 씨의 아침은 평소와 다를 바 없었다. 출근을 준비하다가, 눈에 보이지 않는 망치로 머리를 세게 얻어맞은 듯한 느낌이 들었을 것이다. 하지만 고통을 느낄 새도 없이, 그 자리에 쓰러져 의식을 잃었다.

그는 아내 최은자 씨와 함께 119 구급차에 실려 대학병원 응급실로 이송됐다. 의식 저하 환자에게 시행하는 기본적인 혈액 검사와 심전도, 폐 엑스레이, 뇌 CT를 찍었다. 뇌 CT에는 보이지 말아야 할 커다란 하얀 별이 보였다. 3명 중 1명은 죽고, 1명은 살아나더라도 심각한 후유증을 남기며, 1명만 운 좋게 회복한다는 지주막하 출혈이었다. 이충열 씨는 안타깝게도 가장 나쁜 쪽에 속했다.

신경외과 교수는 아내에게 설명했다.

"지금 수술하지 않으면 죽습니다. 수술해도 죽을 가능성이 매우 높습니다. 아무리 수술이 잘되어도 환자는 평생 눈을 뜨지 못할 거예요."

비극의 특징은 일단 일어나면, 아무리 최선을 다해도 이전으로 돌아갈 수 없다는 데 있다. 이충열 씨는 수술을 해도 죽고, 안 해도 죽을 것이었다. 수술을 하지 않으면 곧바로 죽고, 수술을 해도 죽을 가능성이 높으며, 설령 산다 해도 의식은 돌아오지 않을 것이었다. 의사의 역할이란 환자를 살리는 게 아니라, 환자의 죽음을 조금 늦추는 것뿐이었다.

아내 최은자 씨로서는 자신과 남편에게 닥친 비극을 받아들일 수 없었다. 누구라도 같은 상황에선 현실을 받아들이기 어려웠을 것이다. 다른 이라도 같은 상황에서 그녀와 같은 말을 했을 것이다.

"어떻게든 살려만 주세요."

"그럼 수술하겠습니다."

의사는 고개를 끄덕이면서도 동시에 고개를 저었다. 이미 결론이 나 있었기 때문이다.

수술은 기계적으로 성공했다. 터진 혈관을 봉합하고, 뇌 속 가득 찬 피는 제거했다. 그러나 뇌혈관이 터지는 순간 이미 뇌는 되돌릴 수 없는 손상을 입었다. 무너진 건물은 다시 지을 수 있었지만, 무너진 뇌는 다시 지을 수 없었다.

수술 직후, 아내는 남편의 몸에 꽂힌 수많은 줄과 입안의 커다란 호스를 보고 놀랐다. 하지만 살아 있다는 사실에 안도하며, 의사에게 연신 **"살려주셔서 감사합니다"**라며 고마움을 표했다. 정작 의사는 그 인사가 불편했다. 이충열 씨는 살아도 산 게 아니었기 때문이다.

하루가 지나고, 이틀이 지나도 이충열 씨는 깨어나지 않았다. 아내는 매일 중환자실 면회 시간을 기다리며, 남편이 영화처럼 눈을 뜨거나 손끝을 움직이며 깨어나길 바랐다. 면회 때마다 남편의 손을 꼭 잡았지만 반응이 없었다. 하지만 그녀는 믿었다. 남편이 언젠가 일어날 것이라고.

신경과에서는 뇌사 판정을 내렸지만, 그녀는 받아들이지 못했다. 믿음은 부정이 되었고, 부정은 분노로 바뀌었다. 일주일이 지난 어느 날이었다.

"이럴 거면 왜 살려놨어요?"

그녀의 분노가 터져 나왔다. 수술을 결심하면서도 의사가 고개를 젓고, 살려주셔서 감사하다는 말에 의사의 마음이 불편했던 이유가 바로 이것이었다. 터졌다는 뇌혈관은 컴퓨터 속에만 있고, 남편은 의식 없이 쓰러져 있었으니, 분노가 향할 곳은 병원과 의사밖에 없었다.

"처음부터 못 깬다고 말씀드렸잖아요."

"그래도… 이건 산 게 아니잖아요…"

그녀의 부정과 분노는 눈물과 함께 슬픔으로 바뀌었다.
의사로서의 최선은 보호자를 설득해 장기 이식을 권유하는
것이었으나, 그녀는 아직 그럴 준비가 되지 않았다. 자발호흡이
가능하고 오랜 생존이 가능한 식물인간과 달리, 뇌사는
자발호흡이 불가능하고 짧으면 며칠, 길면 수 주일 안에 사망한다.
이충열 씨에게는 얼마 남지 않은 시간이 흐르고 있었다.

불길한 예감은 틀리지 않는다. 면담이 끝난 그날 밤,
이충열 씨의 심장이 멎었다. 보호자는 죽음을 받아들이지 못했기에,
의료진은 심폐소생술을 해야 했다. 그나마 중환자실에서 실시간으로
환자 상태를 체크하고 있었기에, 심장이 멎은 것을 즉각 알아차렸다.
중환자실 간호사는 곧바로 코드 블루를 띄우고 심폐소생술을
시작했다.

며칠째 병원 복도를 지키던 아내는 남편의 주치의가
중환자실로 달려가는 모습을 보고 직감했다. 남편에게 안 좋은 일이
생긴 것이다. 운이 좋은 건지 나쁜 건지 알 수 없지만, 이충열 씨의
심장은 10분간의 심폐소생술 끝에 간신히 돌아왔다. 하지만
의사들은 알고 있었다. 심장이 멎는 건, 이번 한 번으로 끝나지
않으리라는 것을.

**"남편분 심장이 멎었습니다. 즉시 심폐소생술을 시행했고, 10분 후
다시 돌아왔습니다. 다시 돌아왔다고는 하지만, 이럴 경우 일반적으로 얼마
못 가 다시 심장이 멎습니다. 어떻게 하시겠습니까?"**

아내는 대답 대신 그저 남편이 보고 싶다고 했다. 의사는

고개를 끄덕였다. 평소 건강했던 남편은 없었다. 듬직했던 가슴은 푹 꺼진 채, 심폐소생술이 남긴 시퍼런 멍만이 남아 있었다. 그녀는 남편이 다시 돌아오지 않을 거라는 사실을 실감했다.

이전까지 단단했던 그녀가 무너지는 모습을 보며, 의사는 비로소 그녀가 이 비극을 받아들였음을 느꼈다. 조심스럽게 다시 물었다.

"다시 심폐소생술을 할까요?"

그녀는 조용히 눈물을 흘리며 고개를 저었다. 그리고 깨어나지 못한 남편의 손을 마지막으로 꼭 잡았다. 이충열 씨는 그날 밤, 조용히 눈을 감았다.

의사는 사망진단서를 쓰면서 생각했다. '일주일간, 나는 무엇을 위해 이 고생을 했던 걸까?' 하지만 곧 스스로에게 대답했다. '나라도 똑같은 선택을 했겠지.'

그는 일주일간의 사투가 생명을 위한 것이 아님을, 다만 죽음을 받아들이기 위한 시간을 벌기 위해서라는 걸 깨달았다. 의사는 때로는 이기기 위해 싸우고, 때로는 이미 패한 전투에서 후퇴하는 시간을 벌기 위해 싸운다. 비극을 받아들이는 데는, 누구에게나 시간이 필요하니까.

11

죽고 싶다는
거짓말

"나는 예순아홉에 죽을 거다."

어머니는 기회가 있을 때마다 늘 비장한 목소리로 그렇게 말씀하셨다. 어머니의 어머니, 즉 나의 외할머니가 예순아홉에 교통사고로 돌아가셨기 때문이다. 내가 초등학교 2학년 때 일이다. 어머니와 아버지는 3일 동안 우리 형제를 할머니께 맡기고 외할머니 장례를 치르러 떠나셨다.

그 전까지 한 번도 어머니와 떨어져 본 적이 없었던 나는 밤새 울었다. 그러다 할머니가 나를 달래며 말씀하셨다.

"엄마 쭈쭈가 먹고 싶구나."

그러고는 자신의 앞섶을 풀어 젖히셨다. 엄마와는 다르게 축 늘어진 가슴에 놀란 나는 울음을 뚝 그쳤다.

3일째 되던 날, 나는 집 나간 주인을 기다리는 강아지처럼 할머니 댁 마루에 앉아 학교에서 돌아온 뒤로 문만 지켜보고 있었다.

그런데 어머니는 저녁이 되어도 오지 않으셨다. 밤이 깊었고, 울다 지쳐 마루에 앉아 꾸벅꾸벅 졸고 있을 즈음 돌아오신 어머니는 휴게소에서 사 오신 천안 호두과자를 내미셨다. 그때 먹었던 호두과자는 내게 여전히 가장 맛있는 간식이다.

그다음 해, 할머니는 뇌출혈로 갑자기 쓰러져 돌아가셨다. 쓰러지기 전까지도 손수 깻잎을 따서 시장에 팔 정도로 정정하셨지만, 단 한 번 쓰러진 뒤 세상을 떠나신 것이다. 어머니는 두 분 모두 예순아홉에 돌아가셨다는 사실을 운명처럼 받아들이셨다. 그 이후로, 어머니는 자주 말했다.

"나는 예순아홉에 죽을 거야."

그사이 한국인의 평균 기대수명은 80세를 넘었고, 나는 의사가 되었다.

"아이고, 이래가 못 산다."

여든이 넘은 심순애 할머니는 보건지소에 올 때마다 **"죽겠다"**라는 말을 달고 사셨다. 얼굴에 주름이 빼곡해 더 이상 자리가 없을 정도였다. 시골에서 남편과 농사를 짓고, 집안일까지 도맡아 해오느라 허리와 무릎은 물론 손까지 퇴행성 관절염이 왔다. 손가락 마디는 남자인 나보다 더 굵었고, 굽은 몸을 움직일 때마다 관절이 삐걱거리는 소리가 들리는 듯했다. 몸이 안 아픈 데가 없었다.

"이래 아파가 못 산다. 내가 콱 죽어뿌야지."

의사 면허를 딴 지 얼마 안 된 초보 의사였던 나는 처음에는 심순애 할머니가 매번 죽겠다고 하실 때마다 잔뜩 긴장했지만, 어느 날 이후로는 그 말을 믿지 않게 되었다.

내가 근무하던 곳은 지리산 아래, 이름만 들어도 시골임을 알 수 있는 생비량면(生比良面)이었다. 서초구만 한 넓이에 인구는 1,000명 남짓. 하루 환자는 10명도 채 되지 않았다. 그런데 1년에 단 하루, 보건지소 앞에는 이른 아침부터 할머니·할아버지들이 줄을 섰다. 이른바 '오픈 런'— 예방접종일이었다. 매번 **"콱 죽어야겠다"**라고 하셨던 심순애 할머니도 독감 주사를 놓칠까 봐 새벽부터 맨 앞자리에 서 계셨다. 그날 이후로 나는 사람들의 **"죽고 싶다"**라는 말을 곧이곧대로 믿지 않게 되었다. 사실은 아프지 않고 싶었던 것뿐이었다. '자살'을 거꾸로 하면 '살자'가 되듯이, 죽고 싶다는 말은 어쩌면 살고 싶다는 또 다른 표현일지도 모른다.

의사로서 나는 수많은 사람들의 삶의 끝자락을 목격했다. 그들이 살아 있다는 것은, 적어도 그들의 극단적 시도가 실패했음을 의미한다. 중학생부터 80대 노인까지, 주로 수면제나 우울증 약을 다량 복용한 경우가 많았다. 어지간한 약을 먹어서는 잘 죽지 않는다. 약을 삼켰다가, 죽기가 두려워 스스로 119에 전화를 걸어 응급실로 온 사람도 있었다. 막상 죽는다고 생각하니 무서워, 삼킨 약을 일부러 토해 낸 경우도 있었다. 손목을 그은 환자도 많았다. 하지만 사람은 생각보다 쉽게 죽지 않았다.

나는 갑작스러운 죽음보다, 서서히 다가오는 죽음을 더 자주 마주했다.

죽음은 응급실이 아닌 일반 병실에서, 그리고 대부분 말기 암 환자에게 찾아왔다. 한 할머니는 병원 8층에서 뛰어내리셨고, 한 할아버지는 1인실 화장실에서 목을 매셨다. 둘 다 전혀 손쓸 수 없었다.

사람들은 왜 '자살'을 할까? 단지 지금 아프고 고통스럽다는 이유만은 아니다. 독감에 걸려 2~3일 고열에 시달린 경험이 누구에게나 있지만, 그때 자살을 생각하지는 않는다. 이유는 곧 호전될 거라는 '미래의 희망'이 있기 때문이다. 그런데 현재의 고통에다 '미래의 절망'이 더해지면 '자살'을 한다. 앞서 언급한 말기 암 환자가 스스로 생을 마감한 이유다.

또한 병원에서는 명절이 끝난 후 사망률이 급격히 늘어난다. 마지막으로 가족들의 얼굴을 보려고 버텨왔던 환자들이 목적을 이루고 삶의 끈을 놓아버리는 것이다.

사람은 현재가 고통스럽다고 하더라도 미래가 희망적이면 살아가고, 미래가 절망적이면 단념한다. 예순아홉에 죽을 거라는 말을 입에 달고 사셨던 어머니는 그 나이가 가까워지자 더 이상 그런 말씀을 하지 않으셨다. 그리고 작년에 무사히 일흔을 맞이하셨다. 형과 내가 결혼하고 손주가 생기면서, 13년 전부터 어머니는 살아갈 희망을 찾으신 듯하다. 그 손녀는 올해 열두 살이 되었고, 이제 어머니는 손녀의 결혼식을 보는 날까지 살아야겠다고 결심하신 것 같다. 스스로 살아갈 이유를 찾으신 것이다. 부디 오래도록 건강하게 사시길 바란다.

13

그저
살아갈 수밖에

"선생님, 제가 왜 그 병에 걸린 걸까요?"

　　의사로서 수천 번, 수만 번 마주하는 질문이었다. 한국의 사망 원인 1위인 암과 2위인 심혈관 질환에서 가장 중요한 요소는 담배나 비만, 운동 부족이 아니라 나이, 즉 노화다.

　　우리 몸은 매 순간 새로운 세포를 만들어 낸다. 피부는 40일 만에 바뀐다. 예수님이 광야에서 40일간 사탄의 시험에 드는 동안, 예수님의 피부는 완전히 새로 태어났다. 피부와 달리 단단한 뼈는 변하지 않는다고 생각하기 쉽지만, 매년 전체 뼈의 5분의 1이 새롭게 교체된다. 5년이면, 뼈 전체가 한 번 바뀌는 셈이다.

　　이 변화는 세포 분열, 즉 복제를 통해 이루어진다. 문제는, 나이가 들수록 세포 분열 횟수가 늘고 이에 따라 복제 오류, 즉 돌연변이와 함께 오류를 고치는 수정 능력의 저하가 맞물려 암이 생기는 것이다.

오래된 파이프는 녹이 슬어 터지거나, 내부에
슬러지(sludge)가 쌓여 막힐 확률이 높아진다. 우리 몸의 혈관 역시
오래될수록 터지거나(뇌출혈), 막힐(뇌경색, 심근경색) 가능성이 커진다.
담배를 피우지 않고 좋은 음식을 먹으며 운동을 한다 해도, 그저
확률을 낮출 뿐이다.

하지만 이번만은 달랐다. 그 질문을 한 사람은 일곱 살짜리
서연이었기 때문이다. 통통한 편에 머리를 양갈래로 땋은 귀여운
서연이는 평소엔 괜찮아 보이지만, 조금만 움직여도 숨이 차고
힘들어했다. 뛰는 것은 꿈도 못 꿀 일이었다. 선천적인 폐동맥
고혈압을 갖고 태어났기 때문이다. 이는 심장에서 폐로 가는
혈관인 폐동맥이 좁아져 폐로 피를 보내야 하는 심장의 부담이
커지는 질환으로, 심장에 무리가 가 숨이 차고 피곤하며, 몸에 힘이
없어진다. 국내에 5,000명 정도밖에 없는 희귀 난치성 질환이며,
원인이 뚜렷하지 않다.

의대에 꿈과 희망을 품고 진학한 나를 비롯한 많은 학생들을
좌절시키는 두 단어가 있다.

Congenital and Idiopathic.

태어날 때부터 가지고 있는 것은 Congenital(선천적), 특별한
이유가 없는 경우를 Idiopathic(특발성)이라고 하는데, 둘 다 원인을
바꿀 수 없어 치료나 예방이 어렵다. 서연이의 폐동맥 고혈압은
선천적이면서 동시에 특발성이었다.

전형적인 심부전 증상을 겪고 있는 서연이는 이미

대학병원에서 주기적으로 관찰받고 있었다. 워낙 특수 분야라 내가 할 수 있는 건 많지 않았다. 대신 서연이의 궁금증을 풀어주는 것만은 내 몫이었다.

"세상에는 머리가 많은 사람도 있고, 선생님처럼 머리가 없는 사람도 있어. 키가 큰 친구도 있고 작은 친구도 있지. 이건 서연이가 잘못해서 그런 것도 아니고, 엄마 아빠 탓도 아니야. 그냥 그런 거야."

서연이는 고개를 끄덕였지만, 만족스러운 답은 아니었을 것이다. 친구들은 모두 뛰어놀 수 있는데 자신만 뛰어놀 수 없는 게 억울할 테고, 때로는 자신을 낳아준 부모를 원망스럽게 느낄 수도 있다.

우리는 나쁜 일이 일어나면 그 이유를 찾으려 애쓴다. 이유를 알면 결과를 바꿀 수 있을 가능성이 높아지고, 적어도 같은 일을 반복하지 않을 수 있다고 믿기 때문이다. 하지만 이유를 도무지 찾을 수 없을 때도 있다. 설령 이유를 알아냈다 해도 아무것도 바꿀 수 없을 때가 있다.

그럴 땐 그저 살아갈 수밖에 없다.

14

빛나는 머리,
빛나는 인생

나는 태어났을 때부터 유난히 머리가 컸다. 그래서 어머니는 형을
낳을 때보다 둘째인 나를 출산할 때 더 힘들어하셨다고 한다. 머리가
클 뿐 아니라 이마도 넓었다. 보통은 이마에 손가락 세네 개 정도
들어가는데, 나는 엄지손가락부터 손바닥 전부가 들어갈 정도였다.

25년 전, 수능을 망쳤다. 평소 예상 전국 석차에 20을 곱한
등수가 나왔다. 나를 지탱해 주던 세계가 무너졌다. 전액 장학금을
주는 ○○ 의대 진학은커녕, 전국에서 성적이 가장 낮은 의대라도
가까스로 합격할까 말까 한 상황이었다. 수능을 치른 바로 그날
저녁, 재수를 결심했다.

집안 형편이 여의치 않았던 나는 세상 경험도 쌓고 돈도 벌
겸 아르바이트를 하기로 마음먹었다. 수능을 치른 다음 날 저녁에
면접을 보고 곧장 술집 서빙 아르바이트를 시작했다. 아침에는
학교를 갔다가, 오후 4시부터 밤 12시까지 8시간씩 일했다. 2000년

11월 당시 시급이 2,000원이었으니, 지금 시급과 비교하면 꽤 낮았다. 그래도 나는 운이 좋은 편이었다. 내 친구 정섭이는 주유소에서 시급 1,700~1,800원을 받았으니까. 그때 한 달 8시간씩 30일 일하면 48만 원을 벌었다.

몸도 마음도 힘들던 그 시기, 수능이 끝난 직후부터 머리가 빠지기 시작했다. 엎친 데 덮친 격이었다. 처음엔 단순 스트레스 탓이라 생각했지만, 고등학교 졸업식까지 3개월 만에 앞머리가 확연히 M자형이 되었다.

'대학교 가면 괜찮아지겠지'라고 스스로 위로했지만, 재수를 끝내고 의대에 합격하고 나서도 상황은 더 나빠지기만 했다. 2002년 한국 월드컵 4강 진출 당시, 내 별명은 이미 '지단'이었다. 잉글랜드 축구선수 루니와 프랑스 축구선수 지단을 반반씩 섞으면 딱 20대 초반이었던 내 머리 모습이 된다.

'의대'라는 꿈을 이뤘건만 이제 내 고민은 '머리'가 되어버렸다.

의대 6년 동안, 나는 온갖 방법을 다 시도해 봤다. 머리를 짧게 자르기도 하고, 젤로 세워보기도 했고, 양옆 머리를 길러 M자 부분을 살짝 덮어보기도 했다. 그래도 숨길 수 없었다. 매일 보는 학교 사람들은 괜찮았지만, 오랜만에 만나는 고등학교 친구들은 **"성관아, 니 와 일노?"** 하며 깜짝 놀라 묻곤 했다. 실제 나이는 20대 초중반인데, 이미 30대 중후반으로 보였으니까.

의대 실습을 나가면, 원래 학생들에게 말을 놓던 교수님들도

나를 볼 땐 처음에

"혹시, 양성관 학생 나이가 어떻게 되시나요?" 하고 조심스레 물었다. 같은 질문을 반복해서 듣다 보니 나는 늘 같은 대답을 했다.

"아, 네. 편하게 말씀하셔도 됩니다. 저 스물다섯 살이에요."

그러면 교수님 얼굴에 안도감과 함께 약간의 안쓰러움이 지나가곤 했다.

"그래요, 그래. 그럼 편하게 말할게."

낯선 사람을 만날 때마다 이 머리는 큰 스트레스였다. 수없이 방법을 써보다 지치면서 결국 밖에 나갈 땐 모자를 쓰기 시작했다. 옷차림은 그대로지만 모자만 늘어났다. 처음부터 모자를 쓰고 과외를 시작하면, 몇 달 뒤 과외가 끝날 때까지 모자를 벗을 수 없었다. 모자를 벗으면 학생이 당황해했다가, 잠시 후 내 머리와 이마를 보고 놀란 것에 대해 미안해하는 모습을 보곤 했다.

아버지, 형, 친척들 중에 대머리는 한 명도 없었다. 모두 풍성한 머리카락을 갖고 있었다. 나는 '왜 나만 이렇게 될까' 억울하기도 하고 화도 났다. 거울을 보며 '이건 내가 아냐' 하고 부정도 해보고, 학교 수업 시간 외엔 모자를 써서 최대한 감췄다. 하지만 의대에서 수업하는 동안엔 모자를 쓸 수 없고, 하얀 가운을 입고 실습을 나가면 더 이상 숨길 방법이 없었다. 계속되는 사람들의 시선과 반복되는 질문 **"나이가 어떻게 되세요?" "머리는 언제부터 그렇게 되었어요?"**가 이어졌다. 사람들은 나를 '의대생'과 '대머리'로만 기억했다.

시간이 흐르며 이마는 점점 넓어지고, 내 자신감은 벗겨지는 머리에 반비례하며 줄어들었다. 이마 중앙 부분의 머리카락들은 점점 가늘어져, 스스로 자라다가 툭툭 떨어지는 정도였다.

본과 4학년 여름방학(26세)이 되었을 무렵, 방학마다 과외로 생활비를 벌던 나는 큰 결심을 했다. 그동안 한 번도 해외여행을 못 가봤고, 유럽 배낭여행 같은 거창한 계획은 꿈도 꾸지 못했지만, 대학교 마지막 방학만큼은 평생 마음에 간직할 추억을 만들고 싶었다. 그래서 전국 자전거 여행을 떠나기로 결심했다. 혼자 가기엔 걱정되어 친구들에게 같이 가자고 설득해 봤지만 모조리 거절당했다. 결국 혼자 떠났다. 최소 보름 이상 걸릴 테니 과외도 그만두고, 텐트에서 자고 편의점 음식으로 때우기로 했다.

소심하고 돈 없던 내가 과외까지 포기하고 혼자 전국 자전거 여행을 하다니, 이는 내 인생을 송두리째 바꾸는 '혁명'이 되었다.

이번 기회에 나는 그동안 부정하고 모자 아래에 숨겨왔던 '대머리'라는 사실을 정면으로 받아들이기로 했다. 고통스럽고 잔인한 현실일지라도 직시해야 그다음 단계로 나아갈 수 있다고 생각했지.

"나는 대머리다."

그렇게 나는 스스로를 받아들이기로 했다. 여행 첫날, 10년 넘게 다녔던 단골 이발소부터 들렀다. 나를 배신하기 시작한 머리카락이 나를 완전히 떠나기 전에, 내가 먼저 버리기로 결심했다.

"아저씨, 박박 밀어주세요."

"아이고, 성관 학생, 젊은 나이에 다시 한번 생각해 보지?"

얼마 남지 않은 내 머리카락을 나보다 더 아껴주셨던 이발소 아저씨가 걱정스레 물었다.

"결심했습니다. 밀어주세요."

여행을 마치고 돌아온 뒤, 나는 '바리깡'이라 불리는 이발기를 샀다. 머리를 밀다 보니 결국 면도까지 하게 되어 완전히 스킨헤드가 되었다.

사람들은 누구나 각자 약점이나 상처를 갖고 있다. 심각하게 여길 수도 있고, 누군가에게는 사소해 보일 수도 있다. 지그문트 프로이트와 그의 딸 안나 프로이트는 스트레스나 불안을 피하기 위해 '방어기제'를 제시했다. 무의식으로 눌러 숨기는 '억압', 잊으려 애쓰는 '억제', 인정하지 않는 '부정', 무의식적으로 결함을 다른 것으로 메우려는 '보상', 더 높은 수준으로 끌어올리는 '승화', 현실을 인정하고 웃어넘기는 '유머' 등 다양하다.

나 또한 마찬가지다. '나는 대머리가 아니야'라고 부정도 해보고, 머리에 대해서 애써 무심해지려 했으며, 모자를 써서 숨기기도 했다. 그렇게 10년 가까운 긴 고통 끝에 받아들이기로 결심했다. 그리고 지금은 '빛나는' 의사 작가가 되기 위해 노력 중이다(보상과 승화).

"여보, 여자가 뽑은 최악의 남자 외모 1위가 대머리래. 당신 어떡해, 최악의 남자랑 결혼했어."

"그러게, 내가 정말 최악의 남자랑 살고 있네. 나 아니었으면 어쩔

뻔했어?"

나를 세상에서 가장 잘 이해해 주는 아내와, 머리카락이 없다는 사실을 이렇게 농담으로 웃어넘긴다(유머).

스킨헤드가 되고 나니 몇 가지 장점이 생겼다. 우선 의대 실습 때, 의대생임에도 환자들이 나를 교수로 오해하는 일이 많았다. 내가 신체검사를 하려 하면 환자분들이 아주 협조적이었다. 교수님들도 내가 안쓰럽고 부담스러웠는지 성적을 잘 주었다. 본과 4년간 유일하게 임상 실습에서 A⁺를 받았는데, 4학년 1학기 23학점 중 16학점에 달했던 임상실습 과목이었다. 덕분에 장학금까지 따라왔다.

이발소나 미용실에 갈 일도 없고, 머리를 감고 말리는 데 시간이 들지 않는다. 특히 추운 겨울이나 바쁜 아침 출근 시간에는 정말 편하다. 세수할 때도 손을 조금만 더 위로 올리면 그만이다.

10년 넘게 얼굴을 면도하면서 머리까지 밀다 보니 **"중이 제 머리 못 깎는다"**라는 속담은 거짓말이라는 사실도 알았다. 자기 머리는 자기가 충분히 깎을 수 있다.

게다가 어디를 가나 주목받으니 굳이 나쁜 짓을 해볼 틈도 없고, 여러 사람이 단체 사진을 찍어도 내가 제일 먼저 눈에 띈다. 혹시 내가 만에 하나라도 유명해진다면, 이 '빛나는 외모' 덕일 거다. 그때는 내 약점이 오히려 강점이 되겠지.

덧붙이는 이야기 1.

딸이 일곱 살 때 집에서 종종 내 머리에 모자를 씌우며 **"아빠, 이제 대머리 아냐"** 하고 말했다. 혹시나 학교 가서 친구들이 **"네 아빠 대머리지?"** 하고 놀릴까 봐 걱정인 것 같았다. 그래도 아들이 아니라 딸이라 다행이었다.

덧붙이는 이야기 2.

이 글을 제일 먼저 아내에게 보여줬다.

"자기랑 살다 보니까, 머리가 없다는 걸 잘 모르겠어. 그리고 당신이 그 콤플렉스를 극복한 건 내가 당신이랑 결혼해 줘서 그런 거야."

순진한 아내는 모르고 있다. 사실 나는 외모에 결함이 있다는 이유로 소개팅이나 미팅을 과감히 접고, 오히려 장기전으로 나를 자주 볼 수밖에 없는 사람에게 내 진심을 보여주는 전략을 택했다. 결국 숨어 있던 보석 같은 아내(가 걸려들었다)를 만났다. 아내 말대로 외모는 계속 보다 보면 익숙해져서 희석되는 법이기도 하고, 대학교 3년 후배이자 같은 면담조(멘토링)였던 아내는 내가 싫든 좋든 계속 봐야 하는 상황이었다. 나는 처음부터 이 모든 걸 계산하고 계획해 둔 것이었다. ("네, 저는 처음부터 계획이 있었습니다, 후배님.")

사실 이 글엔 치명적인 오류가 있다. 대머리는 치료할 수 있다. 이미 나를 포함해 의대 동기 5명 중 나는 대머리가 되었지만, 그중 2명은 머리가 벗겨지기 시작하자 약을 먹기 시작했는데 눈에 띄게 좋아졌다. 만약 내가 수능 직후 머리가 빠지기 시작했을 때

치료를 받았다면, 이런 글을 쓸 필요도 없었다.

　　지금은 이미 앞머리에 모공이 완전히 사라져 버렸다. 의학으로도 어쩔 수 없다. 어느 시인이 말했듯, '지금 알고 있는 걸 그때도 알았더라면…' 많이 좋았을 거다.

#1 "의사는 어차피 가족도 이해하지 못한다."

한 의대 교수님의 이 말은 절반은 맞고, 절반은 틀리다. 의사조차 자기 전공이 아니면 다른 과를 잘 알지 못한다. 다른 과 의사는 각종 혈액 검사 결과나 초음파나 CT 등 눈에 보이는 숫자나 영상 없이, 증상만으로 진단을 내리는 정신과를 납득하기란 쉽지 않다. 우울해서 '우울증', 주의력이 결핍하고 과잉 행동을 보여서 '주의력결핍 과잉행동장애(ADHD, Attention Deficit Hyperactivity Disorder)'라는 진단을 내리는 건 질병이라기보다는 순환 논리의 오류처럼 보이기도 한다.

정신과만의 이야기는 아니다. 일부 내과 의사는 일단 자르고 붙이고 보려는 외과를 무모하다고 여기고, 일부 외과 의사는 고혈압 하나 완치시키지 못하는 내과를 무능하다고 여긴다. 의사조차도 서로를 다 알지 못하는데, 환자가 자기 몸에서 벌어지는 일을 온전히 이해하지 못한다고 해서 탓할 수는 없다.

의학의 언어는 암호다. 백혈구, 적혈구, 혈소판, 침윤, 섬유화, 석회화. 이 단어들은 일종의 이해하기 어려운 상징과도 같다. 암호만이 아니다. 수학에서 가장 어려운 단원이 확률이라면, 인생에서 제일 견디기 힘든 것은 불확실성이다. 의학은 암호로는 부족했는지, 확률에 불확실성이 더해진다.

우리는 늘 100%를 기대한다. 정확한 진단, 확실한 예후, 완벽한 치료. 하지만 인생에도, 의학에도 100%는 없다. 맑은 날이 있으면 흐린 날이 있듯, 전진과 후퇴, 회복과 악화가 반복되는 것이 삶이고 병이다.

하얀 가운을 입은 의사는 언제나 자신감 넘치고 단호해 보인다. 사람들은 그런 확실함에 끌린다. 하지만 가운 속 머리와 마음은 매번 마주하는 선택의 기로에서 떨고, 번민하고, 고민한다.

'이번 선택이 정말 최선이었을까?'

'혹시 더 나은 길은 없었을까?'

'이렇게 했더라면 더 좋지 않았을까?'

이런 질문들이 진료실 안에서는 물론이고, 진료실 밖에서도 좀처럼 떠나지 않는다.

텔레비전 속 주인공은 완벽하다. 방귀도 뀌지 않고, 트림도 하지 않는다. 하지만 주인공뿐 아니라 우리도 같은 사람이기에 방귀도 뀌고, 트림도 한다. 그 사실에 어떤 이는 실망하지만, 어떤 이는 오히려 안심한다. 완벽해 보였던 존재가 사실은 나와 다르지 않다는 사실에 위안을 얻는다.

남자와 여자, 노인과 청년, 의사와 환자. 우리는 늘 서로 다른 입장에 놓인 채 살아간다. 서로 완벽하게 이해할 수 없어도, 우리는 서로를 공감하고 사랑할 수 있다.

　　책을 낼 때 나는 의사가 아니라 환자가 된다. 신부 앞에 선
신자처럼, 고해성사하듯 내 마음을 드러낸다. 흔들리고, 실수하고,
주저했던 기억들이 되살아난다. 내 아픔과 약함을 고백하고,
진단을 받고 치유되어 가는 과정이다. 나는 바란다. 이 과정을 통해
누군가는 위로를, 누군가는 이해를, 누군가는 공감을 얻게 되기를.

#2　"의사의 하루는 끝이 없다. 다만 잠시 멈췄다, 다시 시작될 뿐이다."

　　　　　　　　새벽 2시, 사망 선고를 마친 뒤 병실을
나오면 긴장이 풀린 몸이 휘청이고, 마음은 창밖 어둠처럼 바닥으로
가라앉는다. 그러나 몇 시간 뒤면 또다시 회진이 시작되고, 진료실
문은 어김없이 다시 열린다. 환자들은 여전히 의사를 기다리고 있다.

　　병원에서는 매일 누군가 죽고, 또 누군가는 살아간다.
그리고 의사는 그 생과 사의 경계에서 매일을 버틴다. 죽음을
지켜보면서도, 삶을 붙잡으며 버틴다. 그 경계에서 어느새 나도
모르게 익숙해지지만, 익숙해졌다고 해서 덜 아픈 건 아니다.

　　나는 이 책에서 의사의 하루를 시간의 흐름에 따라 따라가
보았다.

　　아침 7시의 떨림,

　　낮 12시의 번민,

　　오후 4시의 고민,

　　저녁 8시의 현실,

그리고 새벽 2시의 진심까지.

이 모든 시간 속에서, 나는 수많은 선택 앞에 섰고, 그 선택이 옳았는지 스스로 묻고 또 물었다. 그 선택은 어제도 있었고, 10년 전에도 있다. 환자의 병을 진단하고 치료하는 것이 의사의 역할이지만, 그 과정에서 환자의 마음을 어루만지는 것 또한 의사의 몫이었다.

그리고 그 모든 순간마다, 나는 내 마음도 함께 다독여야 했다. 글은 독자를 위한 것이기도 하지만, 동시에 자신을 다독이는 나만의 방법이었다.

의사에게도 환자가 원하는 정답은 없다. 그저 불확실한 상황 속에서 좋은 확률을 높이고, 나쁜 확률은 낮추기 위해 노력할 뿐이다. 어떤 날은 자신감에 차 있지만, 어떤 날은 처방 하나에도 망설인다. 의사는 그렇게 매일 흔들리며 조금씩 자란다.

좋은 의사는 뭘까? 무엇보다 실력 있어야 하고, 친절해야 한다. 환자의 질병뿐 아니라 마음까지 들여다볼 수 있어야 하고, 눈앞의 사람을 넘어 사회 전체를 바라볼 수 있어야 한다고 생각한다. 나는 그런 사람이 되고 싶다. 아니, 그보다는… 아직은 그런 사람이 되기 위해 매일 노력하는 중이라고 말하는 편이 더 솔직할 것이다.

만약 당신이 언젠가 진료실 앞에 앉아본 기억이 있다면, 이 책 속 어느 장면에서든 당신 앞의 의사를 떠올렸을지도 모른다. 그리고 이 책을 통해, 의사라는 존재를 조금이라도 더 이해하게 되었다면, 그것만으로 나는 충분하다.

의사의 하루는 늘 비슷해 보이지만, 결코 같은 날은 없다. 오늘도 의사는 병원에 도착해 컴퓨터 전원을 켠다. 간밤에 놓친 전화는 없는지 핸드폰을 한 번 들여다보고, 환자의 이름을 클릭하며 또 하루를 시작한다. 어제와는 다른 환자, 어제와는 다른 문제, 그리고 어제와는 다른 선택.

의사의 하루는 순환하면서도 결코 똑같은 하루는 없다. 변화 속에서 배우고, 후회 속에서 다짐하며, 다시 다음 날의 다른 환자를 마주한다.

나는 안다. 의사를 살리는 것은 환자고, 작가를 살리는 것은 독자라는 것을. 부족한 나에게 진료를 받으며, 아픈 몸과 마음을 내어주었던 환자. 그리고 변변치 않은 긴 글을 끝까지 읽어주신 독자. 여러분들이 있었기에 나는 작가로, 의사로 오늘도 살아 있다. 진심으로, 고맙습니다.

의사란
무엇
인가

의사란 무엇인가

생계형 의사 양성관의 유쾌한 분투기

© 양성관, 2025. Printed in Seoul, Korea

초판 1쇄 찍은날	2025년 4월 15일
초판 1쇄 펴낸날	2025년 4월 26일
지은이	양성관
펴낸이	한성봉
편집	김선형
콘텐츠제작	안상준
디자인	최세정
마케팅	박신용·오주형·박민지·이예지
경영지원	국지연·송인경
펴낸곳	히포크라테스
등록	2022년 10월 5일 제2022-000102호
주소	서울 중구 필동로8길 73 [예장동 1-42] 동아시아빌딩
페이스북	www.facebook.com/dongasiabooks
전자우편	dongasiabook@naver.com
블로그	blog.naver.com/dongasiabook
인스타그램	www.instargram.com/dongasiabook
전화	02) 757-9724, 5
팩스	02) 757-9726
ISBN	979-11-93690-12-3 03810

※ 히포크라테스는 동아시아 출판사의 의치약·생명과학 브랜드입니다.
※ 잘못된 책은 구입하신 서점에서 바꿔드립니다.

만든 사람들

편집	김선형·전인수
크로스 교열	안상준
디자인	페이퍼컷 장상호